LA DÉNONCIATION

Jacques Mazeau est né le 19 décembre 1949 à Paris. Après des études littéraires, il devient journaliste. Il a écrit de nombreux ouvrages, notamment sur le cinéma. Il est également l'auteur de cinq autres romans : La Ferme d'en bas, La Druzina, La Rumeur du soir, La Gitane de Formentera, *et* De l'autre côté de la rivière.

17 juin 1940, les Allemands investissent La Charité et passent la Loire. A la ferme d'en bas, Julia attend le retour de Léon, son mari, et de Pierre son frère, tous deux partis au front un an auparavant. Léon revient le premier et participe à nouveau au travail de la ferme. Pierre arrive peu après. Aussitôt, la haine qui les oppose depuis plusieurs années se réveille. Tout les sépare : leur origine, leur caractère et surtout leurs idées. Pierre lutte contre l'occupant, Léon se prend à l'admirer. Toute conciliation devient vite impossible et Léon entraîne Julia et ses enfants à La Charité-sur-Loire où il a pris un café en gérance. Julia s'adapte joyeusement à cette vie nouvelle.
Très vite, « La Chope » devient le lieu de rendez-vous des maréchalistes et collabos de tous poils. Dans le même temps, la haine de Léon à l'égard de Pierre prend de plus en plus d'ampleur...

1

Sur la place le canon cracha le feu. Julia qui s'était réfugiée dans le café du gros Marcel serra Léone contre elle. Pourquoi diable ce matin avait-elle cru ce que racontait le journal! Soi-disant il n'existait aucun danger : l'ennemi se trouvait encore à deux cents kilomètres de La Charité!

La mitrailleuse des Allemands embusqués dans la porte cochère d'en face crépita durant un long moment. La vitre trembla. Julia fascinée par le spectacle s'en approcha.

A l'autre bout de la place quelques personnes surprises par le feu nourri se précipitaient vers les maisons et s'y engouffraient. Julia passa la main dans les cheveux de Léone : « Eh bien! Heureusement que le café était ouvert! » murmura-t-elle.

Soudain, elle aperçut le gros Marcel qui débouchait de la rue d'en face. Gêné par son embonpoint, il courait en se dandinant comme un canard. Il fit quelques pas, puis s'arrêta brusquement en plein milieu de la chaussée, comme s'il hésitait. Il porta une main à sa poitrine et s'affaissa. Julia ouvrit la bouche pour crier mais aucun son n'en sortit. Elle ne bougea pas. De toute évidence, il était trop tard.

Un cri strident la fit sursauter. Marie, la serveuse qui se trouvait derrière le comptoir, venait de reconnaître son patron étendu sur le macadam. Elle allait se précipiter quand Julia la retint : « Restez là. Ça ne sert plus à rien maintenant. »

A cet instant, les Allemands installèrent un canon tracté sur la place et tirèrent quelques coups en direction de la Loire. Dans le café le sol vibra et la devanture se fissura. Julia recula en entraînant Léone qui pleurait de frayeur. Marie, affolée, se dissimula derrière le bar. « Venez vous asseoir ici », cria-t-elle. Julia l'y rejoignit et la prit par les épaules. « Calmez-vous, lui dit-elle, ce n'est rien! » Marie frissonnait et ânonnait des phrases incohérentes. Un autre coup de canon retentit. La vitrine s'écroula avec fracas. Marie et Léone se serrèrent contre Julia. Elles demeurèrent collées ainsi tandis qu'un grondement sourd et continu venu du dehors s'amplifiait sans cesse. Curieuse, Julia se redressa et jeta un œil par-dessus le zinc. Des chars d'assaut, des camions, des voitures se dirigeaient à vive allure vers la Loire. Les combats semblaient terminés. Julia prit Léone par la main et, suivie de Marie, se rendit sur le pas de la porte.

Le convoi n'en finissait pas. Quelques soldats allemands stationnés sur le bord du trottoir organisaient la circulation. Parfois un chauffeur agitait la main en direction des quelques habitants accoudés aux fenêtres.

Julia et Marie se tenaient par le bras et ne bougeaient pas. Léone, maintenant rassurée, tirait sa mère par la main pour aller voir plus loin. Julia s'énerva : « Reste tranquille! » Elles s'attardèrent ainsi à regarder. Ni l'une ni l'autre n'avait jamais vu autant de soldats en aussi peu de temps.

Brusquement, Marie s'inquiéta : « Où donc ont-ils mis le corps de M. Marcel? » Elle se remit à pleurer. « Me voilà maintenant sans travail! » Julia lui enserra le bras. « T'inquiète pas, va! »

Soûlées par ce défilé incessant, Julia et Marie entrèrent dans la salle du café. Elles balayèrent, remirent un peu d'ordre, et s'assirent à une table.

« C'est égal, s'exclama Marie, j'entendais bien les uns et les autres qui disaient qu'on perdrait la guerre! Mais de là à penser que les Allemands arriveraient si vite... » Julia acquiesça. Léone se trémoussait sur sa chaise. « Quand est-ce qu'on rentre? demanda-t-elle d'un ton impatient.

– On y va! On y va! » répondit Julia en se levant. Elle sortit dans la cour attenante au café. Le cheval, toujours attaché à un anneau, attendait patiemment, attelé au coupé. Julia y grimpa avec Léone, tandis que Marie ouvrait le portail.

Afin d'éviter le flot des véhicules militaires, Julia engagea l'attelage dans une rue de traverse et rejoignit la nationale à la sortie de la ville. L'encombrement était tel qu'y rouler paraissait impossible. Elle décida de rejoindre la ferme par un raccourci. A quelques centaines de mètres de la route, elle arrêta le cheval pour regarder à nouveau le long convoi qui s'écoulait au loin dans un grondement continu. Soudain, elle pensa à Léon. Qu'était-il devenu depuis sa dernière lettre du mois de mars? Sa gorge se serra d'émotion alors qu'elle se remémorait son départ. Il paraissait si empoté avec son uniforme trop grand pour lui et son lourd barda sur le dos. Ils s'étaient longuement embrassés sur la place de la gare, puis il avait disparu dans la foule des conscrits. Elle avait compris alors combien elle restait attachée à lui et s'était mise à pleurer.

Julia haussa les épaules. Elle se tourna vers Léone qui ne pipait mot. « Eh bien, tu as donc perdu la langue! » La petite secoua la tête mais demeura murée dans son silence. Julia n'insista pas. Elle assena un coup de rênes sur les flancs du cheval. Elle écouta les claquements réguliers des sabots ferrés sur le macadam, puis elle repensa à Léon. Peu de temps après le crime, il avait considérablement changé. Il s'était arrêté de boire et remis à travailler d'arrache-pied. Il témoignait envers elle d'une grande tendresse. Cela ne s'était jamais démenti, si bien qu'au fil des mois, ils s'étaient rapprochés l'un de l'autre. Parfois elle oubliait qu'elle serrait un meurtrier dans ses bras. Les enfants semblaient heureux. Enfin, Auguste et les femmes qui ne l'aimaient guère s'étaient fait une raison, et l'accueillaient sans trop rechigner. Bref, tout allait à peu près bien, quand la guerre avait éclaté...

Léone secoua le bras de Julia : « Dis, maman, on pourrait pas aller plus vite! » Julia sourit. Le cheval, qui ne se sentait pas bridé, marchait au pas. Elle le fouetta violemment. L'animal se cabra légèrement et se remit au trot.

Quand ils arrivèrent à la ferme, le jour déclinait. Une pluie légère commençait à tomber. Léone sauta du coupé et se précipita vers la cuisine. Julia détela le cheval. Quand elle entra, Auguste, Marcelline et Odette, le visage grave, dînaient en écoutant la radio.

Julia s'assit : « Les Allemands sont à La Charité,

dit-elle, et le gros Marcel a été tué! – Non! C'est pas vrai! » bredouilla Marcelline qui le connaissait bien et elle éclata en sanglots. Odette haussa les épaules. Le speaker annonça d'une voix monocorde que le maréchal Pétain, qui venait d'être nommé président du Conseil allait s'adresser au pays : « Français, commença celui-ci d'une voix chevrotante, à l'appel de Monsieur le Président de la République, j'assume à partir d'aujourd'hui la direction du gouvernement de la France. Sûr de l'affection de notre admirable armée qui lutte avec un héroïsme digne de ses longues traditions militaires contre un ennemi supérieur en nombre et en armes; sûr que par sa magnifique résistance elle a rempli nos devoirs vis-à-vis de nos alliés; sûr de l'appui des anciens combattants que j'ai eu la fierté de commander; sûr de la confiance du peuple tout entier, je fais à la France le don de ma personne pour atténuer son malheur. En ces heures douloureuses, je pense aux malheureux réfugiés qui dans un dénuement extrême sillonnent nos routes. Je leur exprime ma compassion et ma sollicitude. C'est le cœur serré que je vous dis aujourd'hui qu'il faut cesser le combat. Je me suis adressé cette nuit à l'adversaire pour lui demander s'il est prêt à rechercher, avec nous, entre soldats, après la lutte et dans l'honneur, les moyens de mettre un terme aux hostilités. Que tous les Français se groupent autour du gouvernement que je préside pendant ces dures épreuves et fassent taire leur angoisse pour n'écouter que leur foi dans le destin de la Patrie. » Autour de la table chacun se taisait. Auguste, le nez plongé dans son assiette, retenait ses larmes. Odette et Marcelline débarrassaient silencieusement. Même les enfants avaient cessé de jouer. Auguste arrêta la radio et sortit. Les femmes demeurèrent assises, le regard perdu dans le vague. Puis, Julia se leva pour emmener les enfants se coucher. Pour une fois ceux-ci ne geignirent pas.

Quelques jours passèrent. Julia dissimulait mal son inquiétude au sujet de Léon. Plusieurs fois dans la journée, le nez collé à la fenêtre, elle regardait s'il arrivait par le chemin de la mare. Quand l'angoisse se faisait trop forte, elle montait à la ferme d'en haut parler avec les femmes. Marcelline sanglotait lorsqu'elles évoquaient Pierre, son fils chéri. « Si ça se trouve on me l'a tué! » disait-elle. Cela agaçait Odette. « Oh, écoute donc, lui répondait-elle, tu trouves que ce n'est pas assez difficile comme ça pour lui, qu'il faut que tu parles de le voir mort! »

Le soir, elles arrêtaient de jacasser quand Auguste revenait des champs. Il était toujours d'une humeur exécrable et maugréait pour un rien. Le 25 juin, il fut de retour un peu plus tôt que d'habitude. « Le Maréchal doit encore parler » dit-il en allumant la radio. Les parasites étaient tellement puissants qu'il s'assit, et colla son oreille contre le haut-parleur pour discerner les mots. Le discours était déjà commencé : « ... à partir du 15 juin, l'ennemi, franchissant la Loire, se répandait à son tour sur le reste de la France. Devant une telle épreuve la résistance armée devait cesser... » A cet instant, la voix, plus lointaine, devint inaudible. Auguste jura. Julia et Odette s'approchèrent encore plus. « Recule donc ta tête qu'on entende, demanda Odette. Ça grésille assez comme ça! » Auguste s'exécuta en grognant. Les propos de Pétain furent à nouveau perceptibles... « l'armistice est conclu. Le combat a pris fin. En ce jour de deuil national ma pensée va à tous les morts, à tous ceux que la guerre a meurtris dans leur chair et dans leur affection. Leur sacrifice a maintenu haut et pur le drapeau de la France. Ils demeurent dans nos mémoires et dans nos cœurs. Les conditions auxquelles nous avons dû souscrire sont sévères. Une grande partie de notre territoire va être temporairement occupée. Dans tout le nord et dans l'ouest de notre pays depuis le lac de Genève jusqu'à Tours, le long de la côte, de Tours aux Pyrénées, l'Allemagne tiendra garnison. Nos armées devront être démobilisées, notre matériel remis à l'adversaire, nos fortifications rasées, notre flotte désarmée dans nos ports. En Méditerranée, des bases navales seront démilitarisées. Du moins l'honneur est-il sauf... »

Des parasites couvrirent à nouveau la harangue du Maréchal. « Bon Dieu! marmonna Auguste tremblant d'émotion, ils nous rendent bien la monnaie de notre pièce... » Il se relevait quand la porte de la cuisine s'ouvrit avec fracas. Léon apparut, tout dépenaillé, la veste de son uniforme en lambeaux.

Julia jaillit de sa chaise, se jeta dans ses bras et se plaqua contre lui. Stupéfaits, Auguste et les deux femmes demeurèrent muets. Dans le silence de la pièce, la voix de Pétain paraissait venir d'outre-tombe : « C'est vers l'avenir que désormais nous devons tourner nos efforts. Un ordre nouveau commence. Vous serez bientôt rendus à vos foyers. Certains auront à le reconstruire. Vous avez souffert. Vous souffrirez encore. Beaucoup d'entre vous ne retrouveront pas leur métier ou leur maison. Votre vie sera dure. Ce n'est pas moi qui gouvernerai par des paroles trompeuses. Je hais les mensonges qui vous ont fait tant de mal. La terre, elle, ne ment pas. Elle demeure votre recours. Elle est la patrie elle-même. Un champ qui tombe en friche c'est une portion de France qui meurt. Une jachère de nouveau emblavée, c'est une portion de France qui renaît... » « C'est bien vrai » dit Auguste en montant le son. Léon se détacha de Julia et s'approcha du poste avec elle. Le président du Conseil continuait : « Nous avons à restaurer la France. Montrez-la au monde qui l'observe, à l'adversaire qui l'occupe, dans tout son calme, tout son labeur, toute sa dignité. Notre défaite est venue de nos relâchements. L'esprit de jouissance détruit ce que l'esprit de sacrifice a édifié. C'est à un redressement intellectuel et moral que d'abord je vous convie. Français, vous l'accomplirez et vous verrez, je vous le jure, une France neuve surgir de votre ferveur. »

Auguste éteignit et se tourna vers Léon : « Eh bien ! Voilà un de nos soldats en déroute ! Ça s'arrose ! C'est pas tous les jours qu'on perd une guerre ! » Marcelline descendit à la cave y prendre une bouteille de pouilly. A cet instant, Belle arriva dans la cuisine et se précipita vers Léon à la recherche d'une caresse. Elle aboyait et miaulait tout à la fois. Peu après, Léone, Anna et René, qui jouaient à la ferme d'en bas, firent leur entrée. Lorsqu'ils aperçurent Léon, ils se précipitèrent dans ses bras en poussant des cris de joie.

Tard dans la nuit, Léon racontait encore sa guerre par le menu. Jusqu'au 10 mai, date de l'offensive ennemie, il avait connu une grande quantité de villes de garnison dans le Nord... Amiens, Compiègne, Reims, Châlons jusqu'à ce que sa division, qui dépendait de la IVe armée, fût bousculée par les Allemands. « Alors, disait-il, nous nous sommes repliés vers le Sud. Nous avons tenté de les retarder mais pensez-vous ! Ils sont bien plus forts que nous ! » Marcelline que tout cela effrayait l'interrompit : « C'est vrai ce qu'on colporte sur les Allemands ? Qu'ils égorgent même les enfants ? » Léon éclata de rire, tandis qu'Auguste lui donnait une bourrade : « Tu as donc pas fini de dire des conneries ! – Quand nous sommes arrivés à La Charité, reprit Léon, on s'est dépêchés de traverser le pont et de le faire sauter. Ça allait les freiner, pensions-nous, et ainsi le plus gros de la troupe pourrait continuer sa retraite sans être harcelé. Avec quelques-uns nous nous sommes embusqués à La Chapelle-Montlimard... » Il s'arrêta de parler et tendit son verre pour qu'Auguste le lui remplît. Les enfants dormaient. Seul le mouvement régulier du balancier de la pendule troublait le silence de la nuit. Léon regarda Julia à la dérobée. Dieu qu'elle lui semblait belle ! Il s'éclaircit la gorge avant de répondre : « C'est à ce moment-là que j'ai eu l'idée de revenir ici. Après tout, nous n'avions plus aucune chance ! Il me semblait stupide de mourir là, à deux pas de la maison seulement pour une opération de retardement... Mais avant même qu'on ait essayé quoi que ce soit, nous étions pris sous le feu des Boches ! Le 18 on a décroché. C'est à ce moment-là que j'ai lâché mon unité. » Il but un nouveau verre de vin, claqua la langue et continua : « Diable ! Ce ne fut pas facile ! Pensez ! Il me fallait échapper à la fois aux Allemands et aux soldats français ! J'ai fait un grand détour par La Réserve. Je marchais surtout la nuit à travers champs. Et puis me voilà ! » Trois heures sonnèrent. « Bon Dieu, s'écria Auguste, c'est qu'il faut se lever demain! » Julia allait réveiller les enfants quand Marcelline l'arrêta. « Laisse-les donc ici. On va s'en occuper avec Odette. Descendez tous les deux. Quand on s'est pas vus depuis si longtemps, on a des choses à se dire! » Julia lui sourit et l'embrassa. Elle entraîna Léon : « Viens! Maintenant que la guerre est perdue je te veux tout pour moi! » Dès qu'ils furent arrivés à la ferme d'en bas, Léon saisit Julia par la taille, la souleva du sol et l'amena jusqu'à la chambre, où ils sautèrent sur le lit.

Impatiente, Julia n'attendit pas que Léon eût fini de la déshabiller. Elle prit à pleine main son sexe durci, écarta les jambes et l'encouragea à la pénétrer. Elle poussa un petit cri, referma ses cuisses sur la taille de Léon, saisit ses fesses et imprima à son corps un rythme régulier et violent. Léon sans cesse à la limite de la jouissance mordillait les mamelons durcis que lui offrait Julia. Il promenait ses mains sur son corps ferme, arqué dans la recherche d'un plaisir toujours plus fort.

Julia ne s'appartenait plus. Sa mémoire échauffée lui restituait des souvenirs lointains de jouissance partagée avec Léon. Elle râlait, criait, riait. Soudain, elle sentit qu'elle approchait du plaisir. Pour mieux goûter cet instant fugace qu'elle attendait depuis plusieurs mois, elle enserra encore plus fortement Léon. Leurs corps se relâchèrent ensemble. Ils ne bougèrent plus. L'un et l'autre, l'esprit brouillé par l'émotion, se taisaient. Julia sentit le sommeil l'envahir. Elle se laissa glisser dans l'inconscience.

Léon toujours uni à Julia se souleva sur un coude et s'aperçut qu'elle dormait. Il ne la réveilla pas. Au contraire, il voulait la regarder à loisir et mieux reconnaître celle qu'il avait imaginée dans la solitude des chambrées et des tours de garde. Jamais encore, depuis qu'ils se connaissaient, il n'avait ressenti aussi fortement cette certitude de pouvoir vivre à ses côtés durant toute une vie...

Julia bougea et ouvrit les yeux. Dès qu'il rencontra son regard, Léon sentit le désir le reprendre. Julia écrasa sa bouche contre la sienne. Léon l'enlaça. Julia aimait sentir en elle le sexe de Léon. Les bras cramponnés à son cou, elle se collait à lui pour mieux épouser ses muscles tendus par l'effort. Léon roula en dessous d'elle. Julia, appuyée sur les genoux, le chevaucha quelques instants puis, entraînés par le rythme désordonné de leurs corps, ils chutèrent du lit. Léon, enivré par la recherche du plaisir, martelait le ventre de Julia avec frénésie. Celle-ci, inondée de sueur, glissait sur le sol de tommettes. Elle jouissait constamment. Léon se crispa en un ultime soubresaut et s'affaissa sur Julia. Celle-ci, la tête coincée entre le mur et le pied de la table de nuit le repoussa doucement. « Il faut que je sorte de là ! Je respire toute la poussière ! » Ils éclatèrent de rire et remontèrent s'allonger. Silencieux, ils restèrent serrés l'un contre l'autre et s'endormirent.

Bien vite, la vie à la ferme reprit son cours habituel. S'il n'y avait eu la radio, ils auraient même fini par oublier l'occupation. Aucun Allemand ne passait par là. De toute manière, ils avaient d'autres chats à fouetter : le temps de la moisson approchait. Chaque jour, Léon et Auguste partaient faire le tour des champs de blé. Ils arrachaient quelques épis et retournaient les grains dans leurs paumes. Il fallait attendre qu'ils fussent complètement mûrs pour entamer la coupe.

Louis, l'ouvrier qu'Auguste avait engagé quelques années auparavant, revint de la guerre, lui aussi. Il fut accueilli à bras ouverts : « Tu tombes à pic, lui dit Auguste en lui tapotant l'épaule, il y a de quoi t'occuper, crois-moi. »

Un soir, alors que la nuit commençait à tomber, Auguste et Louis rentrèrent seuls du travail. Julia s'inquiéta : « Où donc est fourré Léon? » Auguste haussa les épaules. « Bah, il nous a quittés vers les six heures. Je crois qu'il allait à La Charité retrouver Benoit et ses Chemises Vertes... » Julia demeura songeuse. Cela l'agaçait que Léon ne lui en eût pas parlé. Mais sa mauvaise humeur ne dura pas. Dans le fond il était normal qu'il voulût revoir ses anciens camarades.

Il fallut bientôt allumer l'ampoule. Anna, qui dormait dans la maie, se mit à brailler. Julia la prit dans ses bras et la berça. Auguste et Louis évoquaient la chaleur étouffante de la soirée. René, assis en bout de table, tapait violemment sur son assiette avec une cuillère en répétant sans cesse : « Papa! Papa! » Il faisait un tel raffut que le silence se fit dans la cuisine. Auguste se mit en colère : « Dis donc, petit morveux! Tu arrêtes de gueuler comme ça sinon je t'enferme avec les poules et le renard va venir te manger! » René, qui craignait son grand-père, s'arrêta immédiatement.

Auguste profita du calme pour reprendre : « Bon, il va falloir donner un sacré coup de collier. Le blé est mûr. On commencera la moisson dans la semaine qui vient. Je suis allé voir l'Andréa. On attaquera par chez lui et on finira à La Réserve. Vous, les femmes, vous vous arrangerez avec l'Ernestine pour faire le manger. » Puis il se tourna vers Louis : « Demain on préparera la moissonneuse et la batteuse. » Léone quitta son siège et vint sur les genoux d'Auguste. « Dis, papi, je pourrais travailler avec vous et monter sur le cheval? » Le vieux se mit à rire. « Ah! c'est sûr qu'avec les biscoteaux que tu as, tu vas pouvoir nous aider! Bon, allez! Je t'embauche! » René se leva à son tour en criant : « Moi aussi, moi aussi... » Auguste le repoussa : « Toi, tu donneras la main quand tu seras sage! Je ne veux pas d'un vaurien dans mes jambes! Va à ta place! » René retourna s'asseoir en bougonnant.

Le dîner terminé, Julia envoya Léone et René jouer dehors pour ne pas déranger Auguste qui s'assoupissait. Elle aida Odette et Marcelline à faire la vaisselle. Toutes les trois se taisaient. Julia qui essuyait machinalement s'inquiétait au sujet de Léon. Comment se faisait-il qu'il ne fût pas encore rentré? Peut-être avait-il été arrêté par les Allemands! « Ma fille, tu vas finir par l'user cette assiette, lui dit Marcelline, ça fait des heures que tu l'essuies! » Julia sursauta. « Je suis fatiguée! Je supporte mal les grosses chaleurs. » Odette intervint : « Laisse donc ce qui reste. On terminera avec ta mère. Emmène les gosses et te fais pas de mouron! Il va bien finir par revenir! » Julia sourit et posa le torchon sur la table. Elle prit Anna dans ses bras. La petite ne se réveilla pas. Elle embrassa les deux femmes et sortit. La nuit de pleine lune était claire. Elle demanda à Léone et René de marcher devant elle. Belle suivait le museau au ras du sol.

Dès qu'ils furent arrivés, Léone et René allèrent se coucher, Julia allongea Anna dans le petit lit blanc qui avait servi aux deux aînés. L'enfant lui parut chétive. Mais surtout elle portait déjà sur la visage un air grave qui rappelait celui de sa défunte sœur. Julia haussa les épaules et marmonna : « C'est pas croyable qu'avec le père que tu as, tu sois aussi maigrichonne et triste. Je me demande bien à qui tu ressembles. »

Elle fut tirée de sa réflexion par les cris de Léone et René qui chahutaient. Elle se mit en colère. Cela lui suffisait d'attendre Léon, elle n'allait pas supporter les criailleries des gamins! Quand elle entra dans leur chambre, elle découvrit les deux corps à moitié nus emmêlés sur le sol. « Ah! je vais vous apprendre, moi, à vous battre comme des chiffonniers, s'écria-t-elle. Vous allez voir ça! » Elle se précipita dehors et arracha une poignée d'orties auprès du puits. Quand elle revint les enfants se battaient toujours. Elle frappa sur les jambes nues de l'un et de l'autre. Ils hurlèrent et s'engouffrèrent dans leur lit. René en pleurs criait : « Je le dirai à Papa! Je le dirai à Papa! » Julia haussa les épaules. « C'est ça! Pour ça il faudrait qu'il soit là. » Léone, retournée vers le mur, pleurait aussi, mais silencieusement. Julia la borda, l'embrassa, puis éteignit. « Et que je ne vous entende plus, sinon, ça ira mal! »

Julia alla s'asseoir près de la table. Elle se sentait l'envie de ne rien faire. Elle repensa à Léon. Plus le temps passait, et plus elle s'énervait. Où diable se trouvait-il? Dire qu'elle était clouée là, à ne rien pouvoir faire, sinon attendre.

A cet instant, la porte s'ouvrit brutalement. Léon apparut le sourire aux lèvres. Julia laissa éclater sa mauvaise humeur. « Où étais-tu donc fourré? » Il s'approcha et l'enlaça. « Te fâche pas! Il fallait que je revoie Benoit. Maintenant qu'on a enfin un chef d'État... » Julia se dégagea. L'haleine avinée de Léon la dégoûtait. « Le voilà qui se remet à boire, pensa-t-elle. Ça va recommencer comme dans le temps. Il va rentrer tous les soirs ivre mort et plein de grandes idées pour refaire le monde! » Léon parlait d'une voix fiévreuse : « Tu comprends, on va pouvoir remettre tous les fainéants au travail et se débarrasser de la racaille communiste! D'ailleurs, le Maréchal l'a bien dit. Il faut qu'on restaure le pays! »

Julia luttait contre les larmes. Elle se fichait bien de ce que Léon racontait. « Depuis toujours elle n'entendait rien à la politique. Non! Elle voulait qu'il la prît dans ses bras et qu'il l'emmenât dans la chambre. Elle souhaitait le sentir en elle, nom d'un chien!... Léon continuait à dégoiser. « On va reprendre en mains la coopérative. Quand je pense que pendant des années ces salauds de rouges ont fixé le prix du quintal à des niveaux plus élevé uniquement pour s'enrichir! C'est fini désormais! Benoit me l'a dit. C'est nous qui allons commander. »

Bientôt, Julia ne put plus lutter. Elle se mit à pleurer. Léon s'arrêta. « Eh bien, ma chérie? Que se passe-t-il? » Il la prit dans ses bras et la serra contre lui. Julia s'abandonna. Léon pouvait boire et penser ce qu'il souhaitait pourvu qu'il ne fût pas toujours parti! Elle l'avait attendu pendant des mois. Ça n'allait pas recommencer tous les soirs! Léon la cajola. « T'inquiète pas ma Julia. T'inquiète pas! On va être heureux, tu vas voir! J'ai mon idée là-dessus. » Julia qui tombait de sommeil ne lui demanda rien. Elle l'entraîna vers le lit.

La moisson commença au début de la semaine suivante. Andréa et Auguste avaient embauché une douzaine de saisonniers. Il fallait aller vite. Durant cette saison les orages se faisaient parfois très violents et risquaient de détruire le travail de toute une année. Les hommes travaillaient d'arrache-pied. La moissonneuse, tirée par le cheval que guidait Léon, rejetait sur le sol les gerbes ficelées. Derrière, des ouvriers, en piquaient plusieurs avec leur fourche, et les lançaient dans une longue gerbière en bois qui les suivait. Là, Auguste et Andréa les alignaient selon une géométrie rigoureuse. Dès que la charrette était pleine, ils revenaient à la ferme où le blé était battu. La machine, installée dans la cour, faisait un bruit d'enfer, et vomissait un long jet continu de poussière et de balles mêlées. A intervalles réguliers, elle évacuait des ballots de paille que des hommes récupéraient et entassaient les uns sur les autres sous le hangar.

Léone ne quittait pas Auguste. A l'aller le vieux l'asseyait sur le dos du cheval. Au retour, il l'allongeait à côté de lui au faîte du chargement de gerbes qui emplissaient la carriole. Léone adorait cet endroit. De là, elle pouvait découvrir la campagne environnante et, en cours de route, arracher des feuilles d'arbres désormais accessibles.

Le dernier jour de la récolte, en fin d'après-midi, alors qu'elle se trouvait seule là-haut à attendre le retour à la ferme, elle reconnut Pierre qui arrivait par la route des Bertins. « Eh! hurla-t-elle à l'adresse des hommes qui discutaient en bas, voilà l'oncle Pierre! Voilà l'oncle Pierre! » Auguste, qui avait fini par l'oublier, s'écria : « Bon Dieu, il aura mis du temps à revenir, celui-là! C'est la mère qui va être contente! » Puis il se précipita vers lui.

Léon ne bougea pas. Il se sentit soudain envahi par une angoisse diffuse. La haine qu'il éprouvait à l'égard de Pierre avant la guerre se réveillait. Il ne lui pardonnerait jamais le coup de fusil qu'il avait tiré sur lui lors d'une chasse. Un instant, il songea s'éloigner. Mais il était déjà trop tard. Pierre se tenait là, devant lui, un sourire ironique aux lèvres. « Tiens, te voilà toi! dit-il, tu as dû courir plus vite que les Schleuhs pour être déjà là. Tu voulais peut-être les accueillir! » Léon serra les poings. « Tu ne perds rien pour attendre » pensa-t-il en fixant Pierre dans les yeux.

Le soir, Auguste voulut qu'on fît la fête. Pierre venait de rentrer. Le travail était accompli. La paille pour l'hiver était engrangée. Le blé emplissait les greniers et serait bientôt porté à la coopérative pour y être vendu à bon prix. Maintenant, il fallait boire, manger et danser toute la nuit.

Quelques hommes descendirent chercher un tonneau de piquette à la cave et l'installèrent dans la cour. Pendant ce temps, les femmes s'activaient aux fourneaux. Elles préparaient deux fois plus de volailles que les soirs précédents. Comme disait Odette, avec ça, ils auraient de quoi remplir leurs panses de soiffards! Exceptionnellement, Julia avait permis à Léone et René de rester. Toutefois, ils devaient demeurer assis aux côtés de Clémence, leur grand-mère paternelle.

Ce fut bientôt la cacophonie autour de la table. Ça gueulait, ça éructait, ça chantait à tue-tête. L'ambiance se faisait d'autant plus survoltée que la chaleur de la fin de soirée asséchait les gosiers. Au loin, des éclairs tentaculaires illuminaient le ciel chargé de nuages. Le roulement sourd du tonnerre indiquait un orage encore lointain. Auguste l'affirmait : « Il y a encore long avant qu'on se fasse saucer ! »

Soudain, un silence relatif s'installa. Pierre et Léon, qui se trouvaient assis l'un en face de l'autre, s'invectivaient à propos de la situation politique. Pierre assenait de violents coups de poing sur la table pour renforcer son propos. « Ton Pétain, c'est un soldat de carnaval, moi je te le dis ! Tout ce qu'il a c'est une voix de chèvre ! Ça suffit pas pour arrêter les Frisés. La preuve : ils sont là ! » Léon, debout, répondait en pointant le doigt vers Pierre : « Tu me fais rire ! En tout cas, ce soldat de carnaval a su mettre un terme à la guerre ! »

Au début, Auguste n'avait pas pris part à la discussion. Mais le vin aidant, il s'y mit à son tour. Léon avait raison ! Après tout, le Maréchal avait sauvé la France ! Aussitôt la querelle dégénéra et gagna l'ensemble des ouvriers. Ça vociférait dans tous les coins, ça s'injuriait. On se balançait les pires insultes à la figure.

Odette et Marcelline tentèrent de mettre un terme à la dispute, mais bien vite, elles y renoncèrent. Ivre de rage, Pierre hurlait à la face de Léon : « Ce sont des hommes de ton espèce qui nous ont amenés à capituler devant les Schleuhs ! A jouer avec le feu on finit par se brûler. » Léon répondait sur un ton haineux : « Ce sont ces salauds de rouges qui ont commencé. Ces larbins de Moscou ont affaibli le pays. Alors moi, je préfère l'ordre de Pétain ! » Pierre lui coupa la parole. « Bon Dieu ! Arrête de prononcer le nom de ce vieux con... » Léon, à qui la colère donnait du courage, répondit : « Pour cela, il faudrait me faire taire ! – Ah oui? » répliqua Pierre qui se mit à contourner la table. Auguste l'agrippa par le bras. « Arrête, tête de lard! Arrête donc! » Mais Pierre se dégagea.

Léone et René, alertés par les cris, échappèrent à l'attention de Clémence et s'avancèrent. Ils s'arrêtèrent à distance respectueuse et regardèrent en se tenant par la main. Les ouvriers se calmèrent et finirent par se taire. La discussion prenait une tournure telle qu'elle ne les regardait plus. Si les patrons désiraient régler leurs comptes, c'était leur affaire!

Pierre s'approchait de Léon qui se mettait en garde pour se défendre, quand Julia apparut sur le seuil de la cuisine, un fusil à la main. Elle le pointa vers le ciel et tira deux coups d'affilée. Pierre et Léon se figèrent sur place. Toutes les têtes se tournèrent. Le silence dura un long moment. Personne ne savait que dire ou que faire. Cela dépassait tellement l'entendement qu'une femme se mêlât ainsi de séparer des hommes qui se querellaient et surtout qu'elle employât un moyen aussi inattendu! Bon Dieu! il fallait qu'elle eût du cran, la petite! Même Odette et Marcelline en avaient le souffle coupé.

Après avoir soutenu les regards de toute la tablée, Julia éjecta les cartouches. Elle entra dans la cuisine et accrocha le fusil au râtelier. Pierre, Léon et Auguste regagnèrent leur place sans dire un mot. « Ah, la vache! » grommela le vieux en s'asseyant. Ce fut tout.

Soudain, l'un des saisonniers gueula : « C'est pas le tout de faire bonne chère! On aimerait tâter de la chair fraîche! » Tous les hommes s'esclaffèrent. « Pour sûr! » s'exclama Louis. Il prit son accordéon posé à ses pieds et se mit à jouer. Un autre accordéoniste et un violoniste vinrent le rejoindre. Ils jouaient faux, mais cela n'avait aucune importance. On était là pour se trémousser, pas pour écouter de la musique! René et Léone dansaient ensemble sous l'œil amusé de Clémence. Auguste se partageait entre Odette et Marcelline, tandis qu'Ernestine et les autres filles de ferme se dandinaient dans les bras des ouvriers.

Les éclats du tonnerre se rapprochaient et se mêlaient à la musique. Le vent se levait. L'orage n'allait pas tarder à éclater. Quelques hommes, plus hardis que d'autres, proposaient une danse à Julia, mais celle-ci se dérobait sans cesse. Elle ne voulait danser qu'avec Léon et elle attendait qu'il vînt la chercher. Celui-ci, insensible à tout ce tumulte, buvait verre sur verre. Il ressassait sa colère. Un jour prochain, c'était sûr, il ferait ravaler à Pierre tout ce qu'il avait dit!

Un coup de tonnerre plus violent que les autres recouvrit la musique. Les premières gouttes tombèrent. Personne ne courut se mettre à l'abri. Au contraire, il faisait tellement chaud que chacun en profitait pour se rafraîchir.

« Où est Julia? » se demanda Léon. Il la chercha des yeux dans la foule des danseurs mais ne l'y trouva pas. Il traversa la cour en titubant. Il désirait valser avec elle. A cette pensée, il éclata de rire. Comment allait-il faire? Il ne tenait même pas debout! En le voyant hilare, des ouvriers éméchés rirent à leur tour sans savoir pourquoi. Léon, qui s'appuyait sur l'un ou sur l'autre pour ne pas tomber, parvint à la cuisine. Julia, penchée au-dessus de la maie, consolait Anna qui pleurait. Léon s'approcha, prit Julia par la taille et se colla contre elle. Celle-ci sursauta et se retourna. « Lâche-moi », dit-elle en écartant les mains de Léon. Ce dernier ricana. Il se rapprocha encore plus et poussa Julia sur le meuble. Effrayée Anna se mit à geindre de plus belle. « Viens danser » dit Léon, la voix enrouée par la convoitise. D'un coup de reins Julia le repoussa et lui échappa. « Attrape-moi ! Attrape-moi si tu peux ! » Léon, excité par le désir et l'alcool, tira violemment la table et coinça Julia. Il avança vers elle et l'enlaça. Elle se plaqua contre lui.

La fête battait son plein. Les musiciens, aussi enivrés que les danseurs, faisaient un bruit infernal pour lutter contre celui du tonnerre. Soudain, un craquement sec et violent résonna très haut dans le ciel, suivi immédiatement d'un grondement lourd qui ébranla les murs et les vitres de la cuisine.

« La foudre ! » cria quelqu'un. Léon et Julia, surpris, se détachèrent l'un de l'autre. Auguste entra en trombe dans la pièce. « Bon Dieu ! C'est bien le moment ! gueula-t-il. Le fenil brûle ! » Léon et Julia se précipitèrent dehors.

Les hommes et les femmes dégrisés, couraient dans tous les sens à la recherche de récipients dans lesquels mettre de l'eau. Mais bientôt, tous s'immobilisèrent à contempler le brasier. Il n'y avait plus rien à faire. La paille se consumait rapidement, en un crépitement continu et sinistre. Désormais, il valait mieux laisser faire la pluie qui commençait à tomber avec violence. Auguste, Pierre, Léon et quelques ouvriers dégagèrent les alentours de la grange. Ils sortirent de l'écurie les bêtes qui commençaient à gueuler et à s'agiter. D'autres hommes éloignèrent les charrettes pour qu'elles ne prissent pas feu. Heureusement, le bâtiment d'habitation se trouvait à l'écart. L'incendie ne risquait pas de s'y propager.

Tous regardaient les grandes flammes qui sortaient des lucarnes, des portes et des moindres interstices de la bâtisse. Léone et René, à la fois fascinés et effrayés, serraient fortement les mains de Clémence. Les poutres commencèrent à céder. Un pan de mur s'écroula. Tout le monde recula. Les visages éclairés exprimaient à la fois l'étonnement et le chagrin. Le fruit de leurs efforts se consumait en un instant sous leurs yeux.

Enfin, la pluie tomba en grosses gouttes serrées. Bien qu'ils fussent trempés, ils ne bougeaient toujours pas. Les bras pendaient le long des corps. Ils voulaient voir jusqu'au bout et accompagner cette catastrophe de leur souffrance muette. Quelques-uns faisaient le geste inutile d'essuyer leurs yeux où les larmes se mêlaient à l'eau de pluie. Auguste, le visage crispé, les poings serrés, s'avança de quelques pas vers le brasier comme s'il eût voulu le combattre à mains nues.

Trempés, dessoûlés, ils attendirent que la grange ne fût plus qu'un amas de braises avant de s'éloigner sans un mot. Léone et René vinrent se réfugier dans les jupes de Julia, qui les emmena se coucher. Odette et Marcelline se collèrent contre Auguste. Celui-ci les enlaça et les entraîna vers la cuisine. Anna, qui ne pouvait descendre de la maie toute seule, braillait toujours. Marcelline la prit dans ses bras et la berça.

Andréa, la mine défaite, s'assit près d'Auguste et le saisit par l'épaule. « C'est rien, Auguste! On va tous s'y mettre et on va te remonter ça! Pour la paille, j'en ai assez pour deux, va! » Le vieux hocha la tête. Son menton trembla, puis les larmes coulèrent. Personne ne le regarda. Les femmes firent chauffer du café. Le jour n'allait pas tarder à se lever, et ce n'était pas le travail qui manquerait.

Le matin du 7 août, Auguste décida qu'il fallait dégager l'amoncellement de gravats et de bois calcinés. Pierre et lui trieraient ce qui pouvait être conservé. Louis et Léon disperseraient le reste dans les ornières des chemins de traverse. Ils travaillaient depuis deux bonnes heures, quand ils perçurent un grondement encore lointain, mais qui s'amplifiait rapidement. Ils relevèrent la tête. Un convoi allemand s'approchait par la route de Malmaison. Auguste laissa tomber sa pelle. « Je vais les regarder passer ! J'aimerais bien voir quelles têtes ils ont ! » Il s'approcha du portail, suivi de Pierre. La voiture de tête s'arrêta devant lui. Un officier allemand, suivi de deux autres militaires, vint à la rencontre d'Auguste. Curieux, Léon s'avança. L'officier salua. « Je souhaiterais parler au propriétaire des lieux. – C'est moi » répondit Auguste. L'officier inclina légèrement la tête. « Voilà, dit-il, comme vous le savez probablement, sur ordre du gouvernement d'occupation, nous réquisitionnons dans chaque ferme une partie de la récolte pour payer le tribut d'entretien de nos armées. » Auguste le fixait sans un mot. L'Allemand, interloqué par son silence, lui sourit et reprit : « Pouvons-nous entrer ? » Le vieux s'approcha : « Écoutez-moi bien, tonna-t-il, je n'ai pas trimé comme un âne toute ma vie pour qu'on vienne me prendre ce qui m'appartient ! Et encore moins des étrangers ! Alors, vous allez foutre le camp ! » Puis il désigna le portail. L'Allemand ne s'émut pas. Il claqua des doigts. « Eh bien, monsieur, je vais être obligé d'employer la force. » Quelques soldats sautèrent du premier camion, la mitraillette pointée, et entourèrent les quatre hommes. « Bon Dieu ! » jura Pierre. Il allait se précipiter quand Auguste le retint par le bras. « Bouge pas, bougre d'imbécile ! »

Les véhicules rentrèrent. D'autres militaires en sortirent et fouillèrent partout. Pendant une heure, ils chargèrent du bois coupé, entassé au fond de la cour, et de la paille qui se trouvait à la limite du champ d'à côté. Dans le grenier, ils prirent une douzaine de sacs de blé provenant d'une récolte précédente. Enfin, ils emmenèrent un cheval. Lorsque ce fut terminé, l'officier vint trouver Auguste et lui tendit une feuille : « Tenez, signez là ! » ordonna-t-il. Auguste ne broncha pas et le regarda droit dans les yeux. L'Allemand n'insista pas, apposa lui-même une signature et remonta dans sa voiture. Le convoi s'ébranla et se dirigea vers la ferme d'Andréa.

Les femmes et les enfants, qui avaient été enfermés dans la cusine, arrivèrent en courant. « Salauds ! Salauds ! criait Auguste. Ils vont pas l'emporter au paradis ! Croyez-moi ! Ah ! il peut toujours raconter le Maréchal qu'un champ qui tombe en friche c'est la France qui meurt ! Eh bien, il a qu'à me dire maintenant comment on va faire pour qu'elle tombe pas en friche la terre ! » Personne n'osait bouger. Ils le laissèrent s'éloigner et se remirent au travail sans dire un mot. Les enfants retournèrent jouer à la ferme d'en bas.

Pierre, Léon et Louis escaladèrent l'amas de ruines. Il faisait une chaleur torride. Pour étancher leur soif, ils se passaient la bouteille de pouilly qu'ils gardaient au frais dans une besace mouillée. A un moment, Léon se releva, s'appuya sur le manche de sa pelle et avala plusieurs goulées. « Eh bien ! dit-il, c'est pas étonnant qu'avec de tels soldats ils aient gagné la guerre ! » Pierre haussa les épaules. « C'est pas étonnant surtout qu'avec des soldats comme toi on l'ait perdue ! » Il n'avait pas fini sa phrase que Léon se trouvait sur lui à le marteler de coups de poing. « Tu vas voir comment je vais t'arranger le portrait. Tu vas voir ! » Ils roulèrent dans les gravats, se relevèrent. Chaque fois qu'ils retrouvaient l'équilibre, ils échangeaient des horions en s'insultant. Louis, qui n'en revenait pas de les voir se battre, s'époumonait : « Bon Dieu ! Vous allez arrêter de vous foutre sur la gueule ! » Il tenta de les séparer, mais ce fut inutile. Les deux hommes s'empoignèrent à bras-le-corps et culbutèrent de nouveau à terre. Pierre eut le dessus. Avec toute la violence dont il se sentait capable, il écrasa son poing sur la face de Léon. Ce dernier hurla, s'arcbouta et envoya valdinguer Pierre sur le tas de décombres. Celui-ci poussa un cri. La douleur dans son dos était si aiguë qu'il ne parvenait pas à se relever. Léon, le visage ruisselant de sang, saisit sa pelle et se rua sur Pierre. Il allait lui écraser la tête quand Auguste, qui venait d'arriver en courant, lui retint le bras et l'écarta en gueulant : « Vous êtes devenus fous tous les deux ! Voilà que les Allemands viennent chaparder chez nous et vous trouvez encore le moyen de vous bagarrer comme des bons à rien ! » Léon s'essuya la face ensanglantée du revers de sa manche et fit quelques pas vers la ferme d'en bas. Soudain, il s'arrêta et pointa un doigt vers Pierre : « Je te ferai la peau un jour ! Tu m'entends ? » Pierre qui éprouvait toujours de violents élancements dans les reins, se releva et ricana. Léon reprit son chemin en jurant.

Marcelline poussa un cri lorsqu'elle vit la figure de Pierre qui entrait dans la cuisine. « Mais, c'est pas possible ! Comment donc c'est arrivé ? » Pierre, qui saignait des mains et du nez, repoussa sa mère. « Laisse-moi tranquille ! » hurla-t-il. Puis il se passa la tête sous l'eau. Julia, qui épluchait des légumes avec Odette, éprouva un pressentiment. « Où est Léon ? » demanda-t-elle, en se précipitant dehors. Elle courut jusqu'à la ferme d'en bas. Léon tamponnait doucement son visage tuméfié à l'aide d'un torchon mouillé. Julia s'emporta. « Mais enfin, qu'est-ce qui vous a pris de vous battre ainsi ! C'est incroyable de voir ça ! Ça ne sera plus vivable ici si... » Léon lui coupa la parole : « Bon Dieu ! Tu la fermes ! Je veux qu'on fiche le camp d'ici ! Sinon... » Julia haussa les épaules. « De toute façon, vous ne vous êtes jamais entendus ! Ça date... » Léon l'interrompit : « Du jour où il m'a tiré dans la forêt pendant qu'on chassait ! » Julia lui arracha sa compresse des mains, puis continua à nettoyer la plaie. « Tu te trompes, reprit-elle, Pierre ne t'a jamais tiré dessus. C'est Jean... » Léon se leva. « Et alors, qu'est-ce que ça change ? Si l'autre l'avait pu, il l'aurait fait ! » Excédé, il sortit de la cuisine et s'engagea sur le chemin de la mare. Qu'est-ce que cela pouvait bien lui faire que ce fût Jean ou un autre qui l'eût canardé ! Il se rappelait le regard de Pierre ce jour-là, chargé de haine, et son rire sarcastique. Jamais il ne lui pardonnerait... « Ah ! Il peut bien jouer les fiers-à-bras ce salaud de mes deux, pensa-t-il, il peut ! Ça va pas durer longtemps ! » Soudain, il prit peur. Cette envie de tuer qu'il avait ressentie lorsqu'il avait étranglé

Perrette le reprenait. Il s'accouda à la margelle du puits et se calma en cherchant à distinguer l'eau au fond du trou obscur.

Les jours passèrent. Léon ne montait plus à la ferme d'en haut. Il ne voulait plus travailler aux côtés de Pierre. Il demeurait de longues heures, attablé dans la cuisine devant un verre de vin, à ruminer sa rancœur. Il ne pouvait plus se montrer devant Benoit et les chemises vertes qui le tourneraient en ridicule.

Cela dura jusqu'au 13 août au soir. Julia et les enfants se trouvaient à la ferme d'en haut. Léon, n'y tenant plus, se regarda dans la glace. Son visage avait recouvré son aspect habituel. Il sauta dans le coupé et fila rejoindre ses amis à La Charité. Il éprouva quelques difficultés à pénétrer dans la ville. En effet, les Allemands ayant installé un barrage à l'entrée, il fallait faire la queue durant un long moment. Quand ce fut son tour, un soldat lui demanda sa carte d'identité. Léon tressaillit. Il n'avait pas pensé à la prendre! Il expliqua au militaire qu'il ne savait pas qu'il fallait s'en munir. « La prochaine fois, assura-t-il, je ne l'oublierai pas! » Le planton qui ne comprenait rien appela un officier. Celui-ci parlait français. Léon s'expliqua. L'Allemand lui fit signe de passer avec un large sourire. « Pour aujourd'hui, ça va! Mais la prochaine fois... – Comptez sur moi! » répondit Léon qui fouetta son cheval avec vigueur. « Ça c'est incroyable! marmonna-t-il. Non seulement ils nous fichent une raclée, mais en plus ils sont aimables! »

Comme le gros Marcel était mort sans descendance, son café appartenait désormais à la municipalité, qui le vendrait bientôt aux enchères. Le maire avait autorisé qu'en attendant il restât ouvert. Marie continuait à servir seule et affichait de plus en plus des airs de patronne. Cela plaisait aux habitués qui appréciaient la façon qu'elle avait de les traiter, avec un mélange de rudesse et de douceur qui n'appartenait qu'à elle.

Quand Léon entra, la salle était pleine de monde. Il reconnut Benoit, plusieurs de ses camarades, mais aussi des gens du coin qui d'habitude ne venaient pas boire à cette heure-là. Il fut étonné d'apercevoir quelques soldats allemands, puis il haussa les épaules. « Après tout, pensa-t-il, ils sont faits comme nous! Ils ont bien le droit de se rincer de temps en temps! »

Benoit l'accueillit d'une grande tape dans le dos. « Tu arrives bien, le Maréchal va causer. » Marie augmenta le son de la radio. Aussitôt les uns et les autres, déjà familiarisés avec cette voix fatiguée, se turent. « Français, commença le vieillard, de faux amis, qui sont souvent de vrais ennemis, ont entrepris de vous persuader que le gouvernement de Vichy, comme ils disent, ne pense pas à vous, ne fait rien pour vous, ne se soucie ni des besoins communs à l'ensemble de la population française, ni de ceux qui concernent nos patriotes les plus éprouvés. » Léon ne parvenait pas à se concentrer sur le discours. Il regardait le faciès sérieux des clients qui hochaient la tête sans arrêt d'un air entendu. « Je laisse de côté pour le moment, continuait le chef de l'État, les mesures très nombreuses que nous avons prises ou qui sont déjà envisagées pour ouvrir à la France meurtrie les portes de l'avenir : épuration de nos administrations parmi lesquelles se sont glissés trop de Français de fraîche date; répression de l'alcoolisme qui était en train de détruire notre race; encouragement à la famille, cellule essentielle de la société et de la patrie; réforme de l'instruction publique en vue de la ramener à sa fonction éducatrice et à son rôle national. » Tout à coup, Léon se sentit envahi par une profonde émotion. Tous les hommes, dans cette salle, semblaient convaincus. Même les Allemands se taisaient... Léon n'écoutait plus. Tout ce qui l'entourait semblait figé. Il se laissait bercer par le rythme lancinant de l'exposé. Parfois, son attention était accrochée par une phrase assenée avec plus de force. « D'autres épreuves ont leur source dans les mêmes causes qui ont conduit le pays au désastre. Dans la démoralisation et la désorganisation qui, comme une gangrène avaient envahi le corps de l'État en y introduisant la paresse et l'incompétence, parfois même le sabotage systématique, aux fins de désordre social ou de révolution internationale. » Léon se mettait lui aussi à dodeliner de la tête. Tout ce que disait le Maréchal semblait si bien expliquer les raisons du malheur dans lequel la France se trouvait plongée. « Ces causes n'ont pas disparu avec le changement des institutions, insistait l'orateur, elles ne disparaîtront qu'avec le changement des hommes. J'ai pu constater en maintes circonstances, avec une peine réelle, que les intentions du gouvernement étaient travesties et dénaturées par une propagande perfide et que les mesures mûrement réfléchies étaient empêchées de porter leurs fruits par l'inertie, l'incapacité ou la trahison d'un trop grand nombre d'agents d'exécution. Ces défaillances, ces trahisons, seront recherchées et sanctionnées. La responsabilité des fonctionnaires ne sera plus un vain mot. La révolution par en haut, comme on l'a appelée, descendra de proche en proche jusqu'aux assises mêmes de l'État et de la Nation. La France nouvelle réclame des serviteurs animés d'un esprit nouveau, elle les aura. » Léon, échauffé par l'alcool, acquiesça à voix haute. « Il a raison, le Maréchal! Il faut que ça change! »

Certains clients lui demandèrent de la fermer, mais Léon s'en ficha. Il ne pouvait faire autrement qu'exprimer son enthousiasme pour ce que disait le chef de l'État. Oui, il fallait une jeunesse forte, saine de corps et d'esprit! Oui, la patience était la forme la plus nécessaire du courage! Il ne condescendit à se taire qu'à la fin du discours. « Aujourd'hui que la France est en proie au malheur véritable, il n'y a plus de place pour les mensonges et les chimères. Il faut que les Français s'attachent à supporter l'inévitable, fermement et patiemment. Le rôle du gouvernement est de les y aider par une action constante uniquement inspirée de la passion du bien public. Nous nous engageons simplement à travailler de notre mieux, honnêtement, courageusement, de toutes les forces de notre esprit et de notre cœur pour remplir la haute et difficile mission qui nous est dévolue. Faisons notre devoir, les uns et les autres, en toute conscience; le salut de la France que mettrait en danger nos discordes sera la récompense de notre union. »

Aussitôt, Léon applaudit. Les autres consommateurs, surpris, hésitèrent puis finirent par l'imiter. Même si la France se trouvait occupée, il n'y avait pas de quoi en faire un drame. Pétain serait toujours là pour protéger le pays!

Léon revint à la ferme tard dans la nuit. Il ressentait une telle excitation qu'il éveilla Julia : « Dis! Tu sais l'idée dont je te parlais l'autre jour...

Eh bien ! Elle peut se réaliser ! Je me suis occupé de tout ! On peut acheter le café du gros Marcel. Pour ça on vendra le champ de la Réserve. Ça nous permettra d'habiter en ville. On changera de vie et... » Julia qui émergeait difficilement du sommeil l'interrompit. « Qu'est-ce que tu me chantes à une heure pareille ? Qu'est-ce que tu veux qu'on aille faire à La Charité ? Il n'en est pas question ! » Léon qui se déshabillait au bord du lit se tourna vers elle. « Tu n'as pas arrêté pendant des années de dire que tu voulais ficher le camp d'ici. Vivre au chef-lieu ! Eh bien, en voilà l'occasion ! » Julia se redressa. « Mais enfin, tu es sérieux ? » Léon qui sentait fléchir la détermination de Julia ne répondit rien.

Celle-ci réfléchissait. Bien sûr, qu'elle voulait quitter la ferme. Depuis toujours elle en rêvait. Mais était-ce le bon moment, la meilleure manière de s'en aller ? Et puis enfin, elle et Léon n'avaient jamais tenu de café ! Devant cette objection Léon éclata de rire. « Tu crois qu'Odette a appris ! C'est pas si difficile de remplir un verre, non ! » Julia sourit. Une joie qu'elle n'avait pas ressentie depuis longtemps commençait à l'envahir. Il fallait accepter ! Elle n'eut pas le temps de le dire. Léon, qui avait deviné, l'enlaça et écrasa sa bouche contre la sienne.

Le lendemain après-midi, Julia annonça leur prochain départ aux femmes. Au début, celles-ci ne voulurent pas y croire mais devant l'insistance de Julia, elles se rendirent à l'évidence. Marcelline haussa les épaules. « C'est ton père qui va être content ! » Odette au contraire s'esclaffa : « Eh bien, ma fille ! Tu en auras assez avant que ça me reprenne de verser du picrate à tous ces ivrognes !

Tu verras! » Puis elles demeurèrent silencieuses. C'était la meilleure façon de ne pas éclater en sanglots.

Elles apprirent la nouvelle à Auguste et Pierre quand ils revinrent des champs. Le vieux visiblement ému ne dit rien et s'assit. Pierre au contraire retrouva son sourire narquois. « L'autre peut bien aller au diable s'il veut! s'exclama-t-il, c'est pas moi qui irait le rechercher! » Auguste repoussa son assiette. « Ferme donc ta gueule! On est bien avancés maintenant avec tes conneries! Qu'est-ce que ça peut bien te foutre qu'il ne pense pas comme toi! Tu crois que t'en as fait plus que lui pour arrêter les Allemands? En attendant, ils sont là! Faisons avec, tu m'entends! Si tu as besoin d'aller au-devant des balles c'est pas ici qu'il faut venir! »

Au fil des phrases la colère d'Auguste s'amplifiait. Les femmes, qui ne s'attendaient pas à l'entendre hurler ainsi, restaient muettes sur leur siège. « Tu imagines peut-être, continuait-il à l'intention de Pierre, qu'on va aller se faire trouer la peau, alors que des soldats d'opérette comme toi se sont enfuis en courant! On serait bien avancés, hein! On aurait notre nom gravé sur le monument aux morts de Narcy! Ça nous ferait une belle jambe! Si tu voulais te battre il fallait le faire avant! »

Pierre, le visage livide, se leva. Sa chaise tomba à la renverse. « Oh toi, pour t'intéresser à autre chose qu'à ta terre, je ne sais pas ce qu'il faudrait! Même les Fridolins qui viennent te piller n'arrivent pas à te faire sortir de tes gonds! Bon Dieu! Tu es plus qu'une chiffe, tu m'entends! » Auguste, fouetté par l'insulte, se dressa à son tour et martela la table de coups de poing. « Ah, tu peux toujours faire le malin ! Si vous vouliez pas voir des chiffes, vous aviez qu'à arrêter les Allemands avant ! Nous, pendant la dernière, ils sont jamais allés plus loin que Verdun ! Mais pour ça, il fallait avoir des couilles et j'ai bien l'impression que vous en avez plus aujourd'hui ! »

A court d'arguments, Pierre sortit en claquant la porte. Marcelline secoua la tête en signe de désapprobation mais ne dit rien. Odette garda également le silence. Le vieux se servit un verre de vin qu'il vida à petites gorgées. « Décidément tout fout le camp ! » pensa-t-il.

Le déménagement eut lieu le dimanche suivant. Très tôt le matin, Auguste et les femmes vinrent à la ferme d'en bas donner un coup de main. Pierre préféra s'éclipser. « Plutôt crever, marmonna-t-il en partant, que d'aider un salaud de cette espèce ! » Clémence arriva un peu plus tard. Quand le coupé entra dans la cour, Julia regarda par la fenêtre. Clémence lui parut très vulnérable sur le siège de conduite. Émue, elle se précipita pour l'embrasser.

Le travail fut mené tambour battant. Les femmes triaient et enveloppaient le linge dans de grands draps. Auguste et Léon chargeaient les meubles dans la carriole. En fin d'après-midi, quand celle-ci fut pleine, Léon partit tout seul à La Charité. Là-bas il déchargerait avec Benoit et quelques-uns de ses camarades. Il reviendrait chercher Julia et les enfants le lendemain matin.

Quand le soleil déclina, les femmes s'assirent sur le perron pour profiter des derniers rayons. Belle s'allongea aux pieds de Julia. Celle-ci la caressa, puis lui donna des tapes affectueuses sur l'échine.

« Mais dis donc, toi! s'étonna-t-elle, je te trouve bien calme depuis quelques jours! » Odette approuva : « Je me suis fait la même réflexion, tiens! Je me demande si des fois elle ne s'est pas fait engrosser à marauder tout le temps comme elle le fait! » Julia haussa les épaules : « Dans ce cas, on ne va pas tarder à le savoir! »

2

Julia se retournait sans cesse dans le lit à la recherche du sommeil. Elle ne pouvait s'empêcher de penser à la nouvelle vie qui l'attendait à La Charité. Elle s'imaginait derrière le zinc ou bien dans la salle avec un plateau chargé de verres au bout du bras.

Cinq heures sonnèrent. Agacée par la chaleur caniculaire, elle quitta sa chemise de nuit et se leva. Elle n'alluma pas et alla dans la cuisine se servir un verre d'eau. Au passage elle dérangea Belle qui grogna. Elle jeta un coup d'œil dans la chambre des enfants. Ils dormaient profondément. Léone avait repoussé sa couverture. Julia la recouvrit. En revenant, elle s'accouda à la fenêtre grande ouverte. Les premières lueurs du jour apparaissaient à l'horizon. Elle fixa son attention sur la rumeur environnante : quelques mots bredouillés par l'un des gamins qui rêvait, le frissonnement du feuillage des chênes proches de la maison.

Soudain, elle perçut le bruissement caractéristique de quelqu'un qui marche dans l'herbe. Ça venait de la droite. Figée par la peur, elle pensa se rhabiller, mais ne parvint pas esquisser le moindre mouvement. Belle s'approcha sans aboyer. « Ah, tu es donc debout! » dit l'inconnu. Julia se détendit. C'était Pierre. Elle recula pour qu'il ne la vît pas toute nue. « Qu'est-ce que tu veux? » lui demanda-t-elle à voix basse et d'un ton irrité. Pierre s'approcha et s'appuya contre la rambarde. « Tu fais une connerie de t'en aller avec l'autre! répliqua-t-il, avec un tel salaud tu cours à ta perte! » « De quoi je me mêle? lui répondit Julia, agacée, tu crois que tu vaux mieux que Léon parce que tu es galonné? Eh bien, tu te trompes! C'est parce que... » Pierre lui coupa la parole : « Mais arrête donc de dire des conneries! Je venais simplement te mettre en garde parce que je sais qu'il est capable du pire. C'est tout! Et, en ce moment, ça peut coûter cher à tout le monde! » Julia se rapprocha : « Tu me dégoûtes, lui lança-t-elle d'une voix sourde, au fond t'as jamais pu souffrir Léon parce qu'il est plus instruit que toi et qu'il a une femme et des enfants, lui! » Pierre éclata de rire. Julia reprit : « Oh! tu peux rigoler! Ça m'impressionne pas. Je te connais moi! T'es qu'un impuissant! Les seules femmes que t'as eues dans ta vie sont la terre et l'armée... » Elle ricana et continua : « Seulement ça fait pas une femme, hein! » Pierre se redressa : « Ta gueule » s'écria-t-il. Belle grogna. « Non, je me tairai pas, répondit Julia. Au contraire! Tu crois que... » Elle s'interrompit et suivit le regard surpris de Pierre. Derrière elle, Léone se tenait debout dans l'encadrement de la porte, les yeux grands ouverts. « Pourquoi tu parles toute nue avec oncle Pierre? » demanda-t-elle. Gênée, Julia piqua une violente colère. « Mais qui t'a demandé de te lever? hurla-t-elle en la giflant. Retourne te coucher! » La petite regagna sa chambre en braillant.

Quand Julia se retourna Pierre avait disparu. Elle mit sa chemise de nuit, s'affala sur le lit et éclata en sanglots. Plus tard, elle perçut le roulement lointain d'un attelage. Elle se leva rapidement. « C'est certainement Léon ! » murmura-t-elle en séchant ses larmes. Belle se trouvait déjà devant l'entrée et agitait la queue. Julia la caressa pour qu'elle n'aboyât pas. Le coupé pénétra dans la cour. Léon sauta à terre, dételа le cheval et le conduisit à l'écurie. Julia réactiva le feu de la cuisinière et mit le café à chauffer. Léon entra : « Tu es donc déjà levée, s'étonna-t-il. – Il n'est pas si tôt que ça ! » répondit Julia sans se retourner. Elle alla s'habiller, tandis que Léon se passait la tête sous l'eau.

Julia enfila ses vêtements avec fébrilité. Dans peu de temps, elle serait à La Charité et enfin sa nouvelle existence commencerait ! Quand elle fut prête, elle revint dans la cuisine. Léone sortait de sa chambre. Elles demeurèrent un long moment à se regarder. Léon, debout, appuyé contre l'évier, buvait son café. « Eh bien, demanda-t-il d'un air surpris, qu'avez-vous à vous reluquer ainsi ? » Julia lui sourit : « Eh bien quoi ? » Puis elle se précipita vers Léone et l'embrassa. Léon qui ne comprenait pas, haussa les épaules et sortit.

Avant de partir, ils s'arrêtèrent à la ferme d'en haut. Les enfants, qui dormaient serrés les uns contre les autres sur le siège arrière de la voiture, ne bougèrent pas. Odette et Marcelline s'activaient déjà. « Alors, ma fille, te voilà donc partie ! » s'exclama Marcelline. Julia ne répondit pas. Elle l'embrassa ainsi qu'Odette. « Venez donc nous voir bientôt ! » leur dit-elle. Sur le perron elle se heurta à Auguste qui venait de l'écurie. Il la serra dans ses bras, puis il se détacha et continua son chemin sans se retourner.

Le soleil n'était pas encore levé. De longs nuages blancs s'étiraient dans le ciel. « Il va faire beau... » songea Julia. Alentour, la nature immobile et silencieuse attendait les premiers rayons pour s'animer. Julia se sentait heureuse et en harmonie avec tout ce qu'elle voyait. Tour à tour, elle regarda Léon, les gamins et Belle. Elle éprouva le désir de conserver intact le souvenir de ce moment de bonheur. Elle se rappela alors sa jeunesse, quand elle pouvait à loisir vagabonder dans la campagne et vivre au rythme des saisons...

Le cheval emmenait l'attelage d'un trot régulier. Tandis qu'elle regardait la route qui s'allongeait en ligne droite, Julia repensait à ce qui l'attendait... Cette fois-ci, il se réalisait ce rêve éveillé qu'elle avait fait tant de fois! Elle allait enfin vivre autrement! L'impatience la gagna. « Hue » cria-t-elle. L'animal se mit docilement au galop. Léon se tourna vers elle en souriant. « Eh bien! Tu as donc le feu aux fesses! » Julia, qui connaissait parfaitement le chemin, guettait tel champ ou telle maison qui lui signalerait qu'ils se rapprochaient. Tout à coup, elle prit conscience qu'elle avait déjà oublié la ferme et les siens. Elle ne s'en voulut qu'un court instant. « Après tout, se dit-elle, j'ai bien le droit de vivre un peu moi aussi! »

Ils arrivèrent à La Charité vers sept heures. La ville commençait à s'animer. Les commerçants ouvraient les rideaux de leur magasin, d'autres nettoyaient le trottoir à grande eau. Aux fenêtres, des femmes dépoussiéraient leur matelas en frappant dessous à coups de manche à balai. Les voitures à cheval mélangées aux automobiles et aux véhicules militaires allemands, encombraient déjà la rue principale. Quelques ouvriers, la gamelle à la main, se rendaient à l'usine. Julia écarquillait les yeux. C'était la première fois qu'elle venait au chef-lieu à une heure aussi matinale. Elle était heureuse. Désormais elle pourrait participer à cette agitation qui l'entourait de toutes parts.

Quand ils furent devant le café, Julia réveilla les enfants. Le nom qui avait été repeint en lettres jaunes s'étalait sur toute la longueur de la façade : « La Chope ». Marie apparut souriante dans l'encadrement de la porte. Léon regarda Julia et éclata de rire : « Alors, qu'est-ce que tu en dis? » Celle-ci ne répondit pas. Elle descendit, entra après Léon et marqua un nouveau temps d'arrêt. L'intérieur était flambant neuf. D'emblée, elle se sentit bien. La teinte saumonée des murs s'accordait agréablement avec celles des meubles. Elle respira avec plaisir les odeurs mélangées de la peinture fraîchement étalée et du bois des chaises et des tables neuves.

Léon accompagna Julia au premier étage. L'escalier débouchait directement dans une pièce. « Tiens, dit-il, on dormira ici! » Puis il l'entraîna dans le couloir qui desservait deux autres chambres. « Il y en a une pour les gosses et une autre pour ceux de la famille qui voudraient passer la nuit ici. » Julia acquiesça, puis s'inquiéta de Marie. Léon la tranquillisa : « Bah! Ne t'en fais pas, elle a toujours dormi dans le grenier et veut y rester! » Brusquement, il enlaça Julia. Il la trouvait tellement désirable lorsqu'elle souriait. Ils se séparèrent en entendant les enfants monter quatre à quatre.

Très vite la vie de chacun s'organisa selon un rythme immuable. Julia et Marie se levaient tôt pour accueillir les premiers ouvriers qui partaient à l'usine. Invariablement, ceux-ci prenaient un café et une ou plusieurs fines. C'était toujours « bonjour, au revoir ». Ils se sentaient déjà bien trop fatigués pour faire des discours. Les gamins descendaient peu après et se rendaient à l'école sous la conduite de Léone. Léon, qui faisait la fermeture, parfois tard dans la nuit, apparaissait en milieu de matinée. Il prenait son petit déjeuner en lisant *Le Journal du Centre*. Ensuite, il s'occupait des commandes et des livraisons. Il ne passait derrière le comptoir qu'après le déjeuner. Julia pouvait alors monter faire le ménage. Elle ne rejoignait la salle qu'au moment de l'apéritif du soir. Ils n'étaient pas trop de trois pour satisfaire la nombreuse clientèle qui affluait à cette heure-là.

Julia vivait sur un nuage. Elle se tenait derrière le bar avec une aisance qui déconcertait Marie. Elle servait les consommateurs les plus pressés d'un geste rapide et précis et savait feindre d'écouter les plus bavards. Léon ne cessait de s'en étonner. « Bah! répliquait Julia, comme tu l'as dit, il n'est pas nécessaire d'être allé à l'école pour savoir remplir des verres! »

Au fil des jours son autorité s'affirma sur quiconque passait le pas de la porte, qu'il fût français ou allemand, de droite ou de gauche. Très vite, on prit l'habitude de l'appeler « la patronne ». Même les militaires allemands la désignaient ainsi. Marie n'arrêtait pas de répéter : « Vous alors! On peut dire que vous savez les mener! »

Léon voyait ça plutôt d'un bon œil. Il pouvait

ainsi discuter à perdre haleine avec les clients, et en particulier avec Benoit et quelques autres. Ensemble, ils repeignaient le monde en vert-de-gris. Leur plus grande joie était de découvrir un soldat allemand qui parlait français, et de le mêler à leur conversation.

Un après-midi, au début du mois d'octobre, Marcelline et Odette arrivèrent en coupé avec Clémence. Elles demandèrent à Léon de les aider à décharger les cageots d'œufs, de volailles et de légumes qui se trouvaient dans la voiture. « Que voulez-vous qu'on fasse de tout ça? s'inquiéta-t-il. – Vous en faites pas, lui répondit Odette en éclatant de rire, ça fera de l'usage. »

Julia, qui descendait à cet instant, se précipita à leur rencontre. « Vous avez été longues à venir! » Marcelline haussa les épaules. « Bah! on voulait pas vous déranger. » Puis, impatiente, elle prit Julia par le bras. « Bon! Tu nous montres un peu? » Celle-ci les entraîna au premier étage. Elles discutèrent sur la couleur de la peinture, les motifs des papiers peints et l'exiguïté des pièces. Ensuite elles s'attablèrent au fond de la salle. Julia s'étonna à son tour de toutes les provisions qu'elles venaient d'apporter. « Écoute donc, lui dit Odette, depuis quelque temps ça n'arrête pas de passer à la ferme. Des gens qui s'amènent de Paris et d'ailleurs, achètent n'importe quoi à prix d'or du moment que ça se mange! Alors on s'est dit avec ta mère qu'ils allaient pas tarder à venir t'en demander ici. Voilà de quoi donner aux premiers. Ça améliorera votre ordinaire, quoi! Si ça marche, on recommencera! » Julia sourit. Après tout c'était une bonne idée. Léon qui venait de s'asseoir à côté d'elles s'enthousiasma. « Eh, dame! Si un jour prochain il n'y a plus rien à manger, on pourra faire restaurant et on s'en mettra plein les poches! » Clémence, choquée par l'idée du marché noir et les propos de son fils, se rengorgea : « Enfin, Léon! Comme si tu avais besoin de ça! » Les autres changèrent de conversation. Les sujets ne manquaient pas. Il y avait si longtemps qu'elles ne s'étaient vues.

Vers six heures, elles décidèrent de repartir. « C'est pas le tout, s'exclama Marcelline, on peut pas laisser les hommes seuls. » Elles embrassèrent les gamins en regrettant de ne pas pouvoir les emmener. Avant de fouetter le cheval, Odette se tourna vers Julia : « Dis donc! Si on faisait une petite fête chez nous pour les anniversaires? Ça nous ferait garder le sourire! – Ma foi, tu as bien raison, répondit Julia, ça fait tellement longtemps qu'on ne s'est amusé tous ensemble! Faisons donc ça dans une quinzaine d'ici! »

A cette idée, Léone et René exprimèrent leur joie bruyamment. Julia leur balança quelques taloches et les envoya se calmer dans leur chambre.

Le jour convenu, Julia et les enfants se rendirent à la ferme d'en haut. Clémence arriva en retard. Elle s'étonna de l'absence de Léon. Julia expliqua qu'il avait préférer rester travailler au café. Clémence, agacée, soupira. Pierre, assis au fond de la cuisine, ne cacha pas sa satisfaction. « Bah! Il a eu une bonne idée de ne pas venir. Mais c'est dommage que ce soit pour faire plaisir aux Boches! »

Julia lui lança un regard de mépris. Heureusement, l'attention des uns et des autres fut accaparée par les soudaines trombes d'eau qui tombaient. La cuisine s'obscurcit. Marcelline alluma la lumière et jeta quelques bûches dans le poêle.

Celui-ci se mit à ronfler. Les femmes, qui craignaient l'humidité, gardaient leur châle sur le dos. Auguste se moqua d'elles. « A vous voir emmitouflées comme ça, on dirait des poules mouillées ! » Marcelline haussa les épaules et rétorqua : « Si tu vois des poules dans cette pièce, c'est que tu n'as pas les yeux en face des trous. » Ils éclatèrent tous de rire.

Au bout de quelques verres, chacun se laissa aller. Louis racontait des histoires drôles entendues dans d'autres fermes, ou bien mimait les gens du coin. Ils pouffaient tous de bon cœur, surtout les enfants. Odette, toujours prompte à s'enthousiasmer, en avait les larmes aux yeux. « Eh bien vrai ! répétait-elle, mais où donc avez-vous appris tout cela ? » Louis lui répondait en imitant sa voix et tous s'esclaffaient à nouveau.

Bien que Julia s'amusât, elle avait l'esprit ailleurs. Elle ne cessait de penser au café. L'incompétence de Léon la préoccupait. Elle se demandait même si elle n'aurait pas mieux fait de rester là-bas. Clémence perçut son regard lointain. Elle se rapprocha et la prit par les épaules. « Allons, ma fille ! chuchota-t-elle, c'est aussi votre anniversaire. Il faut en profiter ! » Julia, qui ne s'attendait pas à une telle marque de tendresse de sa part, lui sourit et hocha la tête en signe d'acquiescement.

Un peu plus tard, Marcelline sortit la tarte aux pommes qui cuisait dans le four. « La voilà juste comme il faut » dit-elle. Auguste, légèrement ivre, se mit à la découper de travers. Tous le soupçonnaient de le faire exprès, d'autant plus que les enfants recevaient les plus grosses parts. Dès que le gâteau fut fini, Louis attrapa son accordéon et se mit à jouer. Les autres l'écoutèrent en tapant dans leurs mains.

Julia qui voulait oublier son inquiétude buvait beaucoup. Bientôt elle éprouva une agréable sensation d'hébétude. Elle éclata de rire quand Auguste se leva et s'agrippa à la table pour ne pas tomber. « Il faudrait peut-être faire les cadeaux? » s'écria-t-il d'une voix grasse. Les autres approuvèrent. « A toi ma fille, reprit-il à l'adresse de Julia, je te donne le champ qui est derrière la ferme de La Réserve. Ça remplacera l'autre qui a servi à payer le bistrot. » Après que Julia l'eut embrassé, il se tourna vers Odette qui se trémoussait sur sa chaise. « Avec la Marcelline, on a décidé que maintenant tu dois être dans la famille. Alors, je t'ai couchée sur le testament à part égale avec la Marcelline si je viens à disparaître avant vous. »

Tous se turent comme s'ils eussent voulu donner encore plus de solennité à ce que venait de dire le vieux. Odette éclata en sanglots et se tamponna les yeux avec un pan de sa jupe. Marcelline l'embrassa. « Il faut pas pleurer, lui dit-elle, c'est comme si tu étais ma sœur, quoi! » Odette, qui ne parvenait pas à parler, secouait la tête en reniflant. Auguste éclata de rire et lui tendit un verre de vin. « Allez, bois donc! Avec ça tu pourras faire des larmes! » Odette esquissa un sourire, tandis que Louis improvisait une ritournelle.

Clémence se leva à son tour, quelque peu éméchée. Les autres qui n'en revenaient pas de la voir dans un tel état, demeurèrent bouche bée. Elle se tourna vers Julia : « Ma fille, je n'ai plus grand-chose à donner. Toutefois, j'ai pensé que pour vos déplacements une voiture serait moins fatigante que le coupé. J'ai acheté la dernière Citroën d'un garagiste de Nevers. Il m'a dit qu'il vous la livrerait bientôt. » Julia, folle de joie, se précipita dans ses bras et l'embrassa. « Il ne fallait pas » balbutia-t-elle. Clémence l'étreignit : « Ta! Ta! Ta! C'est jamais de trop! » Puis elle fit signe à René. « Tiens, voilà pour toi! » lui dit-elle en lui tendant un paquet joliment emballé. Le petit, irrité de ne pouvoir défaire le nœud du ruban, arracha le papier. Il s'agissait d'un plumier en bois gravé et vernis. Il l'ouvrit et en sortit un porte-plume et une gomme. Auguste, goguenard, plaisanta : « Mon garçon, tu risques pas de te fouler le poignet avec des engins pareils! » René, vexé, se réfugia sous la table en serrant son précieux cadeau contre lui. Léone sortit de la cuisine : « Attends, maman, lança-t-elle à Julia, j'ai quelque chose pour toi! Je reviens tout de suite. »

Les conversations reprirent. Pierre, complètement ivre, racontait certains faits divers qui s'étaient déroulés dans la commune ces dernières années : le père Alfred parti de chez lui un beau matin, et dont on n'avait plus entendu parler. La mère Clémentine, empoisonnée avec de la mort aux rats, sans qu'on eût jamais pu découvrir le criminel. Pour chacune de ces énigmes Pierre proposait une explication sans hésiter. Odette, qui avait bien connu ces gens-là lorsqu'elle tenait le café des Bertins, le contestait parfois bruyamment. Soudain, irrité d'être sans cesse contredit, Pierre s'écria : « A quoi ça sert de vouloir cacher la vérité! Ça finit toujours par se savoir un jour! C'est comme pour Léon avec sa putain... » Clémence, livide, jaillit de sa chaise : « Ah oui! Et de quelle vérité parlez-vous donc? » demanda-t-elle, arrogante. Un silence hostile s'ensuivit. Chacun pensait que Pierre était allé trop loin. Auguste assena un violent coup de poing sur la table. « Bougre de con, lâcha-t-il, décidément au lieu de fourrer du plomb dans vos fusils on aurait mieux fait de vous en mettre dans la tête ! » Pierre, affalé sur sa chaise, affichait un sourire narquois. Clémence, hautaine, le dévisageait. « Vous savez, Pierre, dit-elle, la haine demande beaucoup plus de courage que vous n'en avez ! »

A cet instant, Julia saisit Clémence par le bras et l'entraîna vers la porte. « Venez, on va marcher un peu ! – C'est ça, enchaîna Marcelline, visiblement soulagée, allez donc faire un tour ! » Léone arrivait avec un énorme bouquet de fleurs dans les bras. « Regarde, maman. Je les ai cueillies pour toi cet après-midi ! » Julia ne s'arrêta pas. « Oui, oui ! répondit-elle distraitement, pose-les sur la table, je reviens tout de suite ! » La petite éclata en pleurs. Odette l'enlaça et la cajola : « C'est rien, ma chérie ! C'est rien ! Ta mère les regardera tes fleurs, t'inquiète pas ! »

Julia et Clémence, serrées l'une contre l'autre pour se réchauffer, se dirigeaient d'un pas rapide vers la ferme d'Andréa. Elles suivaient la route sans difficulté grâce à la lumière de la pleine lune. Elles gardaient le silence. Julia ne savait pas comment commencer et Clémence n'osait questionner. Bientôt, celle-ci fut trop essoufflée pour continuer. Elles s'assirent sur un amas de bûches empilées provenant d'une coupe récente dans le bois voisin. Les ramures des arbres s'agitaient sous le vent d'ouest qui soufflait avec force. Les deux femmes demeurèrent un bon moment à l'écoute de la rumeur environnante. « On dirait que les feuilles chuchotent, s'étonna Julia. – C'est vrai ! répondit

Clémence, j'avais oublié ce bruit. Ça fait si longtemps que je n'ai mis le nez dehors à une heure pareille! » Elles se turent à nouveau, puis Clémence se décida : « Alors? demanda-t-elle la voix tremblante. – Eh bien voilà! enchaîna Julia rapidement, Léon a bien tué la fille... Avec Auguste, on avait décidé de vous cacher la vérité pour éviter le... – Oui! je comprends! l'interrompit Clémence qui pleurait, remarquez, je m'en doutais un peu mais je n'osais pas y croire! Vous savez ce que c'est! L'évidence vous crève les yeux mais on ne veut pas la voir! » Julia prit Clémence par les épaules et la serra contre sa poitrine en pensant que vraiment la vie n'épargnait rien à personne...

Une bonne heure plus tard, elles se levèrent. Clémence s'appuya au bras de Julia et, courbées pour mieux lutter contre le froid, elles rentrèrent promptement. Lorsqu'elles pénétrèrent dans la cour de la ferme, Clémence s'arrêta et retint Julia : « Dites! Je vais m'en retourner tout de suite à Narcy. Je préfère! Il faut que ça passe! » Elle embrassa Julia puis ajouta : « N'en parlez pas à Léon. Ça ne servirait à rien, je crois! » Julia acquiesça. Clémence alluma les lanternes du coupé et s'y installa. L'attelage disparut rapidement dans l'obscurité. Julia demeura quelques instants immobile, à l'écouter s'éloigner.

Quand elle rentra dans la cuisine, Auguste dormait contre la table, la tête enfouie dans ses bras. Louis et Pierre étaient allés se coucher. Odette et Marcelline l'interrogèrent des yeux. « Vous inquiétez pas, dit-elle. Ça s'est bien passé! » Elle prit Anna dans ses bras, puis réveilla Léone et René qui dormaient sur le sol. Elle les fit monter dans la voiture et s'assit à son tour sur le siège de conduite. Marcelline, embarrassée de les voir partir si vite, s'approcha : « Vous pouvez rester dormir ici cette nuit, si tu veux. » Julia haussa les épaules et fouetta le cheval qui se mit immédiatement au galop.

Les jours passèrent. Julia, très occupée par le travail et les enfants, oublia l'incident. Le café ne désemplissait pas. Il devenait le lieu de rencontre le plus couru de la région. Français et Allemands y faisaient bon ménage. Pour les uns l'occupant avait de la tenue, pour les autres les Français savaient vivre. Julia régnait sur ce petit monde. Léon continuait à discourir de table en table et vantait le maréchal Pétain auquel il vouait une admiration sans réserve. « Nul doute, affirmait-il, que le vieux trouvera une solution pour qu'on s'en sorte ! » Son attente fut récompensée. Le 30 octobre au soir le Maréchal parla.

Comme à chaque fois que cela arrivait, Julia augmenta le son de la TSF et tous les consommateurs écoutèrent religieusement : « C'est librement que je me suis rendu à l'invitation du Fürher, disait le chef de l'État. Je n'ai subi de sa part aucun diktat, aucune pression. Une collaboration a été envisagée entre nos deux pays. J'en ai accepté le principe. » De temps en temps, l'un ou l'autre des clients se raclait la gorge mais rien de plus. Quand un homme entrait dans la salle, il rapetissait comme s'il pénétrait dans une église et se fondait dans la foule, presque honteux. « Celui qui a pris en main les destinées de la France, continuait le maréchal Pétain, a le devoir de créer l'atmosphère la plus favorable à la sauvegarde des intérêts du pays. C'est dans l'honneur et pour maintenir l'unité française, une unité de dix siècles, dans le cadre d'une activité constructive du nouvel ordre européen, que j'entre aujourd'hui dans la voie de la collaboration. Ainsi, dans un avenir prochain, pourrait être allégé le poids des souffrances de notre pays, amélioré le sort de nos prisonniers... » Léon, enthousiasmé, se précipita vers le bar et se pencha vers Julia. « Il faudrait offrir une tournée générale à la fin du discours... » Julia inclina la tête en signe d'acquiescement et lui fit comprendre par une grimace qu'elle voulait entendre la suite. L'orateur terminait : « Cette collaboration doit être sincère! Elle doit être exclusive de toute pensée d'agression. Elle doit comporter un effort patient et confiant. L'armistice au demeurant n'est pas la paix. La France est tenue par des obligations nombreuses vis-à-vis du vainqueur. Du moins reste-t-elle souveraine. Cette souveraineté lui impose de défendre son sol, d'éteindre les divergences de l'opinion, de réduire les dissidences de ses colonies. Cette politique est la mienne. Les ministres ne sont responsables que devant moi. C'est moi seul que l'histoire jugera. Je vous ai tenu jusqu'ici le langage d'un père; je vous tiens aujourd'hui le langage du chef. Suivez-moi! Gardez votre confiance en la France éternelle! »

Il y eut un flottement dans l'assistance, puis soudain ce fut une explosion de joie. « Buvons en l'honneur du Maréchal! » hurla Benoit en levant son verre. Aussitôt, il fut imité par l'ensemble des clients. Les Allemands qui se trouvaient là se consultèrent et firent comme tout le monde. Dans le fond, ils n'avaient aucune raison de ne pas saluer ce vieux militaire qui faisait tout ce qu'il pouvait pour aplanir leurs difficultés. Léon, excité par la chaleur et l'alcool, demanda le silence et cria qu'il régalait. Un tonnerre d'applaudissements et de cris lui répondit. Julia, derrière le comptoir, remplissait de vin les verres alignés les uns contre les autres. Quelques buveurs s'extasiaient et la félicitaient pour son geste plein d'assurance, quand la porte s'ouvrit avec fracas. Julia leva les yeux, tressaillit et versa l'alcool sur le bar. Léon regarda à son tour. Les têtes se retournèrent. Pierre entrait.

La démarche assurée, il traversa la salle. Un silence hostile se propagea de groupe en groupe. La plupart le connaissaient, ainsi que les propos communisants qu'il tenait dans les autres cafés du canton. Pierre exultait. Il interprétait le mutisme de l'assemblée comme une reconnaissance de ses idées. Il éprouvait la sensation de vivre une de ces premières batailles qui affermissent le courage et permettent, plus tard, de faire face aux plus dures épreuves. Léon, hors de lui, se mit à gueuler : « Bon Dieu ! Fous le camp d'ici ! » Julia le fit taire d'un geste de la main. Pierre s'accouda au zinc en dévisageant sa sœur : « Eh bien quoi ! dit-il, je suis un client comme les autres, non ? A moins que ce ne soit ici un endroit réservé aux... » Julia lui coupa sèchement la parole : « Qu'est-ce que tu veux boire ? – Je prendrai bien un schnaps », répondit-il d'un ton sardonique. Julia lui versa un verre de fine : « Tiens ! C'est pas du schnaps, mais ça en a presque le goût ! »

Les conversations reprirent peu à peu, puis ce fut bientôt le vacarme habituel. Les consommateurs finirent par oublier Pierre. Après tout, il était le frère de Julia. Il avait bien le droit de se trouver là. Seul Benoit jetait de temps en temps un œil inquiet vers lui.

Léon, debout derrière Julia, serrait les poings et fixait Pierre d'un air mauvais. Ce dernier lui paraissait d'autant plus insupportable qu'il affichait toujours un sourire moqueur. Julia lui parlait les lèvres pincées pour atténuer le ton coléreux de sa voix. « Que viens-tu faire ici? Foutre le bordel? Comme tu n'as plus de champ de bataille à ta disposition, c'est ici que tu as choisi de venir faire la guerre... » Pierre siffla d'admiration. « Eh bien, ma vieille, dit-il avec une indifférence affectée, ça te donne des idées de fréquenter tous ces sans-couilles qui trinquent avec les Schleuhs! » Pour se calmer, Léon se mit à essuyer la vaisselle. Dans sa tête les images se succédaient à une allure accélérée... Il sautait sur Pierre. Le cercle des clients s'élargissait. Léon frappait de toutes ses forces. Il entraînait Pierre là-bas, au fond du café, où naguère Auguste lui avait fichu une raclée. Il tapait... Il tapait encore... Soudain, il gueula. Il venait de se couper en brisant le verre qu'il frottait. Pierre éclata de rire. « Combien je te dois? » demanda-t-il à Julia. Celle-ci haussa les épaules. « Fiche-moi le camp, lui lança-t-elle, et remets les pieds ici le moins souvent possible, tu m'entends?... » Pierre salua et fendit la foule jusqu'à la porte. Au passage il croisa le regard malveillant de quelques-uns. « Ils me feraient bien la peau ceux-là s'ils le pouvaient... » Quand il se retrouva dehors, l'air glacé de la nuit lui fit du bien. Il monta dans le coupé et prit la route de la ferme. Pendant tout le chemin il se répéta la même évidence : « On va pas laisser la France foutre le camp comme ça! »

Léon se soignait dans la chambre. Assis au bord du lit, il regardait sa blessure comme si ce fût Pierre qui la lui avait faite. « Le salaud! fulminait-il sans arrêt. Il vient nous narguer jusqu'ici, c'est pas croyable! » Lorsqu'il se sentit plus paisible, il descendit et rejoignit Benoit : « T'inquiète pas, lui dit ce dernier en lui tapotant l'épaule amicalement. Un jour on va s'occuper de lui... »

L'hiver s'installa vraiment avec le mois de novembre. A « La Chope », comme dans toute la région, il n'existait plus qu'un seul sujet de conversation : les soldats de la dernière guerre oseraient-ils, comme chaque année, venir fêter le 11 novembre, leur victoire, alors que la Kommandantur l'avait défendu?

Pour certains, il existait peu de chances qu'on en aperçut un seul. Il faudrait être fou pour braver les Allemands. D'autres, plus cyniques, y voyaient une belle occasion de repérer les antivichyssois. Chaque jour, la curiosité augmentait. On en vint même à parier. Léon rassemblait les mises.

Comme le monument aux morts se situait en face du bistrot, ce dernier constituait le meilleur lieu d'observation possible. Le matin de la commémoration, il fut empli peu de temps après que Julia eût ouvert.

Chacun y allait de son avis : « Tu parles qu'ils vont se dégonfler! disait l'un. – Mais non! répliquait un autre, au contraire ils vont vouloir jouer les fanfarons! » Le temps s'écoulait. Parfois un consommateur disait qu'il en voyait venir un. Aussitôt les autres se ruaient vers la vitre. Mais à chaque fois, il s'agissait d'un innocent passant. Pour tromper l'attente, Benoit et quelques autres formèrent des tables de belote. « Nous on tape le carton, s'écria-t-il à l'adresse de Léon, tu auras bien le temps de nous prévenir. Ils vont pas s'amener au pas de charge! » Léon acquiesça en marmonnant. Il se sentait de mauvaise humeur. Il avait suffisamment claironné que ces salauds d'anciens combattants étaient tous des rouges et des provocateurs. S'ils ne venaient pas il serait ridiculisé. Il trépignait sur place quand Julia s'énerva : « Mais tu as fini ta danse de Saint-Guy ! Il n'y aurait pourtant rien d'étonnant à ce qu'ils ne rappliquent pas ! Les Allemands l'ont quand même interdit ! – Justement, répliqua Léon, c'est la meilleure raison pour qu'ils... » Il se dressa sur la pointe des pieds. Plus aucun doute n'était possible ! Il s'agissait bien de ces fumiers ! Le premier, la poitrine couverte de médailles, marchait fièrement en tenant le drapeau français. « Les voilà, les voilà ! » hurla Léon en se précipitant vers la devanture. Les conversations s'interrompirent. Tous vinrent se tasser derrière Léon. « Tiens ! regarde donc Joseph ! s'exclamait l'un. – Ça ne m'étonne pas qu'il soit là, rétorquait un autre, surtout avec Marcel ! » Benoit ricanait. Léon s'impatienta. « Mais, nom de Dieu, quand les Allemands vont-ils embarquer tout ça ? » Julia, demeurée derrière le comptoir, haussa les épaules. « C'est pas croyable de t'entendre, dit-elle, tu veux pas non plus qu'on tire dessus au canon ! »

Le groupe d'anciens combattants s'approcha du monument aux morts. Ils se mettaient en rang lorsque plusieurs véhicules allemands surgirent d'une rue adjacente. Les soldats entourèrent aussitôt les manifestants. Aucun d'eux ne cria ou ne se sauva. Sur l'injonction d'un officier, ils grimpèrent dans l'un des camions vides.

« Tu as vu un peu comme ils t'ont nettoyé ça ! » s'extasia Benoit. Plusieurs, dont Léon, approuvèrent bruyamment. Cela masquait le silence gêné de certains autres qui ne pouvaient s'empêcher de ressentir cette arrestation comme une deuxième défaite. Julia triturait un verre qu'elle venait de vider. « Il n'y a pas de quoi pavoiser » marmonna-t-elle. Puis, pour dissiper le malaise, elle invita tous les clients à venir boire le coup de la patronne.

L'événement fit grand bruit dans la région. Le lendemain tout le monde en parlait. On trouvait ça plus ou moins admirable selon qu'on se disait maréchaliste ou non. Quoi qu'il en fût, on se dégotait toujours un lien de parenté avec l'un ou l'autre des anciens combattants. On pouvait ainsi l'applaudir ou le blâmer avec d'autant plus de crédibilité.

Félix, l'instituteur de La Charité, n'avait pas besoin d'invoquer son arbre généalogique. On savait qu'il était le fils aîné de Marcel, l'un des protestataires, et qu'il l'admirait beaucoup. Le 12, comme chaque matin, les écoliers l'attendaient, debout, sagement alignés à côté de leurs écritoires. Léone, dissipée, chahutait avec son voisin. Soudain, il entra et se précipita vers son bureau. Contrairement aux autres jours, il ne demanda pas aux élèves d'entonner l'hymne à la gloire du Maréchal. Il leur fit signe de s'asseoir et retourna le portrait du chef de l'État. Quand le brouhaha des chaises fut dissipé, il prit la parole : « Mes enfants! Vous êtes certainement au courant de ce qui s'est passé hier dans notre ville. Une poignée de soldats français, qui risquèrent leur vie voici vingt-cinq ans, ont voulu témoigner de la liberté en allant se recueillir devant le monument qui honore leurs camarades tués au combat. Ils ont été arrêtés par les Allemands. Certains habitants d'ici ont préféré regarder dissimulés derrière leurs rideaux. On peut les en blâmer, mais au moins, ils n'ont pas applaudi à cette arrestation... » Jamais Félix n'avait pu obtenir un silence aussi complet. Les gosses ne s'agitaient pas sur leur banc. Les plus bavards se taisaient. « Par contre, continuait-il, d'autres, des lâches et des salauds, se sont réjouis bruyamment à « La Chope » de voir ces hommes courageux emmenés par l'occupant... » En entendant citer le nom du bistrot, les enfants se tournèrent vers Léone. Par bravade, celle-ci soutint quelques instants leurs regards. La désapprobation, parfois la méchanceté qu'elle lisait dans leurs yeux l'effrayèrent. Même Mélanie, sa meilleure amie, la fixait avec colère. Léone se mit à trembler et éclata en sanglots. Elle ne comprenait pas. Pourquoi, tout à coup, lui en voulait-on à ce point? Sa frayeur se mua en peur panique. Elle jaillit de sa chaise, échappa au concierge qui tentait de l'arrêter, puis courut vers le café. « Maman! Maman! » s'écria-t-elle. Les passants qu'elle bousculait se retournaient. Certains qui la reconnaissaient essayaient sans succès de l'attraper pour l'interroger. Enfin, elle arriva. Les quelques habitués accoudés au bar se turent. Léone se jeta dans les bras de Julia. « Qu'est-ce qu'il y a, ma chérie? » lui demanda celle-ci en l'entraînant vers l'arrière-salle. Léon remontait de la cave. « Eh bien! qu'est-ce qu'elle fout là à cette heure-ci? » s'étonna-t-il en voyant la petite. Julia fronça les sourcils pour qu'il se tût. Léone pleurait toujours, la tête enfouie dans sa poitrine. Léon s'impatienta : « Eh bien quoi! Je peux savoir, oui! » Enfin, Léone se calma. Julia en profita pour la questionner à nouveau. « Alors, que t'arrive-t-il? » La gamine demeura silencieuse, puis finit par bredouiller . « Le maître a dit qu'on était des salauds parce qu'on regardait par la fenêtre... »

Léon la secoua. « Mais enfin! Sois plus claire! » Léone recommença à sangloter : « Je ne sais pas moi! Il a dit que les clients étaient des traîtres en voyant les gens défiler hier sur la place... »

Léon, qui venait de comprendre, s'exclama : « Bon Dieu de Bon Dieu! Mais je vais lui apprendre moi! Tu vas voir ça! Dire des choses pareilles aux enfants! » Julia tenta de l'apaiser. « Ça ne sert à rien de gueuler aussi fort! Attends donc de... » A ce moment un consommateur qui désirait payer appela. Julia, suivie de Léone, se rendit dans la salle. Léon, ivre de rage, sortit et se dirigea vers l'école d'un pas décidé... Il entra dans la classe sans frapper. Félix, qui écrivait au tableau, sursauta. « Qu'est-ce que vous venez foutre ici? » demanda-t-il. Les élèves, brusquement silencieux, observaient la scène. Léon marqua un temps d'hésitation et s'écria : « J'ai deux mots à vous dire! Vous avez raconté à la petite qu'on était des traîtres... » Félix s'approcha : « Parfaitement j'ai dit ça! Et je recommencerais s'il le fallait! En attendant fichez-moi le camp d'ici! » Léon fit un pas en arrière. Il ricana et affirma d'un ton menaçant : « Ce n'est pas moi qui vais sortir, mais vous et plus vite que vous ne croyez! » Mais il reculait toujours. « Plus vite que vous ne pensez! » répéta-t-il en agitant l'index. Félix avançait. Léon se retrouva sur le perron. « Vous n'êtes qu'un salaud de communiste mais on vous aura... – C'est ça! C'est ça! » dit Félix en refermant.

Léon demeura un instant debout, face à la porte close. Puis il traversa la cour en maugréant : « Il ne va pas l'emporter au paradis celui-là! » Dès qu'il fut au café, il se servit un cognac qu'il avala d'un trait. « Eh bien! s'inquiéta Julia. Qu'est-ce que tu as fait? – J'ai vu Félix, répondit Léon d'un ton coléreux, je lui ai sonné les cloches! C'est décidé, tu enlèves les gamins de cette école. Il n'est plus question qu'ils y mettent les pieds pour qu'on leur apprenne que leurs parents sont des traîtres! » Julia haussa les épaules. Dans la salle des clients approuvaient les propos de Léon. C'était bien vrai, nom d'un chien! Depuis des années, on enseignait n'importe quoi aux enfants. Il fallait que ça change! Encouragé par ces réflexions, Léon s'enflamma. « Heureusement qu'il y a le Maréchal! Il va nous débarrasser de toute cette vermine! Il va falloir que j'en parle au maire. On va voir ce qu'on va voir! C'est nous maintenant qui allons leur en faire baver. » Julia, qui en avait par-dessus la tête de l'entendre gueuler ainsi, l'interrompit : « Viens donc derrière le comptoir. Il faut que je monte là-haut préparer le manger! »

En cette fin de novembre, on avait chaque jour l'impression qu'il faisait plus froid que la veille. Un matin, Julia nettoya le trottoir. L'eau du caniveau était gelée. « Diable, l'hiver va être rude cette année, pensa-t-elle, il faut faire des réserves pour ceux qui en voudront un peu plus que les autres... » Elle décida d'aller faire un tour chez les femmes dans l'après-midi. Elle emmènerait Léone. Peut-être cela lui changerait-il les idées? En effet, depuis l'incident de l'école, on ne parvenait pas à la faire sortir de son mutisme.

Quand elles arrivèrent à la ferme, vers six heures, il faisait déjà sombre. La lumière plombée effaçait tout relief. Les bâtiments, les arbres, rien ne paraissait avoir d'épaisseur. La porte de la cuisine s'ouvrit. Marcelline apparut : « C'est pas le moment de bayer aux corneilles! cria-t-elle. Sinon vous allez geler sur place ! » Julia entra, suivie de Léone. Odette plumait des poulets. « Tu tombes bien ! dit-elle, on pensait justement que vous seriez peut-être contents d'en avoir à vendre là-bas ! » Julia acquiesça. « Mais c'est surtout des légumes qu'il nous faut ! On m'en demande souvent ! » Marcelline la rassura : « C'est pas ce qui manque ici, ma fille ! Je m'en vais te chercher des bocaux à la cave ! »

Un peu plus tard, les femmes s'arrêtèrent de travailler. Elles s'attablèrent avec Julia autour d'une bouteille de vin et échangèrent quelques mots. Le poêle ronflait à tout va. Il faisait bon. Julia sentit le sommeil la gagner. Elle ne résista pas et s'endormit. « Dieu, qu'elle doit être fatiguée ! murmura Marcelline. – Je te crois, répondit Odette, c'est que ça épuise d'écluser la soif des ivrognes ! » Puis elles se turent à nouveau. Maintenant qu'il faisait nuit, les hommes n'allaient pas tarder à revenir.

Effectivement, ils arrivèrent peu après. Julia sursauta en entendant la porte s'ouvrir. « Tiens, tu es là ! s'exclama Auguste en apercevant Julia. C'est une bonne surprise ! Tu es donc venue sans les enfants ? » Julia se redressa. « Si, si ! avec Léone ! Mais où est-elle donc ? » Marcelline se pencha sous la table. « Dame, s'écria-t-elle, elle est pas là ! » Julia, en sortant, se cogna contre Pierre qui s'inquiéta : « Où vas-tu donc ? » Julia le repoussa et se mit à appeler « Léone ! Léone ! » Louis qui allait traire les vaches la tranquillisa : « Bah ! laissez donc ! Elle est pas bien loin ! » Odette et Marcelline n'en revenaient pas que la petite eût disparu sans qu'elles s'en fussent aperçu. « Vingt dieux ! C'est pas croyable, répétait Marcelline, je l'aurais quand même bien entendue s'en aller! » Auguste haussa les épaules. « On va pas courir après! Elle connaît le coin! Quand elle en aura assez de baguenauder, elle rappliquera! » Julia hésita, puis rentra à son tour. Dans le fond, le vieux avait raison.

Quand ils furent tous assis, Pierre se préoccupa de l'amoncellement de marchandises qui se trouvait dans la cuisine. « C'est pour quoi faire tout ça? » Marcelline désigna Julia d'un mouvement de tête. « C'est pour eux, là-bas. » Pierre s'étonna : « Il y a de quoi nourrir un régiment avec tout ça! » Odette sourit. « Eh bien! justement comme des clients demandent souvent de quoi manger, Julia leur vend! – Quoi! s'écria Pierre, mais ce n'est pas une épicerie que vous tenez! » Julia se mit en colère. « Oh! arrête donc de gueuler ainsi! Tu nous fatigues! » Pierre reposa son verre violemment. Du vin en jaillit sur sa main et sur sa manche. Cela l'irrita encore plus. « Bon Dieu de merde! Je te fatigue peut-être, mais ce que tu fais ça s'appelle du marché noir! » Julia allait répondre quand Auguste s'emporta à son tour : « Mais nom de Dieu, tu vas la fermer ta gueule! Eh oui, c'est du marché noir! Et alors! Qu'est-ce que ça peut te foutre? Ça en nourrit quelques-uns et ça en enrichit d'autres! Tu vas pas nous casser les oreilles pour si peu! » Pierre, livide, abattit son poing sur la table. « Mais enfin, on a perdu la guerre et des gens ont faim parce qu'ils n'ont plus rien! Et vous leur vendez tout ça plus cher uniquement pour... » Marcelline l'interrompit : « Mais mon grand, il faut bien qu'on vive! – Ah, tais-toi! répliqua Pierre, vous me dégoûtez tous! » Il continua en dévisageant Julia : « C'est pour donner de l'importance à l'autre. Pour qu'il puisse faire le fier vis-à-vis des

Schleuhs ! Parce que ce sont eux qui achètent, hein ? » Julia, exaspérée, se leva : « Tais-toi ! Nous faisons ce que nous voulons et tu as pas à jouer au curé avec nous ! » A cet instant, Auguste se tourna vers Pierre : « Je t'ai déjà dit de la fermer, corniaud ! Tu m'entends ! Je ne veux pas d'histoires ici ! » Pierre s'en alla en claquant la porte.

Gênés, Auguste et les femmes demeurèrent un long moment silencieux. Brusquement Julia sortit de sa torpeur. « C'est pas tout, il va falloir qu'on y aille ! Mais où donc est passée Léone ? » Les autres sursautèrent. « Bon Dieu ! c'est vrai ! dit Odette, voilà un moment qu'elle aurait dû montrer le bout de son nez. » Auguste qui somnolait releva la tête. « Qu'avez-vous à rester plantées là ! grommela-t-il, allez la chercher. » Julia debout sur le perron appela Léone. Celle-ci ne répondit pas. Marcelline et Odette vinrent la rejoindre. « Ça alors ! Où est-elle donc fourrée ? marmonna Julia, pourtant ça ne lui ressemble pas de rester dehors ! » Chaque femme prit une lampe à pétrole et alla explorer un coin de la ferme. Mais elles eurent beau appeler, Léone ne se manifesta pas. Julia finit par s'alarmer. « Ah ! C'est pas possible ! Elle a tout de même pas disparu ! » Les plus folles pensées traversaient son esprit. Elle imaginait la petite noyée dans la mare, perdue dans les bois ou enlevée par un rôdeur. Les trois femmes se retrouvèrent dans la cuisine. Auguste s'émut à son tour. « Vous avez regardé à la ferme d'en bas ? – Dame non ! répondit Marcelline, pourquoi veux-tu qu'elle y soit ? » Le vieux haussa les épaules. « Est-ce que je sais, moi ! » Julia qui s'impatientait, attrapa une lampe et sortit. Les autres la suivirent. « Ah, si la chienne était là, grommelait Odette, elle l'aurait déjà retrouvée ! »

Julia marchait rapidement. Il lui semblait qu'elle n'avait pas emprunté le chemin de la mare depuis une éternité. Lorsqu'elle pénétra dans la maison, elle ressentit une forte angoisse. Elle leva la lampe et découvrit avec émotion les objets qu'elle y avait laissés. Soudain, elle sursauta. Léone dormait recroquevillée sur un fauteuil. Elle se précipita et la serra dans ses bras.

Les femmes et Auguste entrèrent à leur tour : « Ah toi ! s'écria Odette à l'adresse de la petite, tu ressembles bien à ta mère, tiens ! Chaque fois que ça allait pas il fallait qu'elle se sauve ! » Léone grelottait de froid. Auguste l'enveloppa dans sa vareuse, l'étreignit et l'embrassa à plusieurs reprises. Les femmes se regardèrent. C'était bien la première fois que le vieux montrait ainsi son émotion. Léone s'accrocha a son cou. « Dis papi ! Je veux rester ici ! » Auguste ne répondit rien. Il regarda Julia. Celle-ci détourna les yeux et sortit.

Julia refusa de rester coucher à la ferme. Elle voulait absolument faire l'ouverture de « La Chope » le lendemain matin. Peu de temps après leur départ, Léone s'endormit, la tête sur les genoux de Julia. A deux reprises, les Allemands arrêtèrent le coupé. Depuis quelques jours, ceux-ci dressaient des barrages sur les routes de la commune. Ils espéraient ainsi attraper ceux qui répandaient dans les villages des tracts hostiles à leur politique.

Trois heures sonnèrent lorsqu'elle engagea la voiture dans la cour du café. René vint à leur rencontre en courant. « Maman, Maman ! criait-il.
– Mais qu'est-ce que tu fais debout à cette heure-

ci? s'étonna Julia. – Maman, continua René, Belle a eu trois bébés! » Léone suivit aussitôt son frère dans la salle déserte. Léon, accroupi devant le panier, caressait la chienne. Auprès d'elle, les jeunes chiots, au pelage encore humide, couinaient serrés les uns contre les autres.

Au fur et à mesure que le mois de décembre s'écoulait, l'hiver devenait de plus en plus rigoureux. Le bistrot était toujours bondé. On s'y pressait pour discuter, mais aussi pour avoir chaud. En effet, le bois étant contingenté, il devenait difficile de faire du feu chez soi.

La neige commença de tomber la veille de Noël. Les enfants sautèrent de joie en s'éveillant. Comme ils devaient partir à la ferme dans l'après-midi, ils pourraient jouer aux boules de neige dès leur arrivée. A l'heure dite, Julia les fit monter dans le coupé. Elle répéta ses dernières recommandations à Marie et Léon. Celui-ci préférait travailler jusqu'à la fermeture. Après seulement, il viendrait les rejoindre. Marie, qui ne fêtait jamais Noël, resterait là et s'occuperait de Belle et des petits.

Julia n'arrêtait pas de pester. Il neigeait à gros flocons. Cette satanée carriole glissait sans cesse sur la route verglacée et les gamins chahutaient dans son dos! Peu de temps avant d'arriver, elle se mit en colère et les fit descendre. « Vous continuerez à pied! Ça vous fera du bien! » Ceux-ci, qui ne souhaitaient que ça, s'égaillèrent dans un champ voisin. Julia poussa un soupir de soulagement lorsqu'elle entra dans la cuisine. Les femmes, assises autour de la table, préparaient des volailles pour le dîner. « Tu es venue seule, ma fille? s'étonna Marcelline. – Non! répondit Julia, mais les gosses étaient tellement insupportables que je les ai laissés en chemin... Ils finiront à pied. » Puis elle se mit au travail. « Eh bien, dit-elle, il y a de quoi manger au moins ! » Odette éclata de rire. « Dame ! c'est pas parce qu'il y a la guerre et le mauvais temps qu'il faut se laisser mourir de faim ! Surtout que si l'on en croit les nouvelles, c'est loin d'être fini ! Maintenant qu'ils ont fichu Laval dehors ! » Julia haussa les épaules. « Tu sais, moi, la politique... » Bientôt elles se turent. Il fallait se dépêcher pour que tout fût prêt lorsque les hommes rentreraient. Ceux-ci arrivèrent avec les enfants à la tombée de la nuit. Ils les avaient rencontrés au carrefour de la nationale et fait grimper sur la charrette.

Plus tard, les femmes se demandèrent si elles iraient à la messe de minuit. Auguste s'esclaffa : « Bah, ma foi ! dit-il, vous pouvez toujours y aller, mais à pied ! Le cheval restera là, lui. Il est pas fou ! Vous avez donc pas vu comme ça tombe ? » Marcelline jeta un coup d'œil par la fenêtre. « Eh bien ! Le Bon Dieu se passera de nous cette année ! » Odette s'inquiéta de Clémence : « Comment va-t-elle faire pour venir ? – T'en fais pas, répondit Julia, si elle pense qu'elle peut arriver jusqu'ici, on la verra ! »

Après plusieurs tournées de pouilly, chacun s'égosillait pour se faire entendre. Louis et Pierre se racontaient des histoires qui couraient sur quelques jupons du coin. Les gamins, qui chipaient parfois des fonds de verres, jouaient sous la table. « On dit que c'est un camion, criait René à Léone et Anna. Je vous emmène à la foire. » Puis il mimait le conducteur et le vrombissement du moteur. Auguste relatait aux femmes comment il se faisait calotter par son père lorsqu'il désobéissait. Odette riait à gorge déployée : « Il aurait mieux fait de taper plus fort, tiens! Au moins aujourd'hui tu nous foutrais la paix! »

Clémence arriva un peu plus tard. Les gosses l'accueillirent avec des cris de joie. Elle expliqua qu'elle avait mis un temps fou à venir à cause de l'état de la route. « Mais maintenant, ajouta-t-elle, je suis bien heureuse d'être avec vous! » Elle s'étonna de l'absence de Léon. Julia la rassura : « Il viendra après la fermeture. » Au bout de quelques tournées, Clémence riait comme les autres. « Les Fridolins peuvent bien tout nous prendre, s'exclama-t-elle à un moment, ils ne pourront jamais nous empêcher d'être Français! » Chacun applaudit autour de la table. Marcelline, un peu éméchée, fit remarquer qu'il n'y avait pas de danger de ce côté-là! Le maréchal se chargeait de le faire comprendre aux Allemands! Aussitôt Pierre jaillit de sa chaise : « Arrête donc de parler de cette vieille baderne comme d'un saint! C'est qu'un salaud qui nous vend aux frisés! » Il y eut un moment de trouble. Odette tendit alors son verre vide : « Il y a autre chose à faire que parler politique un soir de Noël, non! Louis, jouez-nous plutôt de l'accordéon! » Auguste approuva. On n'allait pas s'entretuer pour un vieillard! Il resservit du vin et tous se mirent à chanter avec Louis.

Minuit venait de sonner au morbier quand ils entendirent une automobile pénétrer dans la cour. Auguste fronça les sourcils. Il allait ouvrir quand Léon fit son entrée avec Benoit. « Bonjour la compagnie! s'écria-t-il, Benoit ne savait pas où aller, alors je lui ai proposé de se joindre à nous! » Auguste demeura interdit sur le pas de la porte puis les fit s'asseoir. « Bon! Eh bien si les Schleuhs sont là, lança Pierre, moi je préfère fêter le réveillon avec les vaches! » Il attrapa une bouteille et passa devant Léon en le bousculant. Ce dernier serra les poings. Auguste saisit Pierre par le bras. « Quand auras-tu donc fini de faire ta tête de mule? » Celui-ci se dégagea brutalement. « Fous-moi la paix! » dit-il. Puis il sortit. Auguste n'aimait pas beaucoup Benoit, mais il ne voyait aucune raison de lui refuser son hospitalité. Il lui remplit son verre. On pouvait continuer à s'amuser...

Pierre s'affala sur un coin de litière dans l'étable. Décidément, il ne comprenait pas. Pourquoi Auguste et les femmes n'ouvraient-ils pas les yeux? Ils recevaient même Benoit, le flambeau des fascistes de la région! Toute cette lâcheté l'écœurait. Il but de longues gorgées de vin. Il fallait que ça change! Il devenait nécessaire de dénoncer la mascarade de Vichy! Les bruits du dîner lui parvenaient légèrement étouffés. La venue de ces salauds n'avait donc rien changé! Ils s'enivraient et chantaient tous ensemble! Ça fraternisait à tout va! Pierre haussa les épaules. Il se laissa glisser dans la paille pour s'endormir.

Dans la cuisine l'ambiance retombait au fur et à mesure que l'un ou l'autre s'assoupissait. Depuis l'arrivée de Benoit, Clémence gardait le silence. Elle n'aimait pas cet homme et la façon servile dont Léon se conduisait à son égard. Elle comprenait mieux maintenant pourquoi elle avait éprouvé de la sympathie pour Pierre lorsqu'il s'était éclipsé. « Pourtant, pensait-elle, Dieu sait si je n'ai aucune raison de l'apprécier... » Soudain, dégoûtée par les propos de Benoit qui racontait comment l'Ordre Nouveau allait s'instaurer, elle se leva. « Je m'en retourne », dit-elle. Les autres la regardèrent d'un air ahuri. « Mais enfin ! protesta Odette, vous allez prendre froid ! » Clémence lui sourit. « Bah ! Ne vous en faites pas ! J'ai connu de plus grands froids que ça ! » Lorsqu'elle fut dehors, elle s'arrêta sur le perron. Il ne neigeait plus. La lumière brillait dans l'étable. Elle s'y rendit. Pierre dormait. Elle le dévisagea longuement. Un instant elle éprouva l'envie de lui parler puis y renonça. Elle grimpa dans son coupé et retourna à Narcy.

La soirée prit fin peu après son départ. Il fallut quasiment séparer Benoit et Auguste qui discutaient depuis des heures. Les enfants qui s'étaient endormis sous la table restaient à la ferme. Benoit proposa alors à Léon et Julia de les ramener à La Charité dans sa traction. Ils acceptèrent. Ils se débrouilleraient pour revenir chercher le coupé le lendemain. Ils arrivèrent rapidement. Benoit les déposa devant le café. Il refusa de prendre un dernier verre et rentra se coucher.

Julia et Léon, encore ivres, montèrent à leur chambre en s'appuyant l'un sur l'autre. Là-haut, Léon disparut un moment. Julia se déshabilla. Elle allait s'allonger quand Léon revint, un sourire aux lèvres. Julia s'en irrita. « Qu'est-ce qui te prend de me regarder comme ça ? » Léon tendit un paquet. « Tiens, c'est Noël je crois ! C'est pour toi ! » Interloquée, Julia ouvrit la boîte plate en carton et découvrit une robe en soie verte à lisérés noirs. Elle la contempla, puis la déplia. Vraiment, elle n'en avait jamais tenu une aussi belle dans les mains ! Le tissu léger glissait entre ses doigts. Elle la plaqua contre sa poitrine et alla se regarder dans le miroir. Elle n'en revenait pas ! Dieu qu'elle se trouvait élégante ! Elle la passa. Celle-ci épousait son corps à la perfection. Quand elle se retourna, Léon siffla d'admiration. Julia lui semblait tellement belle. « Alors ? Elle te plaît ? » lui demanda-t-il. Certains souvenirs des premiers mois de leur mariage lui revinrent à l'esprit. Il ressentit une violente émotion. Il l'aimait ! Peut-être plus qu'il ne l'avait jamais encore aimée ! Il eut envie de la prendre dans ses bras, de l'embrasser... Julia tout excitée tournait sur elle-même en tenant un pan de la robe dans chaque main. Oui, elle était belle ! Oui, elle pouvait encore plaire ! Son regard croisa celui de Léon. Elle s'arrêta de tournoyer. Le désir qu'elle y lisait alluma le sien. Léon s'approcha. Il l'enlaça. Elle se laissa aller.

3

Julia emplissait le poêle à pleines pelletées de charbon. Elle fulminait. Il faisait un froid de canard et ce matin, personne n'entrait. Même les habitués semblaient avoir déserté! Décidément, l'année commençait mal! A ce train-là, ils ne risquaient pas de faire fortune avant la saint-glinglin!

Soudain un client arriva. Julia ne le connaissait pas. A voir comme il était fagoté, il devait venir du chef-lieu! Il salua Julia en enlevant son chapeau. « Je viens de la part de Mme Clémence, dit-il, vous êtes sa bru, n'est-ce pas? » Julia acquiesça d'un signe de tête. « Voilà, continua-t-il en arborant un large sourire, je crois que ce que j'ai à vous donner va vous faire plaisir! » Julia passa derrière le comptoir. « Eh bien, montrez toujours! » répliqua-t-elle d'un ton rude. L'homme secoua la tête. « Je voudrais bien, mais c'est trop grand pour que je puisse l'amener ici! » Julia, agacée par les airs mystérieux du bonhomme, s'exclama : « Nom d'un chien! Vous allez continuer longtemps à jouer aux devinettes! J'ai autre chose à faire! D'abord vous buvez quoi? » L'inconnu affecta une mine contrite. « Je suis désolé... Je ne dois pas boire durant le travail. Mais au fait, votre mari est-il ici ? » Julia commença à s'inquiéter. Dans le fond, ce type-là avait un air louche... Elle appela Léon qui s'activait à la cave. « Qu'est-ce que c'est ? gueula-t-il. – Il y a quelqu'un pour toi » répondit-elle. Léon monta. Julia lui désigna le gars.

« Pouvez-vous me suivre tous les deux ? demanda celui-ci en souriant à nouveau, je suis sûr que vous n'en avez jamais vu une pareille ! »

Julia et Léon lui emboîtèrent le pas. Ils firent quelques dizaines de mètres. Tout à coup, l'homme s'arrêta et d'un geste théâtral leur désigna une traction Citroën noire, flambant neuve, garée le long du trottoir. « Voilà, dit-il, elle est à vous ! Quinze chevaux, six cylindres et intérieur molletonné ! C'est Mme Clémence qui l'a commandée. » Julia et Léon se serrèrent l'un contre l'autre et demeurèrent sans voix. Le gars éclata de rire : « Ne restez pas plantés là ! Montez ! » Julia retrouva la parole la première : « C'est pas vrai ! C'est pas vrai !, répéta-t-elle plusieurs fois. J'avais complètement oublié. C'est bien ta mère ça ! – Bon Dieu de Bon Dieu ! renchérit Léon, qu'est-ce qu'elle est belle ! »

Julia se précipita vers le café. « Attendez là ! s'écria-t-elle, je dis un mot à Marie et on va faire un tour ! » Dès qu'elle fut revenue, elle s'engouffra à l'arrière. Le représentant qui avait pris le volant, démarra. « Je ne reviendrai pas avec vous, dit-il, alors faites bien attention à mes explications. » Léon, assis à ses côtés, se mit à tripoter les boutons du tableau de bord. Ils s'engagèrent sur la route de Nevers.

Julia, le visage collé à la vitre, regardait le

paysage défiler. Jamais elle n'était allée aussi vite! Bon Dieu! Qu'on était bien sur ce siège! Parfois sur le bord de la nationale les piétons s'arrêtaient pour voir passer la voiture. Julia éprouvait alors comme une sensation de réussite. Tous les rêves qu'elle avait remués dans sa tête devenaient réalité... Ils possédaient un café, on les respectait et désormais ils roulaient en traction. Elle se sentit heureuse et passa ses bras autour du cou de Léon. Celui-ci se retourna. Ils s'embrassèrent.

Lorsqu'ils furent arrivés, le garagiste leur offrit à boire. « Vous êtes des veinards, leur confia-t-il, je crois qu'il ne reste pas beaucoup de bagnoles et de toute manière, elles sont destinées aux huiles de ce putain de gouvernement! » Léon reposa son verre. « De qui parlez-vous? » demanda-t-il d'un ton acerbe. Le garagiste hésita puis reprit : « Dame! de toute cette racaille de Vichy! Ça ne vaut pas tripette et ça... » Léon l'interrompit : « Cette racaille, Monsieur, elle reconstruit la France qui en a besoin! C'est grâce à eux que les communistes ne font plus la loi... » L'autre ricana : « Non! Vous avez raison! Maintenant ce sont les Boches! Mais moi je préfère encore les Français même s'ils sont communistes... » Léon allait répondre quand Julia le saisit par le bras. « Viens donc! A quoi ça sert de s'égosiller ainsi! Il vaut mieux qu'on roule... »

Léon démarra sur les chapeaux de roues. Au passage, il agita le poing en direction du garagiste. Celui-ci n'en revenait pas. « Vingt dieux! Si j'avais cru ça de lui en entendant sa mère! » Léon conduisait très vite vers La Charité. Il ne disait rien. Julia, qui avait peur de l'embardée, s'écria : « Nom d'un chien! Tu vas pas nous tuer parce qu'un gars n'aime pas les Allemands, non! » Léon ralentit. Julia continuait : « C'est son droit tout de même ! » Léon haussa les épaules. « Tais-toi, tu n'y connais rien ! C'est en disant des conneries pareilles qu'on a permis aux juifs et aux communistes de prendre le pouvoir... » Julia ne répliqua pas. Elle se fichait de la politique comme d'une guigne. Elle s'enfonça dans le siège moelleux et regarda la campagne. Au bout d'un moment, elle se laissa glisser contre Léon, passa la main par l'ouverture de sa chemise et commença à le caresser doucement. Celui-ci, excité, bifurqua et engagea la voiture sur un chemin qui traversait la forêt de Vauzelles. Il coupa le moteur quelques centaines de mètres plus loin. Julia s'allongea sur la banquette. Elle aimait la sensation de cette bouche avide et fraîche qui courait sur sa peau découverte et la faisait frissonner. Elle encourageait Léon en appréciant qu'il connût toutes les subtilités et les méandres de son corps. Elle sentait venir la jouissance au rythme des caresses qu'il lui prodiguait. Parfois, à son insu, un cri s'échappait de sa gorge. Bien que la barbe mal rasée lui brûlât les lèvres, elle avançait son ventre pour qu'il explorât encore mieux ses profondeurs. Soudain, alors qu'elle sentait le plaisir affleurer, elle l'attira et jouit au seul contact de son sexe...

Le bruit de la pluie contre la carrosserie les éveilla. Léon jeta un coup d'œil à sa montre. « Bon Dieu ! deux heures de l'après-midi ! » Ils se rajustèrent et revinrent à La Charité à toute allure.

Ils se rangèrent devant le café. Quelques clients sortirent. « Vingt dieux ! s'extasia l'un, en voilà un carrosse ! – Nom de Dieu ! dit un autre, ça représente combien de bouteilles de piquette vendues ! Hein ! » Bientôt la traction fut entourée d'un groupe d'habitués. Ils ne cessaient de demander des explications. Très fier, Léon débitait à chaque fois le laïus que lui avait servi le vendeur.

Julia s'éclipsa et rejoignit Marie derrière le bar. « Préparez des verres, on va offrir la tournée, lui souffla-t-elle à l'oreille, à jacasser comme ça, ils vont avoir soif! » Ce ne fut pas long. Tous arrivèrent derrière Benoit qui plaisantait : « Elle est belle la Citroën, mais elle ne réchauffe pas! »

Léon gara l'automobile dans la cour. Il s'arrêta devant le cheval allongé sur la paille. « Mon pauvre vieux! Je crois que tu ne vas pas tarder à te retrouver chez le boucher! » Quand il entra, il demeura dans la pénombre de l'escalier. C'était plein à craquer. Ça buvait, ça chantait, ça gueulait à tout va! Ici et là quelques soldats allemands braillaient avec les autres, Léon se sentit heureux. La clientèle ne faisait que s'accroître. A ce rythme-là, Julia et lui ne tarderaient pas à devenir riches. En dévisageant chacun des consommateurs, il éprouva une sensation de puissance. La plupart le savaient en excellents termes avec l'occupant et venaient lui manger dans la main en pensant qu'un jour cela pourrait leur être utile. Par hasard, Léon surprit le regard de Benoit qui parlait à Julia : « S'il le pouvait celui-là, grommela-t-il, il la sauterait sur le zinc! » Des souvenirs lui revinrent à l'esprit... Il se revoyait à la même place aux côtés de Perrette en train de boire et plaisanter avec le gros Marcel. Pour fuir l'angoisse qui se réveillait, il pénétra dans la salle.

« Ah, te voilà, s'exclama Benoit déjà à moitié soûl, viens donc avec nous! » Léon s'approcha. Ils cognèrent leurs verres. « A la santé du Maréchal! cria Benoit. – A la santé du Maréchal! » répétèrent les clients. Benoit demanda le silence. Il prit Léon par les épaules et se mit à beugler : « Aujourd'hui que nos idées triomphent, il est bon de se rappeler que c'est grâce à des hommes comme lui !... » Il y eut des applaudissements. Benoit agita la main. Le silence revint aussitôt. « Depuis des années, et toujours avec le même enthousiasme, reprit-il, Léon a défendu l'honneur de la France en dénonçant la subversion des rouges... » Des cris l'interrompirent. « A bas les juifs ! A bas les communistes ! » Julia, accoudée derrière le comptoir regardait Léon d'un œil amouraché. « Oh ça ! affirma-t-elle, c'est bien vrai qu'il n'a pas cessé de nous rebattre les oreilles avec ses rouges et ses youpins ! » Quelques hommes ivres morts qui s'agrippaient au bar s'esclaffèrent. « Bon Dieu ! dit l'un, en voilà au moins un qui est couillu ! »

Benoit, ne trouvant plus ses mots, leva son verre : « Allez ! Vive Léon ! Et longue vie au Maréchal ! » Tous ceux qui le pouvaient encore trinquaient entre eux. Son plateau au-dessus de la tête, Marie se frayait un passage dans la cohue, et remplissait les chopines qui se tendaient. Parfois, quand des pattes brutales emprisonnaient ses fesses, elle s'abandonnait légèrement en parodiant les râles de l'amour. Les hommes riaient mais enlevaient leurs mains...

Vers cinq heures, René et Léone rentrèrent de l'école. Le silence se fit. Chacun se poussait pour les laisser passer. Guidé par sa sœur, René marchait la tête renversée en arrière, un mouchoir rougi plaqué contre son nez. Léone, la face tuméfiée et les cheveux en bataille, pleurait à chaudes larmes. Julia se précipita. « Que vous est-il arrivé ? » Léon s'approcha à son tour : « Bon Dieu de Bon Dieu! rugit-il, vous vous êtes encore battus! » Le cercle des curieux se resserrait. Julia passa le mouchoir sous l'eau et le remit sur le visage de René. « Mais non! balbutia Léone, c'est Albert, le fils de l'épicier, qui nous a tapés. Il disait qu'on était des fils d'Allemands. Alors, on s'est défendu. Mais il est plus fort que nous! C'est un grand, lui! » Julia la serra contre elle. « C'est rien, ma chérie, va! » Elle demanda à Marie de s'occuper du bar et monta à l'appartement avec les deux enfants.

Au même instant Léon sortait du café. « Il va voir de quel bois je me chauffe celui-là » gueulait-il. Quelques types, dont Benoit, l'accompagnaient en vociférant. Ils traversèrent la place et entrèrent dans l'épicerie. Alphonse, le propriétaire, n'était pas homme à s'en laisser conter. « Qu'est-ce que je vous sers, messieurs? » lança-t-il d'un ton goguenard. Les autres décontenancés restèrent un moment sans voix, puis Léon s'emporta : « Au lieu de faire le malin, tu ferais mieux de dire à ton morveux de laisser ses poings dans ses poches au lieu de boxer des moins forts que lui! » Alphonse haussa les épaules. « Mon fils n'aime pas les Allemands, répliqua-t-il, et il fait ce qu'il veut! » Benoit intervint : « Dis donc, tu trouves pas que tu y vas un peu fort! » Alphonse le regarda dans les yeux : « Sûr que non! Pour moi, vous êtes tous des Boches à voir comme vous êtes avec eux, je dirais même que vous êtes pires qu'eux! » Un gars fit intentionnellement tomber quelques boîtes de conserve et l'apostropha : « Je te trouve bien gras, Alphonse! Dis des fois, tu ferais pas un peu de marché noir pour mettre du beurre dans les épinards? » Tout le monde s'esclaffa. « C'est vrai, renchérit Léon, si on en touchait un mot à la gendarmerie. C'est que ça coûte cher aujourd'hui de trafiquer ! d'ailleurs, je pense qu'il y en a ici qui pourraient témoigner ! »

Au fil des menaces, Alphonse s'inquiétait. Il n'allait tout de même pas perdre les revenus confortables que lui rapportait son commerce, parce que son garçon s'amusait à claquer d'autres gosses. « Bougez pas, lança-t-il, je vais chercher le gamin ! » Il le ramena dans la boutique. « Alors, c'est vrai que tu as rossé les petits au Léon ? » Albert, l'air revêche, bougonna « Ben quoi ! Tu dis toute la journée qu'ils sont... » Son père lui envoya une telle gifle qu'il se retrouva au sol, les quatre fers en l'air. « Maintenant, tu disparais ! hurla Alphonse, et que je ne t'y reprenne pas à jouer les fiers-à-bras en cognant sur une fille ! » Albert prit la fuite en pleurant. Léon, satisfait, hocha la tête. « Ah ! Les enfants ! C'est incroyable ! Il faudrait toujours être derrière ! » Benoit, souriant, tendit la main à Alphonse : « Allez ! Bonsoir ! Tu as raison, il faut les mater ! Tu n'as qu'à l'inscrire dans un chantier de jeunesse ! – C'est peut-être ce que je vais faire, répondit Alphonse, ça lui fera le cuir ! » Tout le groupe sortit de la boutique. Alphonse, derrière son comptoir, serrait les poings de rage. « Attendez un peu, bande de salauds ! marmonna-t-il, ça va bien finir par changer ! Et ce jour- là... » Il appela son fils et le serra dans ses bras.

Le mois de janvier s'écoula. Certains soirs, au café, Benoit, Léon et les autres, désormais convaincus que la raison se trouvait de leur côté, se réjouissaient des mesures gouvernementales. Ainsi, ils applaudirent en apprenant que les ministres devaient dorénavant prêter serment au chef de l'État. Mais leur joie fut vraiment à son comble le 9 février, quand la loi réglementant les emblavures et les récoltes fut promulguée. Ils ne cessaient de le répéter en trinquant : « Maintenant au moins la terre n'appartiendra pas seulement aux riches! » Julia approuva. Bien sûr, cela mettait les gros possédants dans l'embarras! Mais diable! Avec ceux-là, il existerait toujours un moyen de s'entendre!

En fin de matinée, Auguste entra suivi d'Andréa. Lorsqu'elle les aperçut, Julia faillit lâcher la bouteille qu'elle tenait à la main. Que diable venaient-ils faire ici? Ils traversèrent la foule et vinrent se planter devant Léon et Benoit qui jouaient à la belote. Le vieux interpella Benoit : « Dis donc, qu'est-ce que cette connerie de loi dont on vient de me parler à la coopérative! Alors il a déjà fallu accepter un syndicat unique, voilà maintenant qu'on veut organiser notre travail! » Andréa intervint à son tour : « C'est vrai, nom de Dieu! Qu'est-ce que c'est que cette merde! Tu as de la terre, toi aussi! Tu sais bien que ça ne sert à rien de vouloir mettre son nez dans nos affaires! » Les clients, silencieux, se pressaient autour de la table. Julia, inquiète, s'approcha de son père. « Eh bien! Qu'y a-t-il pour vous mettre dans un tel état? » Auguste la repoussa : « Laisse donc! Tu n'y connais rien! » Léon regardait Benoit d'un air anxieux. Celui-ci posa tranquillement ses cartes. « Vous inquiétez donc pas » commença-t-il. Aussitôt Auguste l'interrompit. « C'est pas la peine de me servir tes salades! Je les connais! Ce que vous voulez, c'est mettre la main sur nos fermes! » Andréa renchérit en pointant son doigt vers Léon.

« C'est vrai ! Je vous préviens, vous et votre bande, vous faites ce que vous voulez ! Mais si c'est pour nous dépouiller de notre bien, il faudra compter vos abattis ! » Benoit secoua la tête. « C'est pas la peine de gueuler comme des veaux, s'exclama-t-il la mine ennuyée. Vous savez comme le Maréchal aime la terre ! Ce qu'il veut, c'est faire avancer la révolution nationale... » Auguste lui coupa de nouveau la parole. « Écoute ! Vous faites toutes les révolutions que vous voulez mais pas chez nous ! Moi, ça a toujours marché comme c'est ! Je veux rien voir changer, c'est compris ? » Léon se leva : « Allons, Auguste ! Il faut bien que ça évolue un jour. » Le vieux se tourna vers lui en se redressant légèrement. « Vous ! Vous fermez votre gueule ! Vous n'avez jamais su ce qu'est la terre et vous ne le saurez jamais ! » Léon, ne sachant que répondre, se rassit. Julia saisit Auguste par le bras et voulut l'entraîner vers le bar. « Toi, laisse-moi rentrer ! » dit-il en se dégageant. Il sortit suivi d'Andréa. Julia se précipita. Elle les rattrapa avant que le coupé ne s'ébranlât et monta sur le marchepied. « Écoute ! dit-elle à son père, ça ne sert à rien de brailler comme ça ! Pourquoi as-tu peur qu'on te prenne tes hectares ? » Auguste se cala contre le dossier du siège et dévissa la manette du frein. « Oh ! laisse donc ! marmonna-t-il, déjà j'aimais pas beaucoup que les députés s'occupent de nous ! Mais je me méfie encore plus d'un Maréchal qui décide de tout ! Les soldats c'est pire que les hommes politiques ! D'ailleurs, j'ai d'autant moins confiance qu'on leur avait demandé de gagner la guerre et qu'ils l'ont perdue ! Allez, hue dia ! » Il fouetta le cheval. Julia demeura sur le bord du trottoir à regarder la voiture s'éloigner. Le vieux lui semblait vraiment inquiet! Quand elle rentra, Benoit l'apostropha : « Dis donc! Il a toujours le sang chaud comme ça, Auguste? Il faudra qu'il se calme, sinon... » Il laissa la fin de sa phrase en suspens. « Dix de der! » enchaîna-t-il en abattant le dernier pli qu'il tenait dans la main. Personne ne tenta d'en savoir plus. Benoit était le chef. Il savait ce qu'il disait...

Quelques semaines plus tard, un dimanche, Julia décida d'aller à la messe de Narcy à bicyclette. Elle y retrouverait les femmes et passerait la journée avec elles. Dans la soirée, Léon viendrait la chercher en traction avec les enfants pour qu'ils embrassent leurs grands-parents. Quand elle ouvrit la lourde porte de l'église toute l'assemblée se retourna. Tandis qu'elle se glissait dans une travée, elle aperçut les femmes assises quelques rangs devant. Marcelline se pencha vers Odette. « Elle est là! Tu as vu! Ça c'est une chance! » Odette approuva : « Oui! Oui! Il vaudrait peut-être mieux que tu lui parles avant qu'elle le voie. » Marcelline acquiesça et profita du remue-ménage causé par la communion pour rejoindre Julia. Elles s'embrassèrent, puis Marcelline se rapprocha. « Je suis bien contente que tu sois là, dit-elle en étouffant sa voix, avec Odette on voulait venir te voir! Tu sais que depuis quelque temps ton père n'est pas normal! Voilà qu'il part et qu'il revient à n'importe quelle heure du jour et de la nuit! Quand on lui demande ce qu'il fait, il nous envoie aux pelotes! S'il était plus jeune, on se dirait qu'il va courir le guilledou mais il a passé l'âge... » Elle se tut. Julia regardait droit devant elle. Marcelline lui donna un léger coup de coude. « Qu'en penses-tu? » Julia haussa les épaules. « Dame! j'en sais rien, moi! » Marcelline s'apprêtait à insister quand les clochettes retentirent. Elles se levèrent pour la bénédiction. Aussitôt après, elles s'esquivèrent sans attendre Odette qui allait chercher Auguste au café. Ils se retrouveraient au cimetière.

Julia marchait aux côtés de Marcelline en poussant le vélo. C'était agréable. les rayons du soleil qui se levait faisaicnt briller les toits recouverts de gelée blanche. Un vent froid et sec lui fouettait le visage. Marcelline la prit par le bras : « C'est plus sain ici que dans ton bistrot enfumé, hein! » Julia acquiesça d'un hochement de tête. Lorsqu'elles furent arrivées devant la tombe d'Anna, elles se serrèrent l'une contre l'autre et se recueillirent. Julia ferma les yeux. Dieu, qu'elle était loin l'époque où elle jouait avec sa sœur! Elle tenta sans succès de se souvenir de ses traits. Non! Décidément le temps avait tout effacé... Soudain elle entendit grincer les gonds du portail d'entrée. Auguste et Odette leur demandaient de venir en gesticulant. Julia et Marcelline firent un rapide signe de croix et les rejoignirent. « Eh bien, qu'y a-t-il? » s'inquiéta Marcelline. Le vieux se mit en marche. « Il paraît que des fumiers ont tué des vaches à l'Andréa! gronda-t-il. On va aller voir et lui donner un coup de main! » Les femmes, silencieuses, grimpèrent dans le coupé.

Ils trouvèrent Andréa dans un champ proche de sa ferme, Pierre déjà en compagnie de quelques autres cultivateurs du coin. Ils regardaient les trois vaches au pelage blanc rougi de sang, allongées sur le flanc, la langue pendante. Andréa vitupérait contre les salauds qui avaient fait ça : « Nom de Dieu! Si je les tiens un jour je leur ferai la peau! Ça oui! » Les autres inclinaient la tête, l'air aussi révolté que lui. Dame! Si maintenant on tuait les bêtes, ça voulait dire qu'on ne respectait plus rien! Et ça risquait de leur arriver un jour à eux... Pierre, qui n'arrêtait pas de s'agiter, se mit à gueuler : « Mais Bon Dieu! Qu'est ce que vous avez donc à rester plantés là comme des piquets! C'est pas ça qui va changer les choses! On ferait mieux de prendre nos fusils et d'aller tirer sur ces putains de fascistes! C'est eux qui ont fait le coup. Moi je vous le dis! » Auguste haussa les épaules. « Qu'est-ce que tu racontes là? » Andréa renchérit : « Il a raison! Moi je les ai vus! Quand j'ai entendu les coups de feu j'ai couru jusqu'à la route là-bas. Et j'ai eu le temps d'apercevoir leur voiture! C'était une traction noire! » Quelques-uns se tournèrent vers Julia. Auguste se mit en colère. « Nom de Dieu! Vous n'allez tout de même pas croire que Léon a pu faire ça! Tiens, montre donc où elle était ton auto! » Andréa désigna le dernier tournant, au bout du champ. Auguste parut sceptique. « Et tu crois donc que de là tu peux reconnaître une bagnole avec certitude? » Quelques paysans se raclèrent la gorge. D'autres fixaient la pointe de leurs sabots. « Dame, c'est vrai! dit l'un d'eux, ça me paraît un peu loin pour bien voir! » Julia tentait de retenir ses larmes. Odette s'approcha d'elle. « C'est rien, ma fille. Viens donc! On va s'en retourner à pied! Ça te fera du bien! »

Julia se dégagea, puis fit face à Pierre : « Non! S'il y en a qui ont des choses à dire, qu'ils les disent! » Pierre la regarda droit dans les yeux : « Oui, j'ai des choses à dire! Ton mari est un sale fasciste et tu ne vaux pas mieux que lui à faire la reine là-bas dans ton troquet rempli de Schleuhs et de... » Il n'eut pas le temps de terminer sa phrase.

Marcelline le gifla à toute volée. Pierre porta la main à sa joue. « Bon Dieu! rugit-il. Toi aussi tu t'y mets! » Marcelline, le doigt pointé, lui indiquait la direction de la maison. « Fous-moi le camp! Tu m'entends? Je ne suis pas ta mère pour entendre de telles saloperies! » Pierre, impressionné, cracha et partit en bougonnant.

Les autres demeuraient silencieux. Bon Dieu! Jamais ils n'avaient vu Marcelline dans un tel état! Andréa rompit le silence : « Sûr qu'il exagère, ton fils, Marcelline! Mais enfin, il a pas tout à fait tort de parler des fascistes. D'ailleurs, c'est pas difficile! Quels sont ceux qui dans la région ont des tractions, sinon... » Auguste lui coupa la parole. « Allez, ça suffit! On va appeler le boucher, puis on t'aidera à charger les vaches. Je t'amènerai deux femelles. » Andréa refusa. « Et pourquoi non? reprit le vieux, quand la grange a brûlé tu m'as donné de la paille? Alors? » Andréa ne répondit pas. C'était entendu.

Marcelline courait devant. Elle regrettait tellement d'avoir envoyé une taloche à son grand fils! Bon Dieu! Où pouvait-il être fourré maintenant? Dès qu'elles furent à la ferme, les femmes l'appelèrent en pure perte. Pierre avait disparu. Auguste ne s'inquiétait pas : « Bah! quand il sera calmé, il reviendra » marmonna-t-il. Il se rendit à l'étable choisir les deux vaches qu'il allait donner à Andréa. Pierre trayait l'une d'entre elles. Auguste s'approcha. « Tu aurais pu te manifester au lieu de laisser les femmes s'égosiller. » Pierre continuait son travail d'un air revêche. Auguste s'appuya sur l'échine de l'animal. « Bon Dieu! Arrête donc de faire ta tête de mule! C'est pas en braillant qu'on se fait entendre des sourds! » Pierre dévisagea

Auguste. Ce dernier haussa les épaules et reprit : « C'est pas parce qu'on a raison qu'il faut le dire.... Gueulard ! » Il s'en alla sans ajouter un mot.

Pierre demeura pensif. Que voulait donc le vieux ? Il l'avait bonne, lui ! La fermer ! Toujours la fermer ! Serait-ce en se taisant que les autres comprendraient ? Non ! Le père vieillissait et ne voulait pas trop souffrir de la guerre ! C'était tout ! Eh bien, lui, Pierre, voyait les choses autrement. Il exprimerait ses opinions autant qu'il le voudrait !

Dans la cuisine, Julia ne décolérait pas au sujet de Pierre. « Non mais, pour qui se prend-il ? A chaque fois qu'il y aura une merde dans le coin ce sera la faute de Léon ? Ça alors ! » Marcelline, qui déplorait toujours d'avoir tapé son fils chéri, le défendait. Quant à Odette, elle estimait qu'il n'y avait pas de quoi en faire toute une histoire. « Il parle plus vite qu'il ne réfléchit, disait-elle, ça lui passera ! »

Soudain, Julia se mit à douter. Après tout, Benoit et sa bande étaient bien capables d'avoir tué les bêtes et Léon pouvait très bien leur avoir donné la main. Il valait mieux qu'elle en eût le cœur net. Elle se leva pour partir. Auguste qui rentrait s'étonna : « Eh bien, ma fille ? Tu as donc le feu au derrière ? » Julia secoua la tête. « Je repasserai un de ces jours » cria-t-elle en enfourchant son vélo. Elle disparut au détour du chemin de la mare. Quand elle arriva au café, elle ne trouva pas Léon. « Depuis combien de temps est-il absent ? demanda-t-elle à Marie. Ce que je sais moi ! » grommela celle-ci. Julia n'insista pas. Elle verrait plus tard.

Léon revint en titubant en fin d'après-midi. Il traversa la salle en serrant quelques mains. « Je vais me coucher, dit-il en passant devant le comptoir, qu'on me réveille dans une heure. » Julia s'approcha : « D'où viens-tu? Tu serais pas allé faire un tour du côté de la ferme d'Andréa? » Léon fronça les sourcils : « Pourquoi diable veux-tu que j'aille là-bas? J'étais avec Benoit et les autres. – Pour rien! Pour rien! répondit Julia, il y en a qui lui ont tiré ses vaches à coups de fusil! » Il haussa les épaules. Elle lui sourit. « Allez, va te coucher! Je dirai aux enfants de ne pas faire de bruit. »

Cette année-là, on passa de l'hiver au printemps sans transition. Un beau jour, au début du mois de mars, on eut trop chaud. Julia installa quelques tables sur la terrasse. Benoit et ses amis vinrent s'y asseoir. Léon les y rejoignit. Celui-ci devenait de plus en plus actif au sein du groupe. Il prenait une part importante aux discussions, et influençait souvent les décisions dans le sens d'une plus grande fermeté. « Léon! Viens donc à côté de moi! » lui proposa Benoit. Il le prit par les épaules puis s'adressa à la petite assemblée : « Écoutez-moi bien! Je dois partir durant un mois ou deux à Paris pour aider Déat à organiser le RNP qu'il vient de créer avec Deloncle. Pendant ce temps, Léon me remplacera... » L'un des hommes leva son verre : « Au nouveau patron! » lança-t-il. Les autres l'imitèrent et trinquèrent bruyamment. Les piétons se retournaient. Parfois, l'un d'entre eux changeait de trottoir, Léon, intimidé, balbutia quelques mots. Il n'en croyait pas ses oreilles. Durant plusieurs semaines, il allait être le chef! Il pourrait décider tout seul sans en référer à Benoit!

Le soir, lorsqu'il se coucha, il ne put s'empêcher de réveiller Julia. « Tu te rends compte, chuchota-t-il, c'est moi qui commande ! Tu vas voir un peu comment je vais te les mener tous ces mous ! Avec moi la révolution nationale ne va pas se faire avec des mots... » Julia se blottit dans ses bras. Elle éprouvait un réel plaisir à voir son mari devenir un personnage influent dans le canton. Il ne serait plus seulement le patron de « La Chope », mais aussi un homme politique. On écouterait ses avis. Il pourrait appliquer ses idées. Depuis le temps qu'il attendait ça ! Enfin, cela attirerait sans doute de nouveaux clients...

Effectivement, Léon ne fut pas long à mettre ses conceptions en pratique. Trois jours après le départ de Benoit, il se rendit à une audience accordée par le commandant de la garnison allemande. Pour l'occasion, il s'était fait raser par Gabriel le coiffeur, et avait endossé son costume du dimanche.

Léon, intarissable, dessina les plans d'une nouvelle société sans Juifs ni communistes, où Allemands et Français travailleraient de conserve. Il fallait donc, dès maintenant, pourchasser les récalcitrants et les mettre au pas... L'officier l'écouta avec attention. A la fin de la réunion, il le remercia chaleureusement. Il désirait le revoir prochainement. Ils jetteraient alors les bases d'une action concertée contre ces fauteurs de troubles qui depuis quelques semaines distribuaient des tracts dans la région. En tout cas, il l'invitait bien volontiers, ainsi que sa femme, à une réception qu'il donnait le lendemain soir à la Kommandantur de Nevers. Léon accepta avec empressement. Dès qu'il rentra il en parla à Julia. Celle-ci partagea son enthousiasme. C'était une occasion inespérée de mettre la robe qu'il lui avait offerte à Noël.

A l'heure dite, ils se présentèrent à la salle des

fêtes et y demeurèrent à danser et à boire jusqu'au lever du jour. Léon, flatté d'être l'un des rares Français à avoir été invités, trinquait avec chaque officier qui passait près de lui. Il répétait sans cesse les quelques mots d'allemand qu'il connaissait et éclatait de rire pour un oui ou pour un non. Julia, aussi soûle que lui, s'accrochait à son bras. Dieu qu'elle était heureuse d'être là! Les lambris dorés qui brillaient à la lumière des lustres l'émerveillaient. Voir les soldats se plier en deux et lui baiser la main l'amusait. A la fin de la soirée, elle la tendait à tout venant.

Quand ils sortirent, une intense agitation régnait parmi le service d'ordre. Quelques gardes couraient ici et là et interdisaient aux rares passants d'avancer. D'autres ramassaient des papiers éparpillés sur le sol. Léon et Julia en attrapèrent qui s'envolaient au vent. Léon s'arrêta pour lire. Il se mit à jurer : « Fumiers... Enfoirés... Charognes...! » Il prit Julia à témoin : « Non! Mais tu vois ce qu'ils ont osé écrire ces salauds de communistes! Le gouvernement de Vichy composé de ploutocrates, de pourris à Laval, de généraux incapables... » Il s'en étrangla d'émotion. Julia s'en fichait. Elle avait froid et voulait rentrer pour faire l'ouverture avec Marie. « Qu'est-ce que ça peut foutre? dit-elle. Ça nous empêchera pas de vivre! » Léon se laissa entraîner vers la voiture. « Tu vois, gueula-t-il à nouveau, c'est à cause de petits cons de ce genre que tout foutait le camp avant! Ils sont comme ton frère, tiens! Mais t'inquiète pas! Moi, je vais m'en occuper! » Julia haussa les épaules. « Laisse donc Pierre tranquille! C'est pas parce qu'il pique une colère de temps en temps qu'il n'y aura plus d'eau à Vichy! » Léon ne répondit pas, et garda le silence jusqu'à La Charité.

La nouvelle qu'ils avaient assisté à cette réception se propagea dans toute la région. Les plus vichyssois applaudissaient. En voilà un, disaient-ils à propos de Léon, qui saura mettre en œuvre le programme du Maréchal. D'autres, comme le notaire de La Charité, commençaient à trouver qu'il en faisait un peu trop. Un matin, tandis que Clémence retirait de l'argent chez lui, il ne put contenir son irritation. « Madame, croyez bien qu'il n'y va pas de mon intérêt! Peut-être même trouverez-vous osé que je... » Clémence qui ne supportait pas ses phrases alambiquées le coupa : « Au fait, maître! Au fait! – Eh bien, reprit-il, je trouve tout à fait déplacé que votre fils et sa femme s'affichent de cette manière avec l'occupant. – Quoi, maître? s'étonna Clémence. Qu'ont-ils donc fait de plus que de servir des verres comme d'habitude? – Comment, vous ne savez pas! » s'exclama le notaire. Clémence secoua la tête d'un air surpris. L'autre lui raconta alors par le menu la fameuse soirée et les cancans de la ville. Au fil du récit, Clémence blêmissait et se redressait sur son siège. Elle n'en croyait pas ses oreilles! Comment, Léon osait fréquenter ainsi les Allemands? A certains moments, elle questionnait le notaire avec l'espoir qu'il exagérait : « Vraiment? Vous en êtes sûr? » Mais à chaque fois celui-ci répondait par l'affirmative.

Clémence se leva avant la fin. Elle ne pouvait pas admettre que Léon fût capable d'une telle attitude! « Bonsoir, maître » lança-t-elle d'un ton sec. Le notaire, inquiet de l'avoir trop brusquée, voulut l'accompagner. « Restez assis! lui intima Clémence, je connais le chemin! » Sur le seuil de l'immeuble, elle remit son chapeau d'aplomb et marcha d'un pas rapide vers « La Chope ».

La salle était vide. Marie astiquait le comptoir en cuivre. Clémence ne la salua pas. « Où puis-je trouver Monsieur? demanda-t-elle. – En bas, dit Marie sans arrêter de frotter, il allonge le vin! » Devant l'air stupéfait de Clémence, elle ricana : « Quoi, il n'y a pas de petits bénéfices, comme dit Madame! » ajouta-t-elle. Clémence ne répondit pas et s'engagea sur l'échelle qui menait à la cave.

L'ampoule qui pendait du plafond diffusait une faible lumière. Clémence mit quelques instants à s'habituer à la pénombre. Enfin elle distingua Léon accroupi au fond de la pièce. « Léon, dit-elle, j'aimerais bien avoir quelques explications sur ton comportement! » Trop accaparé à siphonner un tonneau, celui-ci ne se releva pas. « Mais qu'est-ce que tu as donc à gueuler comme ça? » marmonna-t-il. Clémence, excédée, s'approcha. « D'abord, je ne gueule pas, je te parle! Je suis ta mère, ne l'oublie pas! Je souhaiterais seulement savoir jusqu'où tu comptes aller avec les Allemands? On me dit que toi et Julia n'avez pas hésité à vous rendre à une réception qu'ils donnaient à Nevers. Non, mais tu te rends compte de ce que tu fais! Jamais ton père n'aurait... – Oh! je t'en prie, s'écria Léon qui se mit debout et lui fit face, je ne me compromets pas! Pétain a dit qu'on collaborait! Alors, je collabore! – Imbécile! répliqua Clémence, alors ce soldat qui n'a plus toute sa cervelle te dirait d'endosser l'uniforme ennemi tu le ferais? » Léon hocha la tête. « Peut-être, murmura-t-il, peut-être... » Clémence ne répondit pas. L'émotion lui nouait la gorge. Elle serra fortement son sac contre sa poitrine, puis recula. Léon demeurait immobile sous la lampe. La lumière donnait à son visage le masque cireux d'un cadavre. Clémence prit peur et sans un mot remonta dans la salle.

Julia revenait de faire quelques courses. « Bonjour Clémence! Vous semblez bien pâle! Voulez-vous un café? » Celle-ci refusa : « Non! Non! ma fille! réussit-elle à articuler, je voudrais simplement qu'avec Léon vous vous arrêtiez avant qu'il ne soit trop tard! » Puis elle sortit sans se retourner.

Julia interrogea Marie du regard. Celle-ci leva les yeux au ciel. « Bah! il ne faut pas vous en faire, madame, elle a un grain! C'est l'âge... » Julia secoua la tête d'un air agacé. Vraiment, cette Marie n'avait rien dans le crâne! Elle descendit à la cave. Léon continuait à mouiller le vin. Julia lui demanda ce que voulait sa mère. « Ce que j'en sais! répondit Léon, j'ai bien l'impression qu'elle déraille! » Julia s'impatienta. « Ça ne me dit pas ce qu'elle t'a raconté! » Léon se redressa. « Mais je n'en sais rien! Je ne l'écoutais que d'une oreille. Son délire habituel, quoi! Oh, et puis, laisse-moi! Tu vois bien que je fais un travail difficile! » Julia n'insista pas. Elle savait qu'il ne dirait plus rien.

Le printemps passa. Un matin, au début du mois de juin, Léon reçut une lettre de Benoit. Sa mission à Paris arrivait à son terme. Il devait se rendre à Vichy et en profiterait pour s'arrêter à La Charité.

Il arriva le 7 juin au soir par le dernier train. Léon l'accueillit sur le quai de la gare. Ils se congratulèrent avec force tapes dans le dos. Bon Dieu! ça faisait tellement plaisir de se revoir!

Benoit raconta Paris en quelques mots. C'était beau, mais invivable! Évidemment, il préférait La Charité et sa campagne. Au moins on y respirait! Ils s'installèrent dans la traction. Benoit demanda à Léon son avis sur la situation politique dans la région. « Eh bien! assura celui-ci, je peux te dire que j'ai bien travaillé depuis que tu es parti. Le commandant, mon ami Günther, ne jure plus que par nous. Bien sûr, il a fallu faire peur aux salauds qui gueulent contre les Allemands. Mais enfin, ça n'a pas été trop dur! Comme ils doivent chercher à bouffer, ils ont d'autres chats à fouetter! De temps en temps on trouve ici ou là des tracts communistes ou gaullistes, mais rien de grave... » Benoit approuva : « C'est bien, mon vieux! Mais maintenant il faut aller encore plus loin dans le sens de la révolution nationale. C'est pour ça que je vais à Vichy. Le Secrétaire général de l'Information veut me confier l'organisation d'un réseau national de propagande. » Léon, admiratif, le complimenta. « Allez, démarre! lui lança Benoit, j'ai hâte de me rincer le gosier et de revoir ta jolie femme! »

Quand ils entrèrent, le café était bondé. Le brouhaha des voix s'atténua puis ce fut la ruée. Chacun voulait serrer la main de Benoit. Il devait être important pour qu'on l'ait gardé si longtemps à la capitale! Enfin, il parvint au comptoir. « Tiens! s'écria Julia, voilà un revenant! L'air de Paris doit être pourri, vous êtes blanc comme un poulet! Il va falloir vous redonner des couleurs! » Elle lui tendit un verre de fine. « Tenez, voilà pour commencer! » Benoit la fixa sans dire un mot. Il semblait paralysé. Dieu qu'il la trouvait belle! Julia éclata de rire. « Attention, Benoit, à regarder les femmes comme ça on devient aveugle! » Benoit s'esclaffa, imité par ceux qui se trouvaient accoudés au zinc. « Dame, remarqua-t-il, tu as pas perdu ta langue, toi ! »

Il se plaça au bar, du côté du mur. Léon s'assit à côté de lui. Benoit éprouvait des difficultés à se concentrer sur ce que lui disaient les uns et les autres, Julia accaparait son esprit. Chaque fois qu'il le pouvait, il tentait de croiser son regard. Celle-ci feignait de ne s'apercevoir de rien. Elle lavait les verres que lui rapportait Marie, sans jamais relever la tête. Cependant, quand Benoit évoqua son départ imminent à Vichy, Julia tressaillit. « Oh ! j'aimerais tant y aller une fois ! » lâcha-t-elle. Benoit se retourna, souriant. « Eh bien, répondit-il, c'est pas difficile ! Léon et vous avez qu'à m'accompagner. C'est pas bien loin ! Vous resterez une nuit à l'hôtel et je vous ferai visiter ! » Léon, déjà éméché, trouva l'idée excellente. Julia ne put contenir sa joie. « Venez, que je vous bise ! » proposa-t-elle à Benoit. Celui-ci se pencha. Ils s'embrassèrent sur les joues, mais aux commissures des lèvres...

Les préparatifs furent rapides. Julia amena les enfants à la ferme. Les femmes s'étonnèrent mais n'insistèrent pas. Après tout, elle pouvait bien aller visiter la capitale actuelle du pays sans qu'on y trouvât à redire. Léon confia le café à Marie, pas mécontente de jouer la patronne pendant deux jours. Ils partirent le samedi matin très tôt, dans la traction que Léon avait astiquée la veille.

A Vichy, ils s'installèrent dans un petit hôtel proche des thermes. Benoit posa sa valise et partit aussitôt rencontrer certains hauts responsables de ses amis. Il viendrait le soir prendre Léon et Julia et les emmènerait dîner à l'hôtel du Parc où se retrouvait tout le gratin gouvernemental.

Léon demeurait allongé sur le lit. Julia arpentait la chambre en s'extasiant sur les papiers peints et le mobilier coquet. Elle n'en revenait pas de pouvoir se maquiller, assise devant une magnifique coiffeuse. « Si on sortait se promener, dit-elle. On trouvera bien notre chemin pour revenir! » Léon semblait dormir. « Je vais me changer » marmonna-t-elle en quittant sa robe. Léon ouvrit les yeux. Il vit le corps nu de Julia qui se reflétait dans les glaces de l'armoire et de la coiffeuse. Le désir l'envahit. Il sauta du lit et la saisit à la taille. Elle se mit à rire et s'abandonna.

Le soir, ils se rendirent tous les trois au restaurant. Julia suffoquait de joie. Jamais elle n'avait vu des gens si élégants, des voitures si grandes et si belles, des demeures aussi fastueuses. Elle écarquillait les yeux pour tenter de saisir tout ce qui se passait autour d'elle. Le vertige la prenait. Elle s'accrochait aux bras de Léon et de Benoit qui l'encadraient.

A l'entrée de l'établissement, le maître d'hôtel se précipita et les mena à leur table. Celle-ci se trouvait auprès de larges baies vitrées. De là, on apercevait un immense parc verdoyant qui se perdait au loin dans une forêt. Julia ferma les yeux. Au contraire de ce qui se passait à « La Chope », le bourdonnement des voix paraissait ici presque harmonieux, tellement il était régulier. Benoit, penché vers Léon, lui désignait discrètement quelques éminences du régime. « Tu vois là-bas, c'est de Brinon... Puis l'autre, à côté de la desserte, c'est Bichelonne... » Léon ne parvenait pas à détacher son regard de ces hommes. Dire qu'ils incarnaient le pouvoir et que lui, petit limonadier de La Charité, dînait à côté d'eux!

Le temps passa. Benoit évoquait la suite de la guerre. Nul doute que les Allemands allaient la gagner. Alors, il y aurait du travail pour construire l'Europe nouvelle... Julia n'écoutait pas. Elle mangeait avec application des mets dont elle n'aurait jamais soupçonné l'existence. Elle tendait son verre sans arrêt. Elle voulait s'étourdir avec ce vin dont Léon disait qu'il comptait parmi les meilleurs bourgognes. Soudain, elle sursauta. Benoit lui caressait la cuisse! Elle ne bougea pas et savoura son plaisir, Léon ne se rendait compte de rien.

Un chef de rang leur servait le dessert, quand les haut-parleurs grésillèrent. Un speaker annonça que le maréchal Pétain allait prononcer une allocution. Le silence se fit dans la salle. On n'entendait plus que le cliquetis des couverts contre les assiettes.

« Français, commença l'orateur, le 17 juin 1940, il y a aujourd'hui une année, j'adressais mon premier appel à la France. » Aussitôt, l'ensemble des dîneurs se leva. Julia, que l'ivresse amollissait, agrippa le bras de Léon pour ne pas tomber. « Le disque qui l'enregistra, continuait le chef de l'État, va tourner devant vous. Entendez-le! Il vous replacera dans l'atmosphère du jour où cet appel fut prononcé... » L'assemblée écouta religieusement la déclaration. Lorsqu'elle fut terminée, le Maréchal reprit : « Voilà ce que d'une voix cassée par l'émotion je vous disais le 17 juin 1940. Ma voix aujourd'hui s'est raffermie car la France se relève. Bon nombre de Français se refusent à le reconnaître. Croient-ils vraiment que leur sort est plus tragique qu'il y a un an? Français, vous avez vraiment la mémoire courte. Souvenez-vous de ces colonnes de fuyards comprenant des femmes, des enfants, des vieillards juchés sur des véhicules de toutes natures, avançant au hasard, dominés par la crainte et la volonté d'échapper à l'ennemi, s'arrêtant le soir sur un côté de la route, hommes et bêtes harassés de fatigue, et obligés de repartir le lendemain de bonne heure, afin de ne pas perdre leur place dans la colonne... » Julia ne parvenait plus à distinguer le sens de ces phrases, débitées d'un ton morne. Son regard s'arrêtait sur un client ou un autre, figé dans une attitude de respect excessive. A chaque fois elle éprouvait l'envie de rire. Tout cela lui paraissait si ridicule! Comment pouvait-on se tenir ainsi, à la seule écoute d'une voix! Léon, lui aussi, semblait complètement extatique. Il fixait les haut-parleurs juchés dans les cimaises avec la même ferveur que s'il eût été le témoin d'une apparition. Julia dévisagea Benoit. Il suivait le discours avec attention, mais parfois, elle le surprenait à glisser un rapide coup d'œil sur sa poitrine. Elle souriait alors d'un air amusé.

La voix monocorde du Maréchal résonnait toujours dans l'immense salle. « Croyez-moi, le moment n'est pas venu de vous réfugier dans l'amertume ou de sombrer dans le désespoir. Vous n'êtes ni vendus, ni trahis, ni abandonnés. Ceux qui vous le disent vous mentent et vous jettent dans les bras du communisme. Vous souffrez et vous souffrirez longtemps car nous n'avons pas fini de payer toutes nos fautes. L'épreuve est dure. Beaucoup de bons Français, et parmi eux les paysans et les ouvriers, l'acceptent avec noblesse; ils m'aident aujourd'hui à supporter ma lourde tâche. Mais il faut mieux encore. Il me faut votre foi, la foi de votre cœur, la foi de votre raison. Il me faut votre sagesse et votre patience. Vous ne les acquerrez que dans la discipline que je vous impose et dont seuls les oublieux de notre histoire, ou les adversaires de notre unité cherchent à s'évader. Rappelez-vous surtout que vous êtes des hommes, les hommes d'une vieille et glorieuse nation. Ressaisissez-vous! Chassez vos larmes! Venez à moi avec confiance! Tous unis nous sortirons de la nuit où nous a plongés l'affreuse aventure... » Tout à coup, la voix laissa place à des parasites. Il y eut un instant d'hésitation dans l'assemblée. Puis ce fut un tintamarre effroyable. Tout le monde s'asseyait. Les maîtres d'hôtel et les serveurs couraient entre les tables. Les uns et les autres, un moment statufiés, semblaient reprendre vie.

Julia et les deux hommes rentrèrent tard dans la nuit. Léon et Benoit marchaient l'un à côté de l'autre et commentaient l'allocution. Dame! il avait raison, le Maréchal! Il fallait se redresser et faire front à tous ces lâches qui se faisaient un plaisir de voir la situation en noir. Oui, il était nécessaire de l'aider dans sa tâche! Julia, sonnée par l'alcool, avançait d'un pas désordonné en luttant contre le sommeil. Quand ils furent dans la chambre, elle laissa tomber ses vêtements à ses pieds et s'écroula sur le lit. Elle s'endormit comme une masse, tandis que Léon continuait à vanter les mérites du vieux soldat...

Le lendemain, en fin de matinée, ils se retrouvèrent au petit déjeuner. « Bon Dieu! s'exclama Benoit, je savais que j'avais une tête de lard, voilà maintenant que j'ai une gueule de bois! – C'est bien vrai, renchérit Léon, moi aussi j'ai l'impression d'être encore soûl! » Julia éclata de rire.

« Bah ! c'est toujours comme ça, dit-elle, quand on est noir le soir, on est toujours un peu gris le matin ! »

Benoit leur proposa de sortir. « Une petite marche c'est le meilleur moyen de se dégriser. Je vais vous montrer le quartier où réside le gouvernement. » Ils déambulèrent une bonne heure, à l'ombre des platanes plantés le long des avenues. Lorsqu'ils passaient devant un grand hôtel, Benoit leur expliquait quel ministère il abritait. Il donnait aussi des détails sur les ministres qu'il disait connaître personnellement.

Soudain, à quelques dizaines de mètres d'eux, ils aperçurent des promeneurs qui progressaient doucement en criant et en agitant des petits drapeaux français. Julia et les deux hommes s'approchèrent. Le maréchal Pétain, entouré d'admirateurs faisait sa promenade. Léon s'arrêta. Benoit se pencha à son oreille. « De temps en temps, ça lui arrive pour échanger quelques mots avec le peuple... » Léon se sentait paralysé. Ainsi, il voyait ce grand soldat dont il écoutait avec tant de passion les paroles. Quand le chef de l'État fut à quelques pas de lui, Léon s'avança, la main tendue. Le Maréchal la lui serra. Léon balbutia des phrases inintelligibles. Puis le groupe s'éloigna.

Léon demeura un long moment immobile, la tête vide. Benoit le secoua. « Eh ! Remue-toi sinon tu vas prendre racine ! » Julia, qui riait, lui prit le bras. « Allez, viens ! On va pas tarder à s'en retourner à La Charité ! » Léon se laissa entraîner. Il ne disait rien. Pour lui, cette poignée de main arrivait tel un signe du destin. Le Maréchal l'avait reconnu et désigné comme l'un de ses plus fidèles partisans. Léon esquissa un sourire. « Tu as raison, dit-il à Julia, il faut qu'on y aille ! » Ils prirent congé de Benoit un peu plus tard. Ils le remercièrent chaleureusement. Oui, vraiment cela avait été un merveilleux séjour ! Pour Léon, plus rien désormais ne serait comme avant. Benoit profita que ce dernier était déjà installé dans la voiture pour embrasser furtivement Julia sur la bouche. Elle monta à son tour et abaissa la vitre. « A bientôt ! » lança-t-elle en lui décochant un clin d'œil. Benoit demeura sur le trottoir jusqu'à ce que la voiture eût disparu au coin de la rue.

Léon et Julia allèrent directement à la ferme chercher les enfants. Quand ils arrivèrent, Odette et Marcelline prenaient l'air, assises sur le perron. Marcelline se précipita. « Alors, ma fille, c'était bien ? – Oui ! Oui ! répondit Julia, tu parles, on a vu le Maréchal ! » Aussitôt, Odette se leva et vint l'embrasser. « C'est pas vrai, le Maréchal en personne ? – Comme je te le dis ! affirma Julia, il était pas plus loin de moi que toi tu l'es en ce moment ! » Elle se tourna vers Léon. « Et lui ! Eh bien, figurez-vous qu'il lui a serré la main ! » Léon se redressa et esquissa un sourire satisfait. Marcelline s'impatienta. « Racontez donc ! » Odette la prit par le bras et l'entraîna. « Mais laisse-les donc respirer ! On va s'asseoir dans la cuisine devant un petit pouilly ! »

Ils s'attablèrent. « Au fait, où sont les enfants ? » s'inquiéta Julia. « Bah ! T'en fais pas, lui répondit Marcelline, tu sais comme ils sont ! Ils doivent baguenauder dans leur coin à eux ! Ils m'ont dit qu'ils allaient construire une cabane. Bon ! Mais c'est pas tout ! Alors, Vichy, comment c'est ? » Léon s'éclaircit la gorge. « Dame, c'est beau ! dit-il. C'est bourré d'hôtels en pierres blanches, aussi magnifiques les uns que les autres. C'est là que se trouvent les ministères... » Julia le coupa : « Mais le plus beau, c'est celui du Parc! On y a mangé! – Ah oui! » s'écrièrent Odette et Marcelline en même temps. Julia continua : « On vous sert des plats et des plats! Des serveurs courent dans tous les sens. Les gens sont habillés comme dans *L'Illustration*! Il y a des lustres et des glaces partout! Ça brille dans tous les coins! Ah! c'était merveilleux! Tenez, j'ai ramené un menu! Regardez ces noms à coucher dehors! Je ne sais même plus ce que c'était... – Bon Dieu, que ça doit être beau tout ça! » balbutia Odette déjà échauffée par les deux verres de vin qu'elle venait d'avaler, et le Maréchal? – D'abord il a causé pendant qu'on était au restaurant... » commença Léon. Marcelline l'interrompit : « Ah, oui! Nous aussi on l'a entendu. C'était pas bien d'ailleurs. Il a repris ce qu'il a dit l'an passé! Il se foule pas lui! » Léon haussa les épaules. « Mais enfin, s'écria-t-il, c'était tout à fait indispensable. Il fallait qu'il montre que les choses ont changé. Que la situation n'est pas si désastreuse qu'on veut bien le dire! Car, ça personne n'en parle, hein! Personne! Au contraire, ça n'arrête pas de gémir, de rouspéter contre la chèreté de la vie, les mauvaises récoltes! » Léon s'enflammait. « Ce n'est pas la faute du Maréchal. Lui, il veut que le bonheur des Français! D'ailleurs, je l'ai vu dans ses yeux lorsqu'il m'a serré la main. Il m'a regardé avec une telle bonté... » Léon s'arrêta. Il cherchait les mots qui traduiraient le mieux l'émotion qu'il avait ressentie à cette occasion. Les femmes complètement subjuguées, n'osaient parler.

Soudain, Auguste et Pierre arrivèrent avec les

enfants qui criaient de joie. « Tenez, dit Auguste, on les a ramassés en route et on vous les ramène. – Chut! Chut! fit Marcelline. Il a vu le Maréchal! Il nous raconte comment... » Pierre s'esclaffa : « Comment il va le vieux Boche? – Oh, tais-toi donc! répliqua Marcelline, tu es fatigant, je te jure! » Pierre alla s'asseoir au bout de la table. Auguste se servit un café et s'installa sur le banc entre Odette et Marcelline. Elles attendaient, bouche ouverte que Léon reprît son récit, mais celui-ci gardait le silence. Il tentait de maîtriser son envie de sauter sur Pierre. Pour éviter de croiser son regard, il fixait obstinément le sol. Il attrapa son verre de vin et l'avala d'un trait. Les autres le considéraient avec étonnement. Julia se fâcha. « Eh bien, Léon qu'est-ce qui te prend? Tu as perdu ta langue? » Pierre éclata à nouveau de rire. « Penses-tu! C'est pas sa langue qu'il perd, c'est son pantalon! A force de le baisser devant les Schleuhs! » Léon serrait les poings. Bon Dieu! Il allait se lever, frapper, s'en aller! Ça ne pouvait pas durer ainsi! Auguste se mit à gueuler : « Nom de Dieu de bordel! Il va falloir que tu la fermes, Pierre! Sinon c'est à moi que tu vas avoir affaire! » Ce dernier continuait de sourire. Julia le lorgnait d'un œil mauvais. Léone, apeurée par les éclats de voix, vint s'asseoir auprès de sa mère et se blottit contre elle. « Alors, comment est-il le Maréchal? s'enquit Auguste, la voix tremblante de colère. – Il a de l'allure... » dit Léon. Mais déjà Pierre s'était levé. « Vous croyez peut-être que je vais laisser parler un collabo qui se couche tous les jours devant les Schleuhs et qui vient crever les vaches d'Andréa en attendant peut-être de faire la même chose avec nous! »

Personne ne bougeait. Pas même Léon. Jamais ils n'avaient vu Pierre dans un tel état. Il écumait de rage. Les yeux exorbités, les veines gonflées, un rictus méchant au coin des lèvres, son visage furibond se déformait au fur et à mesure qu'il tempêtait. Léone, effrayée, enlaçait Julia et appuyait son visage contre sa poitrine. « Vous savez pourtant qu'il en est capable, continuait Pierre, vous savez qu'il est un assassin, non! Qu'il a tué une femme sans défense! Il a la mort aux mains, je vous dis! Il est... » Brusquement, il se tut. Léone venait de se lever. Les yeux embués de larmes, elle le fixait d'un air implorant. Pierre ne put supporter son regard. Il quitta la table et se précipita dehors.

Léone tentait de juguler son chagrin, ses hoquets troublaient le silence. Elle dévisagea son père, puis sortit. Personne ne tenta de la retenir. Ils semblaient tous assommés par les mots de Pierre qui résonnaient encore dans leurs oreilles. Odette et Marcelline commencèrent à préparer le dîner. Auguste triturait son verre. Ses lèvres remuaient comme s'il se parlait à lui-même. Parfois, il haussait les épaules et jetait un coup d'œil vers Julia. Celle-ci posa furtivement sa main sur celle de Léon. « Reste ici! Je vais chercher la petite! » Léon acquiesça. Il ne désirait pas bouger. Oh non! Il éprouvait bien trop de plaisir à retourner dans son esprit l'idée de la vengeance! Pierre venait de le dénoncer, de l'avilir devant sa fille. Il ne l'emporterait pas au paradis! Ça non! Il le paierait un jour ou l'autre... et cher! A cet instant, René entra suivi d'Anna. « Maman elle est dehors avec Léone qui pleure! dit-il. – Oui! Oui! » répondit Léon en les aidant à s'asseoir sur ses genoux.

Julia tentait de consoler Léone qui sanglotait, la tête enfouie dans ses bras. « Pourquoi oncle Pierre est méchant avec papa? » répétait-elle. Julia la serra contre elle. « C'est rien, ma chérie! C'est rien! Ils se disputent de temps en temps, mais c'est pas grave! » Léone se dégagea et répliqua : « Je ne suis plus un bébé, va! J'ai tout compris! » Julia l'attira à nouveau contre elle. « Allez, viens! lui dit-elle doucement, on retourne à la maison. »

4

Julia s'éveilla en sursaut. Léon dormait à ses côtés. Elle se souleva sur un coude. Nul doute! Une marche avait craqué. Elle se leva avec précaution et descendit dans la salle du café. La lumière du réverbère dressé devant la devanture dessinait sur les tables et les chaises un puzzle d'ombres et de clartés. Julia s'avança. Tout semblait calme. Soudain, elle perçut comme un sanglot étouffé. Peut-être était-ce l'un des chiots qui sommeillaient au fond, près de Belle? Elle s'en approcha et tressaillit. Léone, allongée sur le sol auprès de la chienne, pleurait doucement.

Julia la prit dans ses bras. « Qu'est-ce qui t'arrive? » Léone qui hoquetait ne parvenait pas à parler. Julia lui caressa les cheveux. « Qu'est-ce qui te tracasse donc comme ça, ma fille? Tu as fait un cauchemar? » La gamine secoua la tête. Julia la serra contre elle. « Allez! dis-moi... » Elle ne répondit pas. Julia n'insista pas. Elles restèrent l'une contre l'autre, silencieuses. Julia repensa à l'altercation qui avait opposé Léon et Pierre. Ils ne s'étaient jamais entendus ces deux-là! Mais de là à en venir aux mains à chaque fois qu'ils se voyaient, il y avait quand même un monde! Julia se sentit dégoûtée par la guerre. Elle se pencha vers la petite et l'embrassa. « Il faudrait aller au lit, tu sais? » Léone ne réagit pas. Recroquevillée sur le banc, la tête posée sur les genoux de sa mère, elle dormait profondément. Julia n'osa pas bouger. Elle s'appuya contre la table qui se trouvait dans son dos... Marie les éveilla au petit matin alors qu'elle descendait faire la mise en place.

Les jours passèrent. Léone n'adressait plus la parole à quiconque. Dès qu'elle revenait de l'école, elle prenait l'un des chiots dans ses bras et montait s'enfermer dans sa chambre. Si Julia ne s'inquiétait pas, cela mettait Léon hors de lui. « Ça ne suffisait pas que ta famille me fasse la gueule, répétait-il maintenant il faut que ce soit ma fille! » Julia haussait les épaules. « Mais non! Penses-tu! Elle est comme ça avec tout le monde. » Alors Léon s'emportait. « Avec tout le monde! Tu parles! Avec son père! Oui! tout ça parce que l'autre jour ton salaud de frère a voulu régler ses comptes devant elle! Attends, va! Attends! » Toutefois ses menaces demeuraient toujours en suspens. En effet, s'il avait la conviction qu'il se vengerait de Pierre, il ne voyait pas encore comment. Il avait beau échafauder toutes sortes de plans, aucun ne convenait. Seule, l'issue était certaine : il mourrait...

Un matin, vers la mi-juillet, Léon se trouvait seul dans le café. Les enfants étaient à l'école. Julia et Marie faisaient le ménage à l'étage. Les clients viendraient plus tard pour l'apéritif. Il lisait le *Journal du Centre* en ressassant sa colère contre ces sales communistes qui répandaient des tracts dans les villages environnants. Par hasard il jeta un coup d'œil dehors et sursauta. Marcelline descendait de son coupé. « Que diable vient-elle faire ici à cette heure? » grommela-t-il. Il n'eut pas le temps de se lever de sa chaise. Marcelline entrait. Elle ne le salua pas. « Où est ma fille? » s'écria-t-elle. Léon se troubla. « Eh bien! là-haut... balbutia-t-il. Je pense qu'elle... » Marcelline n'écouta pas la suite. Elle releva les pans de sa jupe et monta d'un pas décidé.

Léon, toujours assis, tendit l'oreille. Les femmes chuchotaient. « Qu'ont-elles donc à faire des messes basses comme ça? » se demanda-t-il soudain curieux. Il gravit les premières marches de l'escalier avec précaution, puis s'arrêta. De là, il entendait suffisamment : « Je te dis que Pierre vient de rejoindre la Résistance, racontait Marcelline, il m'a dit ça l'autre matin. Il a ajouté qu'il ne se trouvait pas bien loin de la ferme et qu'il passerait de temps en temps... Bien sûr, n'en parle pas à l'autre! On sait jamais avec lui... » Les deux femmes s'approchèrent de la fenêtre grande ouverte. La suite devint inaudible. Léon, furieux, tentait de calmer les battements accélérés de son cœur. Ainsi, Julia et sa mère complotaient dans son dos pour protéger ce sale traître! Un client entra, Léon jura entre ses dents et alla le servir.

Marcelline repartit aussi vite qu'elle était venue. Elle passa devant Léon en esquissant un vague salut à son attention. Celui-ci trépignait de colère. Dès qu'elle fut sortie, il appela Marie pour qu'elle vînt le remplacer, et monta quatre à quatre dans la chambre. « Que voulait-elle? hurla-t-il quand il fut face à Julia. – Tu n'as pas besoin d'aboyer comme ça! Je ne suis pas sourde » répliqua-t-elle. Léon s'approcha : « Allez! Dis-le! Elle te déballait des saloperies sur mon compte, hein? » Julia continuait à passer le balai. Tout à coup elle se mit en colère. « Dis donc! Maintenant, tu la fermes. J'ai parlé avec ma mère, c'est tout! Et alors? » Léon la secoua par le bras. « Et ça ne me regarde pas, hein! » Julia se dégagea. « Fiche-moi la paix, sale brute! » Elle alla s'asseoir au bord du lit. « Tu n'es qu'un imbécile, dit-elle, de quoi veux-tu qu'on ait parlé? Tu veux me dire? – De rien! De rien! » répéta Léon l'air songeur. Julia haussa les épaules et descendit dans la salle.

Léon s'allongea. Ainsi, tout le monde lui en voulait! Sa mère désapprouvait sa conduite avec les Allemands. A la ferme, les femmes lui faisaient la gueule! Julia lui mentait! Enfin Léone ne lui adressait plus la parole... Et dire que Pierre était la cause de tout cela! Ce salaud qui rejoignait aujourd'hui les rouges pour s'opposer au Maréchal! Brusquement, Léon se détendit. Ah! les femmes pouvaient lui cacher la vérité! Il savait maintenant ce que faisait Pierre et cela lui suffisait...

Le lendemain, Léon rencontra le commandant Günther. Celui-ci paraissait inquiet. « Nous ne sommes pas satisfaits de la tournure des événements, dit-il tout de suite, chaque jour nous constatons un acte de rébellion ou une distribution de tracts. C'est intolérable! Nous allons devoir prendre de lourdes sanctions contre les traîtres. Sachez, monsieur Léon, que dans cette situation nous attendons beaucoup des hommes de votre trempe! Il faut absolument que vous nous aidiez! » Léon, impressionné, s'éclaircit la gorge. « Je comprends... Mais comment? » L'officier l'interrompit d'un geste de la main. « Eh bien... Faites donc parler vos clients par exemple! De vrais concierges, comme vous dites ici ! Ils doivent savoir des choses ! » Il éclata de rire devant l'air étonné de Léon et reprit : « Allons, vous connaissez tout le monde ici. Je suis certain que vous saurez vous y prendre ! »

Léon esquissa un sourire et se leva. « Ne vous inquiétez pas, je vais faire ce qu'il faut... » Le commandant fit le tour de son bureau et prit Léon par l'épaule en le raccompagnant à la porte. « Je n'éprouve aucune inquiétude ! D'ailleurs, je vais vous prouver ma confiance ! Vous savez qu'ici nous recevons un certain nombre de lettres de dénonciation. A mon avis, les Français n'aiment pas les Français... » Il s'esclaffa à nouveau, puis continua : « La lecture de ce courrier est difficile pour nos secrétaires et j'ai peur que nous laissions passer des informations très importantes. Il serait nécessaire que quelqu'un comme vous, qui connaît parfaitement la région et ses habitants, fasse le tri lui-même et nous signale les renseignements qui pourraient nous être utiles. » Léon se redressa. Trier le courrier de dénonciation ! Il n'en revenait pas ! Enfin, il allait être utile à la cause autrement qu'en faisant des discours derrière le bar ! La pression du bras de Günther sur son épaule le rassurait. Elle lui procurait une sensation d'invulnérabilité. Décidément, le Maréchal avait eu raison sur toute la ligne ! La voie du renouveau national passait vraiment par la collaboration entre les deux peuples ! Il se tourna vers le commandant. « Merci beaucoup, dit-il, je commencerai quand vous voudrez. » L'autre lui tapota le dos amicalement. « Eh bien, disons demain ! » Ils échangèrent une chaleureuse poignée de main et se séparèrent.

Léon revint au café d'un pas pressé. Dieu, qu'il

se sentait fort ! Maintenant, il allait pouvoir faire la pluie et le beau temps dans le coin. Certains avaient intérêt à bien se tenir ! Dès qu'il fut arrivé, il l'entraîna à l'étage. « Tu sais la nouvelle ! s'exclama-t-il, le commandant m'a demandé de lire et classer la correspondance des mouchards pour voir si certaines accusations sont sérieuses... – Non mais ! répliqua Julia, tu tiens un bistrot ou tu es secrétaire ! Ils n'ont pas de gens pour faire ça ? Tu trouves peut-être qu'il n'y a pas assez de travail ici pour que tu t'occupes de lire les cancans de la commune ? » Elle redescendit en maugréant. Léon haussa les épaules. Décidément les femmes ne s'y entendraient jamais en politique !

Le lendemain matin, Léon se rendit à la mairie. Günther le conduisit à un bureau isolé. « C'est là que vous travaillerez. Chaque jour on vous remettra ce qu'on reçoit. Voici pour aujourd'hui ! » Puis il prit congé.

Léon s'installa et parcourut rapidement les lettres. Il éprouva une forte amertume. Vraiment il n'y avait pas de quoi fouetter un chat ! Les dénonciations étaient toujours très vagues et rédigées en quelques phrases maladroites. Par acquit de conscience, il les relut toutes. Soudain, l'une d'elles attira son attention. Non pas que son contenu fût plus intéressant, mais elle était élaborée à l'aide de coupures de journaux. Léon trouvait ce procédé astucieux. Il la considéra longuement, la tête vide. Enfin, il se leva et retourna au café.

Au fil des semaines, la lecture de ces missives devint pour Léon aussi indispensable que celle du journal. Les délateurs commençaient à lui être familiers. Il reconnaissait leur maladresse d'écriture, leur vocabulaire, leurs obsessions... Il aimait redécouvrir chaque matin cette misère humaine grossièrement étalée en quelques mots. Il prenait surtout du plaisir à pouvoir la côtoyer sans être vu. Tous les jours, il retrouvait également les lettres rédigées avec des coupures de journaux. Une fois, il étudia l'une d'elles avec attention et tressaillit. Son texte était tout à fait approprié pour dénoncer Pierre ! Il suffisait de remplacer un nom par un autre, un lieu par un autre... Léon se leva et arpenta la pièce. Pierre ! Ce salaud qui l'avait appelé assassin devant sa fille ! Et si lui, Léon, le balançait maintenant, hein ? Ah ! ils en feraient une tête à la ferme ! Il demeura encore un moment à ressasser sa haine, puis il jaillit de son siège. Ah ! ils le haïssaient ! Ah ! ils l'avaient toujours rejeté, le bellâtre, comme ils disaient. Eh bien ! un jour, ils verraient !...

Au début du mois d'août, Odette passa au café. Ils n'allaient pas tarder à moissonner et ils seraient contents que Julia leur donnât un coup de main. Celle-ci accepta. Elle viendrait avec les gamins. Maintenant que l'école était finie, ils s'amuseraient certainement plus à la campagne ! Julia s'inquiétait surtout pour Léone. Celle-ci restait des journées entières murée dans son silence. Elle ne s'intéressait à rien, sinon à Belle et ses chiots, auprès desquels elle se réfugiait chaque fois qu'elle le pouvait.

A la fin de la première semaine, Léon les accompagna à la ferme. Il passerait les reprendre le 19. « Ne t'inquiète pas, dit-il à Julia en repartant, avec Marie je saurai bien me débrouiller ! Profite d'être ici pour te changer les idées ! »

Les jours passèrent. Le temps demeurait au beau

fixe. Les moissonneurs travaillaient jusqu'à la tombée de la nuit. Ils se retrouvaient ensuite à table pour le dîner. Auguste pestait sans arrêt. Décidément la récolte serait bien moins importante que l'année précédente! La terre ne rendait plus grand-chose et les Allemands ne cessaient de prélever une part importante de la production. Il s'en prenait aussi à Pétain. Pourquoi ce vieillard demandait-il des serments de fidélité à tout le monde comme on venait de l'annonser à la TSF! « Si on vous aime pas, on vous aime pas! répétait-il. C'est pas des choses qu'on force! » Les femmes ne disaient rien. Le vieux était suffisamment en colère comme ça. Il valait mieux ne pas mettre de l'huile sur le feu avec une phrase maladroite!

Un soir, pour se changer les idées, Julia eut envie de marcher jusqu'à la ferme d'Andréa. Les enfants jouaient dans la cour. Les femmes somnolaient sur le perron. Quand elle passa devant Marcelline, celle-ci releva la tête : « Si tu vois ton père, dis-lui de revenir! Dieu sait encore où il est passé! » Julia acquiesça. C'était pourtant vrai! Auguste s'était éclipsé peu après qu'ils eussent arrêté la batteuse et on ne l'avait pas revu.

La lune éclairait distinctement la route. Il faisait chaud. Les feuilles de la haie que suivait Julia frémissait sous l'effet de la brise crépusculaire. Soudain, elle crut distinguer des éclats de voix. Effrayée, elle alla dans l'herbe pour étouffer le bruit de ses pas. Elle ralentit et tendit l'oreille. Seul le sifflement du vent était perceptible. Elle se traita d'idiote et repartit. A cet instant, un homme surgit de derrière l'un des stères de bois alignés sur le bord du chemin. Julia étouffa un cri. « Qu'est-ce que tu fais là? » s'écria Auguste qui l'avait reconnue. Elle s'approcha. « Eh bien quoi! dit-elle la voix encore mal assurée, et toi donc? Je me promenais... » Auguste haussa les épaules. « Tu as toujours été là quand il fallait pas, toi! » Elle ne chercha pas à en savoir plus. Ils avancèrent côte à côte. Auguste passa son bras sous celui de Julia. « Dis, ma fille, ça va? » Celle-ci, étonnée, se tourna vers lui « Oui, ça va! Pourquoi veux-tu que ça n'aille pas? » Le vieux demeura un moment silencieux puis reprit brusquement : « Ça jase dans le pays! On dit que Léon ferait le mouchard auprès des Boches? » Julia s'arrêta : « Dis donc! Au lieu de toujours lui chercher des poux dans la tête, on ferait mieux de s'intéresser à d'autres, crois-moi! » Auguste hocha la tête. « Peut-être, ma fille? Peut-être! Mais enfin... – Mais enfin quoi? lui demanda sèchement Julia. – Eh bien, marmonna Auguste, à ce qui se dit, vous êtes cul et chemise avec les Allemands et c'est ennuyeux... – Écoute, répondit Julia, excédée, il y en a beaucoup qui dégoisent sur nous parce qu'ils sont jaloux... Dame! Le café marche bien et on fait de l'argent! » Auguste la prit par l'épaule. « Je sais bien! Mais pendant une guerre, même si on a raison on peut avoir tort... Bon, Allez! Rentrons! » Cette nuit-là Julia demeura éveillée. Que faisait Auguste au bord de la route? Pourquoi semblait-il si préoccupé au sujet de Léon? Elle avait beau retourner ces questions, elle ne voyait pas où le vieux voulait en venir.

Quelques jours s'écoulèrent. La moisson étant finie, les femmes profitaient de la chaleur en lavant le linge dehors. Auguste et Louis préparaient les outils et les machines pour l'automne. Personne ne s'occupait des enfants. Ils devaient jouer dans la grange ou dans la cabane qu'ils avaient construite près du noisetier, à la lisière des champs. Julia ne s'inquiétait pas. Léone, qui allait maintenant sur douze ans, surveillait toujours attentivement son frère et sa sœur. Pourtant, alors qu'elle étendait des draps au soleil, elle tressauta. Les hurlements que poussaient les gamins exprimaient plus d'effroi que de gaieté. Elle se précipita vers le hangar. René et Anna, juchés en haut d'un mur de bottes de paille s'agitaient en s'époumonant. « Léone est tombée ! Léone est tombée ! » Julia sentit un frisson d'angoisse la parcourir. La petite devait avoir chuté dans la réserve de balles de blé. Si elle s'enfonçait dedans elle mourrait étouffée ! Julia courut prévenir les hommes. Marcelline et Odette, en entendant ses cris, se joignirent à elle. Auguste et Louis installèrent l'échelle. L'ouvrier, plus agile, grimpa quatre à quatre. Lorsqu'il fut en haut, il se pencha. René et Anna braillaient. « Elle est là ! là ! » En bas, Léone, les yeux exorbités sous l'effet de l'étouffement et de la terreur, s'enfonçait en se débattant contre l'effet de succion. La bouche emplie de balles de blé, elle ne parvenait plus à crier. Louis sauta. Auguste et Julia atteignirent à leur tour le faîte du mur. Le vieux redescendit aussitôt chercher une corde. Julia rampa jusqu'aux enfants qui l'appelaient. Elle leur prit la main. Louis nageait à la surface de la masse mouvante. Quand il fut près de Léone, il la saisit et la ramena vers le mur. « Bon Dieu ! Respire par le nez, disait-il, par le nez ! » Enfin, il réussit à attraper quelques tiges de paille qui dépassaient de certaines bottes. Tandis qu'il s'y agrippait de toutes ses forces, il maintenait la tête de Léone à l'air libre et lui parlait doucement. « N'aie plus peur ! Respire tranquillement ! » Soudain, la petite se fit plus lourde. Elle venait de s'évanouir. Auguste jeta la corde terminée par un nœud coulant et fixa l'autre extrémité à une poutre. « Accrochez-la! » gueula-t-il à l'adresse de Louis. Ce dernier s'exécuta de sa main libre, puis fit signe au vieux de la remonter. Au bord des larmes, celui-ci tirait puissamment. « Corniaude! Corniaude! » répétait-il à chaque traction. Julia, toujours allongée en haut, serrait René et Anna contre elle. Dans le brouillard de ses larmes, elle suivait l'ascension lente du corps désarticulé de Léone. Parfois, elle se contractait comme pour accompagner l'effort d'Auguste. Quand celui-ci eut attrapé la gamine, il s'empressa de défaire la corde et la balança de nouveau à Louis. Ce dernier grimpa prestement à la force du poignet.

Déjà, Auguste descendait l'échelle avec Léone sur son épaule. Marcelline se lamentait. « Oh, mon Dieu! Mon Dieu! Comment c'est possible! » Parvenu au sol le vieux se mit en colère. « Ferme-la donc! Passe plutôt devant préparer ce qu'il faut! » Ils allongèrent Léone sur la table de la cuisine. Elle respirait. C'était l'essentiel! Marcelline lui déboutonna son chemisier et retira les balles de blé qui lui emplissaient la bouche. Julia arriva quelques instants plus tard avec Anna et René. Ces derniers crurent que leur sœur était morte et se mirent à pleurer. « Foutez-les-moi dehors! tonna Auguste, je veux rien entendre! » Marcelline lui prit le bras. « Calme-toi! C'est pas ça qui va la faire revenir! » Julia s'approcha de Léone. « Où est Odette? s'inquiéta-t-elle brusquement. – Elle est allée chercher le docteur Bertranges » répondit Marcelline. Quand Louis entra, Auguste l'étreignit sans dire un mot et lui offrit du vin. Puis tous s'assirent et demeurèrent silencieux juqu'à l'arrivée du médecin.

Celui-ci n'attendit pas que le cheval eût stoppé sa course pour sauter du coupé. Durant le trajet, Odette lui avait raconté l'accident en long et en large. Il était inquiet. Toutefois, dès qu'il pénétra dans la cuisine il se détendit. Léone émergeait de son coma. Julia la serrait dans ses bras et l'embrassait avec fougue. « Je souhaiterais quand même l'ausculter, dit le docteur, on ne sait jamais. » Son diagnostic fut tout à fait rassurant. « Bah! Tu vas manger des balles de blé pendant plusieurs jours! Tiens, ça t'aidera à mieux les digérer » ajouta-t-il en lui tendant une fiole. Odette sortit une bouteille de pouilly. Léone eut le droit de tremper un boudoir dans le verre de sa mère. On demanda à la petite comment elle avait fait son compte. « On jouait à la guerre, répondit-elle, et René nous montrait un chemin pour arriver en haut du mur de paille. J'ai glissé en marchant sur le bord. » René lui fit une grimace. « C'est pas vrai ce que tu dis! En fait, tu as sauté! » Léone haussa les épaules. Personne ne chercha à en savoir plus. Les gosses pouvaient bien se chamailler! Au moins, ils étaient vivants!

Les femmes qui parlaient avec Louis ne remarquèrent pas tout de suite l'absence d'Auguste et du docteur. Ce fut Marcelline qui s'inquiéta la première. « Eh bien diable! Où sont-ils passés? » Odette alla sur le perron. « T'en fais pas, s'exclama-t-elle, ils sont en train de comploter sous le hangar. » Quelques minutes plus tard, les deux hommes revinrent dans la cuisine. Auguste endossa sa vareuse. « Où vas-tu? lui demanda Marcelline. – Pas bien loin, répliqua le vieux, m'attendez pas pour dîner, je serai de retour tard dans la nuit ! » Odette se planta devant lui. « Dis, tu sais qu'on en a soupé de te voir parti comme ça un soir sur deux sans savoir où tu vas ! » Auguste haussa les épaules. « Va donner du grain aux poules et fiche-moi la paix ! » Marcelline apostropha alors le médecin. « Où vous allez donc le mener ? » Celui-ci agita les mains en signe d'impuissance. « Ce que je sais, Marcelline ! Je le laisserai là où il veut... » Puis il rattrapa Auguste qui se trouvait déjà dehors. Ils montèrent dans le coupé qui disparut rapidement derrière les arbres qui bordaient la mare. « C'est égal, marmonna Odette, j'aimerais bien savoir ce que le vieux manigance ! » Marcelline leva les yeux au ciel. « Avec une tête de mule pareille, on ne saura jamais rien ! » Elle se retourna vers Julia. « Qu'est-ce que tu en penses, toi ? – Il vaut mieux le laisser faire ce qu'il veut, répondit celle-ci, il en parlera un jour s'il pense qu'il doit le faire. »

Auguste rentra le lendemain vers midi. Les femmes étaient aux quatre cents coups. « Mais bon Dieu ! s'écria Odette, tu veux donc notre mort, à nous donner de telles inquiétudes ? » Marcelline, excédée elle aussi renchérit : « Tu te crois où ? Tu penses peut-être que tu vas entrer et sortir comme dans un moulin, sans dire où tu vas, alors qu'on est en guerre ! « Auguste les repoussa et garda le silence. Il s'assit lourdement. Il se sentait las. « Bon ! Si on préparait à manger ? » proposa Julia. Les autres femmes approuvèrent. Quand le déjeuner fut prêt, Auguste avala quelques bouchées et alla se coucher. En fin d'après-midi des coups de klaxon l'éveillèrent. Il devina que Léon venait d'arriver et se leva.

Quand il pénétra dans la cuisine, les femmes préparaient les provisions à emporter à « La Chope ». Léon demeurait debout près du morbier. Auguste lui proposa de s'asseoir. « Bon Dieu ! Vous n'allez pas rester debout comme ça ! On va finir par vous confondre avec l'horloge ! Venez donc boire un coup ! » Léon refusa. « On est pressés, dit-il, on veut pas laisser Marie seule trop longtemps. Puis il faudrait pas qu'on ait des ennuis au retour. Les Allemands sont un peu nerveux ! – Ah, oui ! s'étonna Auguste, et pourquoi ? Ils le sont donc plus que d'habitude ? » Léon, l'air surpris, s'avança. « Comment ? Vous ne savez pas ce qui est arrivé ? – Ma foi non ! » répondit Auguste. Les femmes s'approchèrent. Julia s'impatienta. « Eh bien ! Qu'est-ce qui s'est passé ? » Léon s'assit et se remplit un verre. « Hier soir, il y a eu des attentats dans la région. Dans plusieurs coins, des câbles téléphoniques ont été sectionnés. A Pouilly, plusieurs centaines de quintaux de blé ont brûlé. A Imphy, des fours électriques ont sauté... Alors, vous pensez bien que les Allemands ne vont pas laisser faire ! » Il but une gorgée de vin. Les femmes se tournèrent vers Auguste. « Alors ? demanda Odette, qu'est-ce que tu en penses, toi ? » Le vieux secoua doucement la tête. « J'en pense que c'est une connerie ! On ne fait pas brûler du blé ! On en a bien trop besoin pour vivre surtout en ce moment ! Et puis ça sert à rien de tout faire exploser ! Ça nous fait plus de mal qu'aux Frisés. » Les femmes n'insistèrent pas et se remirent au travail.

Quand le coffre de la voiture fut plein, Julia fit asseoir les enfants sur la banquette arrière. Léon s'installa au volant et mit le moteur en marche.

Debout devant la portière, Julia échangeait quelques mots avec Marcelline. Léon tendit l'oreille. « Embrasse Pierre pour moi, disait Julia. – Oui! Oui! répondait Marcelline, je le ferai demain. Il vient tous les jeudis soirs... » Léon sourit. Ainsi, ce salaud passait ici chaque semaine! C'était bon à savoir. Peut-être cela servirait-il bientôt?...

Tous les jours, Léon attendait de retrouver dans le courrier de dénonciation la missive rédigée avec des coupures de presse. Pour rien au monde, il n'eût manqué ce rendez-vous! Son texte immuable le fascinait. A force de le lire et le relire, il l'avait appris par cœur. Il avait seulement changé le nom de la victime par celui de Pierre. Parfois, il se surprenait à se le réciter et imaginait toutes les conséquences possibles s'il l'envoyait. Les Allemands arrêtaient Pierre, l'interrogeaient et il livrait tous ses amis. Ou bien, Pierre résistait et les policiers le frappaient. Léon éprouvait alors comme un soulagement...

Un soir, comme il venait de se coucher, Julia le secoua. « Où es-tu? lui demanda-t-elle, tu en fais une gueule! » Léon se dégagea. « Mais que racontes-tu là! » grommela-t-il en allumant la radio. Le ton du commentateur était plus solennel que d'habitude : « ... Un aspirant de marine allemand, Alphonse Moser, vient d'être abattu à la station de métro Barbès-Rochechouart. » Léon monta le son : « On soupçonne des terroristes communistes d'être les exécutants de l'attentat. Les polices française et allemande poursuivent activement leurs recherches. Le haut commandement de l'armée d'occupation annonce qu'il fera une déclaration importante dans les heures qui viennent... »

Léon éteignit la TSF. « Salauds! Salauds!

répéta-t-il les lèvres serrées. C'est à cause de gars comme eux que des innocents vont trinquer! » Il s'assit contre la tête du lit. La lippe haineuse, il continua : « Pour tirer, ça va, mais pour dire que ce sont eux! Certainement pas! C'est pas étonnant! Les cocos n'ont pas de couilles! C'est comme ton frère! Pour cracher sur le Maréchal, ça va! Mais c'est toujours à la ferme qu'il beugle. Je l'ai jamais vu brailler au café ou à la coopérative! Il a trop peur de se faire virer à coups de pieds au cul! Hein? » Julia, allongée à côté de lui, se redressa et lui passa le bras autour de la poitrine. « Laisse donc Pierre tranquille! C'est vrai qu'il gueule facilement, mais il ferait pas de mal à une mouche! » Léon la repoussa. « Pas de mal à une mouche! s'écria-t-il en ricanant, pas de mal à une mouche! Mais un rouge fait du mal à tout le monde! Tu m'entends! A tout le monde! » Avec ses yeux exorbités et ses veines gonflées, le visage de Léon semblait augmenter de volume. Julia prit peur et se mit en colère. « Mais fous-lui donc la paix! Qu'as-tu à toujours parler de lui, à l'accuser de tous les maux de la terre! Tu veux me dire? Pourtant, c'est pas pour ce que tu le vois qu'il te dérange! » Il y eut un silence. Léon fixa Julia d'un œil méchant. « Je le hais! » Lâcha-t-il d'un ton hargneux. Julia frissonna. Léon semblait perdre le contrôle de lui-même. Elle se colla contre lui. « Mais enfin! murmura-t-elle en le caressant, c'est pas la peine de te mettre dans un état pareil pour Pierre! » Léon se détendit légèrement. « Tu as raison, dit-il d'un ton encore crispé. Ça n'en vaut pas la peine! » Puis il s'abandonna complètement.

Plus tard dans la nuit, retournée vers la fenêtre, Julia mordait les draps pour étouffer ses sanglots.

Elle sentait combien Léon devenait vindicatif à l'égard de ceux qui, comme son frère, s'opposaient au régime de Vichy. Des visions insupportables lui traversèrent l'esprit. Léon sombrait dans la folie, Pierre mourait... Elle serra les poings. « Allons, ma fille, se dit-elle, te laisse pas aller! » Elle alla embrasser les enfants et demeura un long moment à les regarder dormir. Lorsqu'elle se recoucha, elle se lova dans les couvertures et s'endormit aussitôt.

Quelques jours après, un dimanche, on fut en septembre. Julia étendait le linge dans le verger. Il faisait encore très chaud. Les gamins jouaient à la marelle. Les dalles plates du chemin menaient à l'enfer ou au paradis, selon que la boîte en ferraille qu'ils lançaient tombait ou pas au bon endroit. Seuls leurs cris troublaient le calme dominical. Tout à coup le bruit lointain d'une cavalcade fut perceptible. Ça vociférait en allemand! On tirait des coups de feu. Peu après, on tentait d'ouvrir la porte qui donnait sur la rue. Julia lâcha ses draps, poussa René et les filles dans la remise à outils et s'y enferma avec eux.

Elle regarda par la lucarne. Les gosses se blottissaient contre elle. Comme ils n'étaient pas assez grands pour voir, ils la questionnaient sans cesse. « Qu'est-ce qu'il y a, maman? » Julia ne répondait pas. Un jeune garçon, sac en bandoulière, venait d'entrer en trombe dans le jardin sans refermer. Affolé, il cherchait autour de lui un endroit où se cacher. Ne sachant que faire, il se dissimula derrière des draps étendus. Des soldats allemands arrivèrent à leur tour. Dans le cagibi, Julia calmait René de plus en plus impatient. « Chut! Il ne faut pas qu'on nous entende! » A cet instant, un Allemand se baissa et aperçut les souliers du fuyard. Il poussa un cri et tira. Julia se mordit les lèvres. Sous l'effet des balles, les draps volaient. Frappé de plein fouet, l'adolescent s'accrocha à l'un d'eux. D'un geste dérisoire, il s'enroula autour, comme pour se protéger puis s'écroula un peu plus loin.

Il y eut un moment de silence. Les hommes et les choses semblaient figés. Julia, dégoûtée, sortit lentement de l'appentis en interdisant aux gamins de la suivre. Elle s'approcha du corps à moitié recouvert par le drap. Les déchirures noircies, causées par les brûlures des balles, fondaient les unes après les autres dans une auréole de sang qui s'agrandissait rapidement. Quelques tracts sortaient de la sacoche entrouverte. Julia en prit un et le lut : « Nous dénonçons et nous dénoncerons jusqu'à ce qu'ils soient chassés les traîtres de Vichy qui, s'appuyant sur des baïonnettes allemandes, espèrent nous plonger dans la misère pour leur profit... »

Les militaires allemands jetèrent le cadavre sur une civière. Julia eut un haut-le-cœur. Il valait mieux rentrer. Au passage, elle croisa le regard du jeune soldat qui avait tiré. Il tentait de retenir ses larmes. Elle entraîna les enfants vers la maison. Léon remontait de la cave. Julia, la gorge serrée par l'émotion, lui désigna la dépouille qu'on enlevait. « Qui est-ce? demanda-t-il. – Un terroriste! » répondit un officier qui se trouvait là. Léon hocha la tête. « Bah, murmura-t-il, ça les calmera peut-être, ces salauds! » Julia allait répliquer, quand la nausée la reprit. Elle courut vomir au fond du jardin. Les gosses, serrés les uns contre les autres sur le perron regardaient toute cette agitation sans dire un mot.

Quand Julia rentra, Léon lui tendit un verre de Fernet-Branca. « Tiens ! ça te remettra les boyaux en place » dit-il en ricanant. Julia avala le liquide amer, puis monta. Elle s'enferma à clef et demeura allongée jusqu'à la tombée de la nuit.

Les jours suivants l'affaire fit grand bruit. Pourquoi les Allemands avaient-ils tué ce gamin ? Surtout qu'il distribuait des papiers que personne ne lisait ! Le café ne désemplissait pas. Chacun voulait voir l'endroit où le jeune garçon avait été abattu. Puis, on finit par oublier. L'attentat contre Déat et le départ de Doriot pour le front de l'Est avec un contingent de la Légion de volontaires français, alimentèrent bientôt toutes les conversations.

Très vite, Julia ne supporta plus d'entendre parler politique et de voir Léon approuver toutes les mesures prises par Vichy. Quand il se félicitait des cours de justice, ou de l'exécution d'otages, elle s'éclipsait sous un prétexte ou un autre. Souvent, durant la journée, le souvenir de l'adolescent assassiné lui traversait l'esprit. Pour faire diversion, elle parlait alors à Marie ou s'occupait des enfants avec une attention fiévreuse. Mais cette vision finit par la tourmenter. Elle consulta le docteur Bertranges. Celui-ci lui prescrivit des gouttes de passiflore au coucher. Le remède s'avéra inefficace. Elle ne dormait plus.

Le 10 septembre, Marcelline et Odette apportèrent des provisions pour le marché noir. Elles la trouvèrent fatiguée. « Ma fille, dit Marcelline, tu as le teint bien décati ! C'est pourtant pas l'âge ! » Odette approuva : « Dame ! Il va falloir que tu reviennes quelques jours à la ferme ! » Julia leur sourit : « Mais non ! Vous en faites pas ! On a beaucoup de travail en ce moment. » Les clients étant peu nombreux, elles s'assirent à la table la plus proche du bar. Odette et Marcelline se mirent à rapporter les événements de la commune, puis elles évoquèrent la famille. Clémence venait de rentrer de Paris et ne tarderait pas à venir au café. Louis semblait être tombé amoureux d'une des filles de chez Andréa. Quant à Auguste, il avait un comportement de plus en plus bizarre. « Tu sais, murmura Marcelline en se penchant vers Julia, on en a parlé avec Odette. A notre avis, il va donner la main à des résistants. A deux ou trois reprises il s'est coupé... Mais va! On fait semblant de ne pas comprendre. » Odette renchérit d'une voix étouffée : « Heureusement! Si on lui disait ce qu'on sait depuis qu'on vit ensemble, il en tomberait malade! »

Le jour déclinait doucement. Il fallut allumer. René entra. Il embrassa Odette et Marcelline, et s'assit sur les genoux de Julia. Parfois, les femmes se taisaient et sirotaient leur café. Julia se sentait mieux. Odette et Marcelline lui communiquaient une énergie qu'elle était incapable de retrouver par elle-même depuis l'assassinat du gamin. Elle leur demanda si elles étaient au courant. « Tu penses! s'écria Odette. On en a parlé dans toutes les fermes. Mais que veux-tu qu'on y fasse? Va où tu veux, meurs où tu dois! » Soudain, Marcelline se mit à sangloter : « Oh! je n'aime pas parler de ces histoires! dit-elle. Je ne peux m'empêcher de penser à mon Pierre... Mon Dieu! Heureusement qu'il est bien caché dans la forêt des Mureaux! » Julia lui fit signe de parler plus bas en lui désignant Marie d'un mouvement de tête. Marcelline baissa la voix : « Dame! Il passe vers 8 heures tous les jeudis. Dieu sait ce qu'il nous raconte! Il paraît qu'ils reçoivent des armes la nuit. De temps en temps, ils font sauter un poteau d'électricité ou des rails de chemin de fer. Ce que je sais encore!... Enfin, moi, j'écoute pas. Ce qui m'importe c'est de le voir vivant devant moi! Hein, Odette? » Celle-ci approuva, un large sourire aux lèvres.

Vers 7 heures, elles décidèrent de s'en aller. « Oh! C'est que toutes les deux on aime pas tellement rouler par nuit noire, s'exclama Odette, surtout que les Allemands contrôlent beaucoup plus! » Julia regarda s'éloigner le coupé. Elle se mit à pleurer. Belle, qui se frottait contre elle, lui procura un peu de réconfort.

Quelques jours plus tard, ce fut la rentrée des classes. Les enfants s'en allèrent très tôt à l'école. Ils n'étaient pas partis que Julia attendait déjà leur retour. Elle avait tellement pris l'habitude de les avoir dans les jambes, d'entendre leurs criailleries! Le temps s'écoulait lentement. Accoudée au bar, elle regardait Léon qui lisait le journal à une table. Qu'avait-elle donc en commun avec cet homme? Depuis l'horrible journée, ils ne se parlaient guère et ne faisaient plus l'amour ensemble... De plus en plus occupé par ses activités politiques, il se rendait régulièrement à Nevers pour retrouver d'autres maréchalistes... Tous les soirs, il s'installait au fond de la salle avec quelques ivrognes désœuvrés. Ensemble, ils jouaient aux cartes et commentaient la situation politique à perdre haleine... Julia haussa les épaules. Et puis, que pouvait-il donc se passer dans sa tête pour qu'il fût aussi hargneux envers ceux qui ne pensaient pas comme lui? Pierre, par exemple... Et dire qu'elle l'aimait toujours! Elle se remémora leur mariage, la naissance des gamins, l'assassinat de Perrette. Dieu, qu'ils en avaient vécu des choses ensemble!

Elle fut tirée de sa réflexion par les gosses qui rentraient. « Dis maman, cria René, on n'a plus le même instituteur. C'est une dame, maintenant! » Julia se tourna vers Léon. « Félix est donc parti? » Celui-ci grogna sans relever le nez de son journal. « Eh bien! Je te pose une question! » reprit Julia. « Ce que je sais, moi! répondit Léon d'un ton agacé, je ne vis pas avec lui! » Julia n'insista pas. Bientôt elle fut accaparée par les clients qui prenaient l'apéritif et n'y pensa plus.

Soudain, vers deux heures, la porte du café s'ouvrit avec fracas. Les têtes se tournèrent. Clémence, mal fagotée, le chignon en désordre et le sac pendant au bout de son bras, entrait d'un pas décidé. Elle se planta devant Léon qui jouait aux cartes avec des retraités. « Léon, s'écria-t-elle, ce coup-ci il va falloir t'expliquer! » Celui-ci posa son jeu sur la table. « Arrête de crier! Si tu veux, on peut... » Il commença de se lever. Clémence lui mit la main sur l'épaule et l'obligea à se rasseoir. « Ce n'est pas nécessaire que tu bouges! Au contraire, je veux que ces quelques messieurs entendent! » Julia s'approcha. « Mais enfin, Clémence! Pourquoi vous mettez-vous dans un tel état? » Celle-ci la repoussa. « Vous n'allez pas tarder à le savoir, ma fille!... Voici! Marcel, l'ancien combattant que chacun ici connaît, est venu me rendre visite hier soir. » Quelques consommateurs avancèrent par curiosité. Clémence continuait. « Il m'a appris que son fils Félix, l'instituteur, venait d'être envoyé en Allemagne à cause de toi! C'est intolérable! » Léon tenta à nouveau de la calmer. « Écoute, ça ne sert à rien de... – Oh, je t'en prie, répliqua Clémence, je t'en prie! Tu vas dire ici devant tout le monde ce que tu sais! Et tout de suite! C'est moi, ta propre mère qui te le demande! Tu m'entends? Je veux savoir où se trouve Félix! » Léon, rouge de confusion, s'éclaircit la gorge. « Que veux-tu que j'en sache! Interroge donc le maire! » Clémence ricana : « Oh, tu peux faire le malin! Il est bien connu qu'il n'existe pas et que la politique de la commune se fait chez ton ami Günther, comme tu le dis si bien! Alors, oui ou non, es-tu pour quelque chose dans ce départ? » Léon, qui se sentait ridicule sous le regard goguenard des consommateurs, se leva : « Je viens de te dire que non! » marmonna-t-il. Julia s'interposa : « Clémence, calmez-vous! » Mais celle-ci ne voulait rien entendre. « Non Julia! Je ne m'arrêterai pas cette fois-ci! Je veux que l'on sache ici qui est Léon et ce pouvoir dont il s'auréole! » La porte ne cessait de s'ouvrir. Des voisins, prévenus par des clients, entraient et commentaient l'esclandre à voix basse. Clémence, toujours debout devant Léon, continuait de le harceler : « Tu en es bien sûr? Tu n'as rien fait pour qu'il s'en aille? » Léon cherchait vainement une échappatoire. Il ne pouvait sortir au risque de voir son autorité sapée auprès des quelques témoins qui faisaient cercle. Dans le même temps, il lui était impossible de chasser sa mère. Celle-ci attendait, son regard inquisiteur plongé dans celui de son fils. Tout le monde retenait son souffle. Marie s'arrêta de laver les verres. Julia se souvint de la scène de la matinée et de l'embarras de Léon. « Ce n'est pas possible, pensa-t-elle, il n'a quand même pas fait ça! » Léon haussa les épaules. « Oh, écoute! Tu m'embêtes! Je te dis que je n'y suis pour rien! – Très bien! rétorqua Clémence, eh bien, tu vas prouver que tu trouves cela inadmissible et tu vas m'accompagner chez le commandant lui demander de faire revenir Félix! – Quoi! Certainement pas, s'indigna Léon. Jamais je ne lèverai le petit doigt pour... » Déjà, Clémence tournait les talons. « Soit! Voilà qui est signé! lança-t-elle. Je ne remettrai pas les pieds ici! C'est la goutte qui a fait déborder le vase, tu m'entends! » Léon ne bougeait pas. Clémence s'égosillait toujours : « Méfie-toi, les Boches n'auront pas toujours la partie belle! Et ce jour-là il fera bon d'être resté français! » Là-dessus, elle claqua la porte. Elle ne prêta aucune attention aux enfants qui rentraient de l'école. Les clients payèrent leurs consommations. Gênés d'avoir assisté à cette dispute, ils s'éclipsaient les uns après les autres. « Bon Dieu! C'est qu'elle a des tripes, la vieille! commenta l'un d'eux avant de sortir, sûr qu'avec des femmes comme elle, on aurait gagné la guerre! » Pour garder la face, Léon se rassit et proposa une partie de belote. Aucun joueur n'accepta. Chacun trouvait d'excellentes raisons de rentrer chez lui.

Bientôt, le café fut déserté. Julia resta plantée au milieu de la salle. « Mais où on va? répétait-elle sur un ton d'impuissance, mais où on va? » Les gamins regardaient sans rien dire. Léon serrait les mâchoires. Il tentait de juguler le désir de violence qui l'envahissait. Non! Il n'allait pas laisser ses poings s'écraser n'importe où! Faire mal! Tout casser! Non! Même si sa propre mère était venue le ridiculiser devant tout le monde. Sa gorge contractée sous l'effet de la colère lui faisait un mal de chien. Lorsqu'il croisa le regard effrayé des gosses, il leur indiqua l'escalier d'un geste de la main. Aussitôt, ils montèrent dans leur chambre.

Julia s'approcha de Léon. Elle tendit les bras pour l'enlacer. Il semblait dans un tel état! Elle désirait le serrer contre elle, le rassurer. Il la repoussa. Que voulait-elle? Pourquoi, elle aussi, s'intéressait-elle à cet instituteur minable, si semblable à son frère? Pourquoi, à chaque fois, prenait-elle le parti de ces ratés, terroristes de surcroît, qui ne rêvaient qu'à instaurer le communisme et donner le pouvoir aux Juifs comme avant la guerre? Pourquoi s'opposait-elle à lui et lui voulait-elle toujours du mal? Il recula. Dans sa tête, Pierre, Félix, Auguste, Clémence et Julia dansaient la sarabande autour de lui. La ronde se rétrécissait. Il étouffait... Pour se délivrer de cette étreinte, il écrivait la lettre... Il la glissait dans le courrier de la mairie... Il tournoya sur lui-même et s'affala, en entraînant quelques chaises dans sa chute.

Julia se précipita : « Mais ouvre les yeux, nom d'un chien! » cria-t-elle. Elle courut au comptoir, plongea un torchon dans l'eau glacée et le lui plaqua contre le visage. Léon recouvra ses esprits. Il éprouvait une violente migraine. « Fais-moi un café » murmura-t-il avant de s'asseoir. Comme un groupe de clients entrait, il fit signe à Julia qu'il montait se coucher. Elle acquiesça et appela Marie pour qu'elle vînt l'aider.

Durant les jours qui suivirent Julia et Léon ne reparlèrent pas de l'incident. Julia pressentait que Clémence avait raison et commençait à s'inquiéter du comportement de Léon. La haine qu'elle sentait chez lui à fleur de peau l'effrayait. Il lui semblait même qu'à certains moments, il était capable du pire, surtout lorsqu'il jetait l'anathème sur l'un ou l'autre des habitants du coin qu'il soupçonnait d'être des terroristes.

Ce dimanche-là le café était fermé. Julia assistait à la messe. Léon, accoudé derrière le bar, regardait dehors. Les passants, frileux, engoncés dans leurs manteaux, couraient pour demeurer le moins longtemps possible sous la pluie glacée de l'automne. Dans la salle les gamins jouaient à la guerre. René, caché sous une table du fond, menait les opérations. « Moi, je suis l'oncle Pierre, disait-il à Léone et Anna embusquées derrière le comptoir, je me cache dans la forêt des Mureaux et j'attends qu'un avion m'envoie des fusils ! » Léon prêta l'oreille. Pourquoi René avait-il parlé de la forêt des Mureaux ? Il ne pouvait l'avoir inventé ! Le petit continuait : « Vous, vous me recherchez ! Vous tirez si vous me voyez ! » Léone et Anna imitèrent la pétarade des mitraillettes. René riposta. Un peu plus tard, il fit semblant d'être touché, poussa un cri et s'écroula sur le sol recouvert de sciure. « Dis donc ! Pourquoi as-tu parlé de la forêt des Mureaux ? » lui demanda Léon. René se leva et ouvrit des grands yeux étonnés. « Eh bien, quoi ? Grand-mère a dit l'autre jour à maman qu'oncle Pierre habitait là-bas. » Léon sourit. Ainsi, ce salaud était réfugié là avec le maquis ! A un coup de voiture d'ici ! Il se sentit soudain si heureux qu'il proposa une limonade-grenadine aux enfants... Ceux-ci s'assirent sur les bancs du bar et imitèrent les clients. Léon riait.

5

Ce matin-là, Marie ne descendit pas. Fiévreuse, elle préférait garder le lit. Julia, accroupie derrière le comptoir, ne cessait de ronchonner en alignant les bouteilles de vin qu'on venait de lui livrer. « Est-ce que je tombe malade, moi? » répétait-elle. La porte d'entrée s'ouvrit. Elle ne se releva pas. A cette heure-ci, ce devait être le vieil Anselme qui passait prendre son petit blanc. Elle rangea encore, puis se redressa. Une rougeur soudaine lui monta aux joues. Benoit, accoudé au bar, lui souriait. Julia remit son chignon en place. « Que faites-vous là? s'étonna-t-elle, on vous attendait pas? » Benoit éclata de rire. « Dame! Vous auriez donc aimé que je vous prévienne? » Julia se tourna vers les étagères. « Qu'est-ce que je vous sers? demanda-t-elle. – Va pour un petit noir, dit Benoit. Et où est donc Léon? s'enquit-il aussitôt. – Il dort? » répondit Julia en désignant l'appartement d'un hochement de tête. Ils restèrent silencieux durant un moment, puis Benoit reprit : « Vous ne pourriez pas le lever? C'est important ce qui m'amène! » Julia haussa les épaules. « Si vous voulez! Mais il va pas arrêter de grincher! C'est qu'il se couche tard. Avec ces Allemands qu'on arrive pas à mettre dehors tellement ils se torchent ! » Elle monta et revint peu après. « Vous avez la vie pour boire ! D'ici qu'il descende, il n'y aura plus d'eau dans la Loire ! »

Le temps passait. Julia faisait la vaisselle. Benoit sirotait son café. Tout à coup, il tendit la main et effleura le bras de Julia. Celle-ci frissonna et recula. « Eh bien, Benoit ! Vous voulez donc m'aider à laver les verres ?« L'autre s'esclaffa. « Dame ! J'y verrais pas d'inconvénient si... » A cet instant Léon apparut en haut de l'escalier. Les yeux gonflés, le cheveu ébouriffé et la chemise chiffonnée, il semblait ne pas avoir dormi depuis plusieurs jours. Il descendit les marches d'un pas hésitant et vint s'asseoir au bar. Il bâilla longuement, puis réclama un double serré à Julia. « Qu'est-ce que tu veux ? demanda-t-il à Benoit d'une voix pâteuse. – Figure-toi que je reviens au pays pour un bout de temps, répondit ce dernier. On m'a désigné pour m'occuper de la propagande dans la région. »

Derrière son air endormi, Léon fulminait à l'encontre de Benoit. « Non seulement tu te ramènes, mais en plus il faut que tu fasses les yeux doux à ma femme ! Tu crois que je ne t'ai pas vu la reluquer, hein ? Remarque, c'est pas étonnant ! Elle m'a déjà fait le coup avec un autre ! Pour ça, elle est bien la sœur de son frère ! Pendant que l'un trahit le pays, l'autre trompe son mari... » Benoit le secoua par l'épaule. « Eh ! Je te parle ! Où es-tu donc ? » Léon sourit : « Il faut que je me réveille ! » Benoit continuait : « C'est pas le tout ! Il va falloir convaincre les commerçants de la ville qu'on a raison ! Tu devrais y parvenir toi, quand tu les vois à la coopérative! » Léon acquiesça. « T'en fais pas! Je sais leur parler! »

Peu de temps après, Benoit prit congé. « Je repasserai ce soir » lança-t-il en sortant à reculons. Léon crut saisir entre lui et Julia une œillade de complicité, de désir même. « Salope! pensa-t-il, vas-y! Fais lc joli cœur! Mais ça va pas durer! C'est comme ton salaud de frère!... » Il jaillit de son banc et se tourna vers elle. « Réveille-moi à midi! Je veux dormir encore un peu. » Julia le regarda monter. Dieu! qu'il semblait vieux à marcher ainsi, en traînant la savate! Elle s'accouda au zinc et se mit à rêvasser. Voilà que Benoit revenait... Bah! Il avait beau minauder, il l'aurait pas. Elle avait pas du tout envie de coucher avec lui... Bien sûr! Avec Léon c'était pas... Mais enfin! Ça ne suffisait pas pour le tromper. Tout à coup, elle sortit de sa torpeur. Le vieil Anselme entrait. Il lui demanda son petit blanc avec un large sourire.

Les jours passèrent. Julia trouvait qu'ils défilaient sans qu'on s'en rendît compte. Probablement, commençaient-ils à raccourcir? Son inquiétude face au temps qui fuyait se fondait avec celle qu'elle éprouvait au sujet de Léon. Depuis sa dispute avec Clémence, il parlait et regardait d'une manière différente. Chacun de ses mots, chacun de ses regards semblaient chargés de haine. Il ne témoignait plus d'aucune patience envers les enfants. Dès qu'ils chahutaient, il les envoyait se coucher, parfois avec rudesse.

Cette nuit du 15 octobre, Julia ne dormait pas et ressassait ses idées noires. La pluie fouettait les carreaux de la fenêtre avec violence. L'un des volets claquait par intermittence. Julia hésitait à se lever pour le bloquer, quand elle perçut le vrombissement éloigné d'une voiture. Pour se distraire elle tenta de repérer d'où elle venait. Peut-être remontait-elle la rue de la Loire? « Avec ce couvre-feu, pensa-t-elle, il doit s'agir d'un véhicule allemand. » Le grondement s'amplifiait rapidement. « Elle pénètre sur la place, par la grand-rue, se dit Julia, elle va pas tarder à passer devant chez nous! » Quand elle fut devant le café, il y eut un violent crissement de pneus. Une portière s'ouvrit. Belle se mit à aboyer. Julia, soudain effrayée, se releva en secouant Léon. Au même instant, la devanture vola en éclats dans un vacarme étourdissant.

Aussitôt, l'auto redémarra. Le bruit du moteur s'estompa dans le lointain. Léon, pieds nus, dévala l'escalier. La gorge nouée par l'émotion, il considéra les dégâts. « Le vent s'engouffrait dans la salle par l'ouverture béante. Belle, allongée sur le flanc, dans le halo lumineux du réverbère, ne bougeait plus. Dans la pénombre, au fond de la pièce, les chiots couinaient de terreur. Julia, tremblante, demeurait en haut. « Léon! Léon! » répétait-elle. Celui-ci ne répondait pas. Elle descendit plusieurs marches. En découvrant l'ampleur de la casse, elle éclata en sanglots et s'approcha de Léon. Quand elle voulut se blottir contre lui, il la repoussa sans un mot. Les gamins arrivèrent. Léone, qui venait d'apercevoir Belle agonisante, se mit à hurler. Elle se précipita vers le cadavre et s'allongea dessus. Bientôt, ce fut un véritable tintamarre. Les cris des voisins se mêlaient à ceux des soldats allemands. Chacun y allait de sa version. Pour les uns, il s'agissait d'un coup des communistes, pour les autres, c'étaient les gaullistes.

Léon, appuyé contre le bar, buvait fine sur fine et regardait au loin, l'air hébété. Un officier allemand donna l'ordre à la troupe de faire reculer les curieux. Julia, agnouillée près de Belle, serrait contre elle les enfants en pleurs. « Il faut que vous adoptiez chacun un de ses petits, leur dit-elle doucement, occupez-vous-en bien comme si c'était Belle qui le faisait... » Un peu plus tard, elle les confia à Marie qui les accompagna dans leur chambre.

Julia revint auprès de Léon. Celui-ci répondait par monosyllabes aux questions des gendarmes français. Elle s'énerva : « Mais enfin ! Laissez-nous ! On sait rien ! On a rien vu ! Vous pensez bien qu'on dormait ! » L'un d'eux désigna à Julia une énorme pierre qui traînait sur le sol. « C'est probablement ça qui a cassé le carreau et tué la chienne. Vous n'avez pas une idée de sa provenance ? » Elle haussa les épaules : « Des cailloux comme ça, il y en a des milliers dans la région ! » Elle passa derrière le comptoir se servir un cognac. « Vous voulez quelque chose ? » cria-t-elle à la cantonade. Des policiers français et des soldats allemands s'approchèrent. Léon, qui ne bougeait toujours pas, ferma les yeux. L'alcool qu'il venait d'ingurgiter commençait à faire son effet. Il crevait de chaud malgré le vent glacial qui balayait la salle. Dans sa tête le brouhaha des voix environnantes se mêlait aux battements de ses veines. Cette rumeur lui évoquait la guerre et le vacarme qui l'accompagne. Parfois, des visages apparaissaient... Pierre, Auguste, Clémence... Des lieux... La ferme d'en bas, la chambre de Perrette, la forêt des Mureaux... Pierre se dissimulait avec d'autres sous le couvert des bois. Léon les débusquait. Il tirait... Tirait...

Derrière son dos, un gendarme éméché s'écria :

« Eh ! le clebs ! On va pas le bouffer en ragoût ! Il faudrait peut-être le faire... » Léon se retourna le regard mécontent. « Laissez ! Je vais m'en occuper... » L'autre se récria : « Oh ! Excusez ! Je pensais pas à mal ! »

Les derniers soldats allemands s'en allèrent vers cinq heures. Deux d'entre eux demeurèrent en faction devant le café. Julia se mit à ramasser les éclats de verre. Sans cesse, elle se posait la même question. « Qui a bien pu faire ça ? » Elle formulait toute sorte de suppositions, mais aucune ne la satisfaisait. Non ! Une seule certitude s'imposait : quelqu'un les haïssait avec force... Elle s'arrêta de balayer et jeta un œil dehors. Les premières lueurs de l'aube apparaissaient. Les masses noires des maisons se détachaient sur le ciel, plus clair. Elle secoua la tête. Décidément, la guerre était une belle saloperie ! Soudain, elle pensa à Léon. Il avait disparu. La porte d'accès au jardin battait sous l'effet d'un violent courant d'air. Julia sortit sur le perron. Léon creusait un trou au fond du verger. A côté, Belle gisait sur l'herbe. Julia s'approcha, secouée par les pleurs. Quand Léon eut fini de piocher, il fourra la chienne dans un sac de jute puis la balança dans la fosse. Rageusement, il recouvrit le cadavre de terre, puis la tassa. Quand la besogne fut terminée, il faisait jour. Tous les deux se recueillirent. Un instant, Julia leva les yeux. Les enfants regardaient par l'une des fenêtres du haut.

Dès sept heures, Benoit et quelques hommes se pointèrent à « La Chope ». Ils réconfortèrent Léon et Julia. « Vous inquiétez pas, on va s'occuper de mettre la main sur ces salauds et on leur fera manger tous les morceaux de verre ! » Lionel, le vitrier, juché sur son escabeau, éclata de rire en les entendant. « Il se pourrait bien qu'avant ils vous fassent croquer de la mitraille ! » Personne ne releva ses propos. Depuis longtemps, il passait pour un original, pas bien malin, et d'opinion anarchiste.

La nouvelle se répandit comme une traînée de poudre. Des terroristes avaient attaqué l'un des bistrots de La Charité ! Il y eut même un entrefilet dans le *Journal du Centre* : « La Chope, bien connue de nos lecteurs, a été l'objet d'un lâche attentat la nuit dernière. Les coupables sont activement recherchés. » Durant la journée, ce fut un défilé permanent. Quelques-uns, sincèrement scandalisés, restaient un long moment dans le café pour témoigner leur solidarité. D'autres ne faisaient que passer devant, et se réjouisssaient plutôt que ces fumiers de collabos eussent payé !

Le commandant Günther, accompagné d'autres officiers, arriva en fin de matinée. Il assurait Léon et Julia de son soutien entier, quand Odette et Marcelline entrèrent, suivies d'Auguste. « Mon Dieu ! s'exclamèrent-elles de conserve. Comment est-ce possible ? » Julia se précipita dans leurs bras et les embrassa. « Comment avez-vous su ? leur demanda-t-elle. – Dame ! répondit Marcelline, par le facteur ! Ce matin il est arrivé à la ferme, rouge comme une pivoine et hors d'haleine ! Je lui ai dit : « A pédaler comme ça, Alfred, vous allez y laisser votre cœur ! » Il a réussi alors à me raconter que tout avait sauté ici ! Tu parles qu'on a dit à Auguste de préparer la voiture ! » Soudain, elle s'interrompit. « Bon Dieu ! Mais où est-il passé ? Il nous suivait il y a encore deux minutes ! » Le vieux avait disparu ! Odette s'énerva : « Ah, je te jure, celui-là !

depuis quelque temps, il n'arrête pas de jouer les courants d'air! » Julia haussa les épaules : « Il sera allé faire une course! »

Un peu plus loin, Léon continuait de discuter avec Günther. « Il s'agit certainement de terroristes, suggérait l'officier, on les retrouvera et on les enverra en Allemagne! » Léon approuvait avec déférence, mais n'écoutait pas. Il luttait contre une envie de tout dire : il connaissait l'auteur de cet attentat! Il se trouvait dans la forêt des Mureaux toute proche! Il suffisait d'envoyer un escadron nettoyer les lieux! Il éclata de rire. Le commandant, gêné, esquissa un sourire. « Eh bien! Je suis très content, monsieur Léon, que vous preniez ce regrettable incident avec humour. » Léon acquiesça. « C'est ça! C'est ça, Günther!... » Puis il s'esclaffa à nouveau. C'était vraiment trop drôle de tenir ainsi le destin de Pierre entre ses mains! Vraiment trop drôle! Julia parlait avec Marcelline et Odette. A chaque fois, le rire de Léon la faisait frémir. Elle ne parvenait pas à s'y habituer. Il sonnait faux. Elle se tourna vers lui, furtivement, et tressaillit en surprenant son regard halluciné.

Les femmes s'inquiétaient toujours de l'absence d'Auguste. « Bon Dieu! grommelait Odette, on va quand même pas remuer toute la ville pour le retrouver! » A cet instant, il apparut en haut de l'escalier et descendit en tenant Anna et Léone par la main. Devant eux, René, dévalait les marches quatre à quatre. « Ah, te voilà, s'écria Marcelline, qu'est-ce que tu faisais là-haut? » Auguste secoua la tête d'un air agacé. « Tais-toi donc! Je peux bien voir mes petits-enfants, non? » Il lâcha les filles qui disparurent dans le jardin et s'approcha de Julia. « Dis donc! Tu n'aurais pas un petit pouilly, par hasard ? » Celle-ci sourit : « Bien sûr, mais il faut que j'aille à la cave prendre une bouteille ! » Elle souleva la trappe. « Je descends avec toi, proposa Auguste en faisant un clin d'œil à Odette et Marcelline, je vais pouvoir me soûler autant que je veux ! vous êtes bien trop grosses pour venir m'en empêcher ! » Les deux femmes haussèrent les épaules et allèrent s'asseoir au bar, près de Léon.

En bas, Auguste saisit Julia par le bras. « Sers-moi une rasade et écoute-moi, j'ai à te parler. » Surprise par le ton cassant du vieux, Julia s'exécuta. « Eh bien ? » demanda-t-elle en lui tendant un verre plein. Auguste demeura un moment silencieux puis s'emporta : « Maintenant, ça suffit ! Il est temps que tu fasses taire ton corniaud de mari ! Il arrête pas de déblatérer dans tous les coins et ça devient dangereux ! Un jour c'est à la coopérative qu'il dégoise, un autre c'est à la mairie ! Il est tellement fourré avec le commandant qu'on va finir par croire qu'il est boche ! Ça va plus ça ! C'est comme votre bistrot, si ça continue, il va bientôt y avoir plus de Schleuhs que de Français ! C'est tout de même pas une annexe de la Kommandantur ! » Julia, bouche bée, le regardait sans comprendre. « Nous sommes en guerre, continuait Auguste, c'est pas une époque pour se conduire comme des gamins ! » Julia, que la colère gagnait, répliqua : « Mais enfin, qu'est-ce que tu racontes ? Pourquoi tous ces discours ? Je croyais que tu approuvais le Maréchal ? Eh bien, nous aussi ! Il n'a pas dit qu'il fallait pas donner à boire aux Allemands ? Dame ! Bien sûr qu'il y en a ici, et alors ? Il faut les mettre dehors ? Et... » Auguste lui coupa la parole. « Imbécile ! Il y a loin entre servir un verre à un Boche qui entre ici, et comme Léon se balader dans tout le pays en traction avec Benoit et ses sbires en clamant qu'on est cul et chemise avec eux! » Julia, troublée, se rapprocha. « Mais enfin! Pourquoi tu dis ça? Pourquoi parles-tu de la voiture? » A cet instant, Léon se pencha par l'ouverture. « Alors, il vient ce pouilly? On aimerait bien y goûter! » Julia leva la tête. « Oui! Oui! On arrive! » Auguste commença de gravir l'échelle. Julia voulut le retenir, mais il continua son ascension sans même se retourner. Elle demeura songeuse. Pourquoi le vieux se montrait-il aussi rude? Pourquoi avait-il évoqué la traction avec autant d'insistance? Elle monta lorsque les femmes l'appelèrent.

Quelques jours s'écoulèrent. Julia avait continuellement les nerfs à fleur de peau. Le moindre bruit la faisait sursauter. Les enfants l'agaçaient pour un rien. Elle dormait très mal. Léon l'inquiétait. Il exprimait des opinions de plus en plus tranchées. Parfois, il se montrait même impitoyable, comme le 22 octobre au matin, quand ils apprirent par la TSF que 98 otages venaient d'être fusillés. « C'est bien fait pour ces salauds, gueula-t-il du fond de la salle où il rangeait les tables, les Allemands auraient dû en crever dix fois plus! » Julia qui frottait le zinc au blanc d'Espagne, s'arrêta : « Mais enfin! Comment peux-tu dire des choses pareilles? Surtout des innocents qui... » Léon s'esclaffa : « Des innocents! Tu parles! Ça n'existe pas d'être innocent! » Soudain, il s'arrêta de rire et fixa Julia : « Qu'est-ce qui te prend de défendre ces fumiers! Hein! Qu'est-ce qui te prend? Tu vois pas que tu te laisses berner par la propagande communiste? Tu le vois pas, non? » Julia, troublée par son ton menaçant, passa derrière le bar. Léon s'approchait : « Il faut pas se laisser empoisonner par les rouges! répétait-il, il faut supprimer le danger, tu m'entends! Supprimer toute cette vermine qui nous vend à Moscou! » Le regard lointain, il paraissait s'adresser à quelqu'un d'autre qu'il était le seul à voir. Julia prit peur. Il fallait le sortir de son hébétude. Elle saisit maladroitement des verres qui traînaient sur le bar. Ceux-ci tombèrent sur le sol. Léon sursauta. « Bon Dieu! s'écria-t-il, tu trouves donc qu'il y a pas eu assez de casse ici? » Soulagée de le voir penser à autre chose, Julia haussa les épaules. « Bah! c'est du verre blanc! C'est pas bien grave! » Léon alla s'asseoir tandis qu'elle balayait.

Quelques gars entrèrent, conduits par Benoit. Celui-ci plaisanta : « Alors? c'est encore des morceaux de l'autre jour! » Julia sourit : « Oh non! Si c'était le cas, c'est que ça repousserait! Marie et moi on a déjà nettoyé, croyez-moi! » Benoit hocha la tête en lui faisant un clin d'œil. Puis il rejoignit les autres.

Julia se mit à laver le sol à grande eau. Elle frottait avec énergie sans prêter attention à la conversation des hommes. Toutefois, alors que Benoit parlait, elle tendit l'oreille : « A Nevers ce soir, disait-il, tu devras être convaincant, hein Léon? Tu passeras après moi à la tribune! J'ai pas besoin de te dire ce qu'il faut raconter à ces abrutis! De toute façon, ils viennent surtout nous écouter parce qu'il fait plus chaud dans la salle que chez eux! » Tous éclatèrent de rire.

Julia sentit la peur la reprendre. Léon se rendait à une réunion politique le soir même! Il allait encore dire n'importe quoi, devant des gens qui s'empresseraient ensuite de ragoter partout sur son compte! Une nouvelle fois, il répéterait ses convictions absurdes! Elle tordit la serpillière. Non! Elle ne pouvait plus le laisser raconter ses bêtises! La mise en garde d'Auguste lui revint en mémoire. Elle sentit qu'il fallait en tenir compte. Elle désira se retrouver seule et appela Marie. « Finissez de laver par terre! lui dit-elle. J'ai à faire là-haut! »

Dans la chambre, Julia s'allongea. Elle réfléchissait. Comment pourrait-elle empêcher Léon de se rendre au chef-lieu? Soudain elle se souvint de ce que Lucien, le maréchal-ferrant, lui avait dit un jour. Pour immobiliser une automobile il suffisait de mettre quelques sucres dans son réservoir.

Elle descendit. Des clients venaient d'entrer et s'attablaient pour jouer aux cartes. Léon, légèrement éméché, riait avec Benoit et ses compagnons. Julia passa derrière le comptoir et glissa des morceaux de sucre dans sa poche. Elle sortit dans le jardin. Quand elle fut devant la voiture, elle regarda alentour. D'une main hésitante, elle dévissa le bouchon du réservoir et y jeta le sucre. Après l'avoir refermé, elle fit quelques pas. Quand elle se sentit plus calme, elle revint dans la salle et reprit sa place au bar.

Un peu plus tard, les enfants rentrèrent de l'école. Julia les envoya jouer dehors. « Ne restez pas dans mes pattes! Vous voyez bien qu'il y a du monde! » En effet, comme il faisait froid, de nombreux clients entraient se réchauffer. Bientôt, Marie fut débordée. Julia appela alors Léon, qui réparait un tonneau à la cave. « Viens nous donner un coup de main, sinon, on y arrivera pas! » Celui-ci monta de mauvaise grâce. « Bon Dieu! grogna-t-il, j'ai pas que ça à foutre! Il faut que je me prépare pour ce soir! » Sans attendre la réponse, il grimpa se changer à l'appartement.

Julia haussa les épaules. « Bah! Fais-en à ta tête, si tu veux! T'iras pas bien loin! »

Léon enfilait ses vêtements avec fébrilité. Il aimait cette attente qui précédait les réunions où il devait parler. Dans ces préaux d'école, ou dans ces salles de mairie, il pouvait s'enflammer à son aise et vilipender tous ces salauds qui s'opposaient au Maréchal! Quand il fut prêt, il dégringola l'escalier. « Je reviendrai tard » dit-il à Julia en sortant. Il ne perçut pas ce qu'elle lui répondait à cause du brouhaha.

La nuit était tombée. Léon demanda à Léone d'ouvrir le portail. Il s'installa au volant et démarra. René et Anna firent les pitres dans la lumière des phares. Léon accélérait par à-coups et répondait aux signes des enfants. Brusquement, le moteur toussa et s'arrêta. Léon redonna un coup de démarreur. Sans succès. Il recommença plusieurs fois. Il sortit et souleva le capot. « Bon Dieu rugit-il, en donnant un violent coup de pied dans la roue, comment ça marche cette saloperie? » René grimpa sur le pare-choc. « Fous-moi le camp » hurla Léon en lui envoyant une gifle. Il tritura quelques fils. Bon Dieu! A ce train-là, il allait manquer le rendez-vous et Benoit lui en voudrait! Il revint en trombe au café. « Cette putain de bagnole ne démarre pas! cria-t-il à l'adresse de Julia, tu crois que Lucien est encore ouvert? – Ce que je sais, moi! répliqua celle-ci, va donc voir! » Léon courut jusqu'au garage.

Lucien vint jeter un coup d'œil. « Bah! Je comprends pas, dit-il, tout a l'air normal pourtant. » Léon enrageait. A cette heure-là, Benoit et tous les autres se trouvaient déjà là-bas! Ici, il ne connaissait personne à qui emprunter une voiture.

C'était une véritable catastrophe! « Mais enfin, tu peux pas me faire démarrer ça, s'exclama-t-il. C'est ton métier pourtant, nom de Dieu! – Dame non! répondit Lucien, il faudra que je voie ça demain. » Léon, excédé, retourna dans la salle. « Quelqu'un peut-il m'emmener à Nevers? » gueula-t-il à la cantonade. Personne ne pouvait. C'était toujours trop loin ou trop tard... Soudain, un jeune soldat allemand s'approcha. « Je vous prends sur ma moto, si vous voulez? » Léon lui serra la main. « D'accord, dit-il, on y va! » Julia ravala sa déception. Elle lui adressa un vague sourire lorsqu'il partit.

Plusieurs jours plus tard, en fin d'après-midi, Lucien découvrit la vérité. Il se précipita à « La Chope ». « Léon, s'écria-t-il en entrant, il y en a qui prennent ton réservoir pour une tasse à café! Ils y foutent du sucre! » Léon, qui lisait le journal, jaillit de sa chaise. « Quoi! Qu'est-ce que tu racontes? » Lucien s'approcha : « Comme je te le dis! reprit-il, on a mis du sucre dans ton essence! Le moteur est foutu! » Marie, derrière le comptoir, pouffa de rire. Ici et là des clients plaisantaient. Léon était livide. « Où il est ce sale gosse? » gronda-t-il, en se précipitant au premier. Julia qui rangeait du linge dans la chambre le vit passer dans le couloir. « Salaud! Salaud! » criait-il. Inquiète, elle le suivit. Quand elle entra dans la chambre des enfants, il giflait René à tour de bras en hurlant : « C'est toi, petit salopard! C'est toi qui as mis du sucre dans le réservoir de la traction! Hein! » René, terrorisé, se débattait en braillant : « Non! Non! C'est pas moi! » Julia s'interposa. « Lâche-le! Tu m'entends, lâche-le! » Mais Léon continuait de taper. Parfois, Julia prenait un coup. Sur le pas de la porte, Léone et Anna pleuraient, l'une contre l'autre. Julia à bout de force se mit à gueuler. « C'est pas lui ! Tu m'entends ! C'est pas lui ! » Léon desserra son emprise. René se sauva en poussant des cris. « Ah oui ! s'écria Léon, et alors, c'est qui ? » Julia, tout échevelée, haussa les épaules. « Sale brute ! Tu crois que René est assez fort pour ouvrir le bouchon ? » Léon, gêné par cette évidence, ricana : « Eh bien ! Qui c'est ? » Julia hésita un instant, puis reprit : « Tu penses que personne n'a pu entrer dans le jardin, par la rue ? On ne ferme jamais la porte. Peut-être aussi te crois-tu si populaire que personne n'ait eu envie de te faire une vacherie ? » Tout à coup, elle ressentit une violente envie de pleurer. Vraiment, cela n'avait plus ni queue ni tête de vivre ainsi. Elle se sauva dans la chambre et éclata en sanglots.

Léon, assis au bord du lit, remâchait sa colère. « Ah, oui ! Quelqu'un m'en veut, qu'elle dit ! Hein ! Et alors, qui c'est sinon un rouge ! D'ailleurs, tiens ! Ça ne m'étonnerait pas que Pierre soit dans le coup. C'est une idée d'homme de mettre du sucre dans le réservoir d'une voiture ! Bien sûr que c'est lui ! C'est sûr ! C'est une idée d'homme, ça ! » Il se mit à rire et descendit. Dès qu'il l'aperçut, René se précipita dans les jupes de Marie. Celle-ci toisa Léon avec mépris, et lui tourna ostensiblement le dos. Quelques clients détournaient la tête d'un air embarrassé. Léon feignit de ne s'apercevoir de rien. Il s'assit et se plongea dans la lecture de l'almanach.

Une huitaine de jours s'écoulèrent. Sans cesse au bord des larmes, Julia n'adressait plus la parole à quiconque. Elle désertait le comptoir le plus souvent possible et se réfugiait dans les tâches ménagères. Au moins, là, personne ne venait la déranger. Elle pouvait songer à sa chienne de vie, comme elle l'appelait.

Un dimanche matin elle éprouva le besoin de revoir Clémence. Elle enfourcha son vélo et se rendit à Narcy assister à la messe. Probablement l'y rencontrerait-elle ? Elle arriva en retard et alla s'asseoir derrière l'escalier de la chaire. De là, elle pouvait suivre l'office, mais aussi observer la petite assemblée. Elle croisa le regard de Clémence. Celle-ci inclina la tête et lui fit un sourire. Le jeune prêtre, encore tout endormi, débitait les prières à toute allure. Quelques vieilles récitantes qui ne parvenaient pas à suivre, levaient les yeux d'un air offusqué. A la fin, il oublia le pater noster, si bien que la bénédiction advint en un temps record.

Tandis que la foule sortait, Julia vint s'installer à côté de Clémence, toujours assise. « Ma fille, dit celle-ci d'une voix émue, je suis contente de vous voir ! Vous et les enfants me manquez !... » Elle se tut un instant et reprit : « Vous savez, je me suis toujours refusée à baisser l'échine devant qui que ce soit, je ne vais pas commencer aujourd'hui avec les Allemands ! Surtout qu'il ne me reste probablement plus longtemps à vivre ! Dire qu'il faut que ce soit Léon qui le fasse ! J'ai eu beaucoup de chagrin, vous savez ! » Elle s'interrompit et s'épongea les yeux. Julia lui prit la main : « Je sais, Clémence, dit-elle, je sais ce que vous avez dû souffrir ! » Encouragée par cette marque de compréhension, Clémence continua : « Dès le début, j'ai eu des ennuis avec Léon ! Tout jeune, il était déjà violent et menteur. Il n'en faisait qu'à sa tête. Il n'y avait que son père qui parvenait à le mater... Pour mon malheur, mon pauvre mari m'a quittée trop tôt !

D'ailleurs, il me l'avait répété à plusieurs reprises : « Tu sais, Clémence, ce sera notre croix, ce gamin ! » Après il a voulu partir à Paris. Il y a fait ses études, d'ailleurs assez brillamment. Là-bas, il logeait chez l'une de mes sœurs. Très vite elle m'écrivit qu'elle n'en pouvait plus, qu'il menait une vie de bâton de chaise... » Elle s'arrêta, essuya à nouveau ses larmes et se moucha. Julia s'impatientait sans le montrer. Elle souhaitait tellement connaître cette vie dont Léon ne lui avait jamais parlé. « Il était toujours fourré dans les mauvais coups, recommença Clémence, il a fallu que je lui coupe les vivres pour qu'il se décide à revenir... A cette époque, j'espérais qu'il ferait un beau mariage, avec une fille de son milieu... » Elle serra plus fortement la main de Julia et se tourna vers elle. « Ne m'en veuillez pas, ma chérie. En vous connaissant mieux, j'ai compris que je m'étais trompée... Bref, Léon était revenu mais il faisait le joli cœur avec quelques grisettes du coin. Il ne fichait rien de ses dix doigts et dilapidait l'argent que son père nous avait laissé. C'est à cette époque que vous vous êtes rencontrés... » Clémence pleurait toujours. Elle se moucha encore et poursuivit : « En fait, ma fille, Léon est un faible ! La seule fois peut-être où il ne s'est pas montré ainsi, ce fut justement quand il voulut vous épouser... Regardez-le avec Benoit et toute sa bande ! Il gobe tout ce qu'on lui dit ! Le voilà maréchaliste ! Non, mais je vous jure ! Croyez-vous que ce soit moi qui l'ai éduqué ainsi ? » Clémence parlait de plus en plus fort. « Jamais, Julia ! Vous m'entendez ! Jamais je ne l'ai préparé à cela ! Allez donc savoir d'où il sort cette admiration pour l'Allemagne, pour la collaboration... Tiens, ça me dégoûte ! Il aurait mieux fait de ressembler à Pierre, votre frère. En voilà un, au moins, qui sait ce qu'il faut faire. » Elle regarda Julia intensément : « Je vous en prie ! Je vous en prie ! répéta-t-elle, convainquez Léon de ne pas continuer ainsi... Pour les enfants, pour vous, pour moi, je ne sais ? Mais arrêtez-le ! Il court à sa perte ! »

Julia approuvait par hochements de tête. Bien sûr, qu'il devenait nécessaire d'éloigner Léon de ces idées et de le soustraire à la fascination que Benoit et les Allemands exerçaient sur lui. Oui ! Mais comment y parvenir ? Julia demeurait sur cette question quand elles sortirent de l'église. Clémence la serra dans ses bras. « Ma fille, dit-elle, promettez-moi de tout faire pour sortir mon fils de cet engrenage... » Julia acquiesça. Clémence l'embrassa et se détacha. « Et puis, reprit-elle avec un vague sourire, venez me voir de temps en temps avec les petits... Ils me manquent, vous... » Elle ne termina pas sa phrase et partit en trottinant. Julia demeura sur le parvis, le vélo à la main, à regarder Clémence s'éloigner. Un instant, elle se demanda si elle passerait à la ferme. Elle y renonça. Dans le fond, il était plus important qu'elle retournât au café.

Le 11 Novembre, contrairement à l'année précédente, les autorités allemandes disposèrent des soldats autour des monuments aux morts de la commune. Julia, accoudée au comptoir, regardait ceux qui montaient la garde sur la place. Elle se surprit à trouver leur présence incongrue. « C'est vrai, pensa-t-elle, qu'est-ce qu'ils foutent ici ? Comment se fait-il qu'on puisse plus circuler... » Puis, elle haussa les épaules. « Bah ! Il vaut mieux pas trop songer à tout ça, c'est plus fort que nous ! »

Benoit entra. « Bonjour, lança-t-il joyeusement. Je pourrais causer à Léon? » Julia secoua la tête. « Dame! Il est pas là! Il devait aller à Nevers pour la Citroën. » Benoit s'assit au bar. Il accrocha le regard de Julia. Celle-ci ne cilla pas. « Ça sert à rien de me reluquer comme ça, se dit-elle, je sais bien ce que tu veux! » Benoit souriait. Il se rapprocha. « Eh! J'aimerais bien qu'on parle tous les deux! » Julia s'esclaffa. « Vous êtes sûr que c'est simplement pour bavarder? A voir vos yeux, c'est peut-être bien autre chose qui vous intéresse... – Eh bien, oui! répondit Benoit, pourquoi pas? » Rougissante, Julia plongea ses bras dans le bac et remua la vaisselle qui s'y trouvait. Oh, dame! En d'autres temps, elle y serait bien allée! Mais aujourd'hui c'était impossible! Elle le détestait trop! Il avait initié Léon à la collaboration et désormais lui seul possédait une influence suffisante pour le convaincre de ne plus se compromettre. Un instant, elle eut envie de parler, mais se retint. Cela lui paraissait trop compliqué. Elle prétexta un travail à faire à la cave pour s'éclipser. Quand elle remonta, Benoit était parti. Elle ne le revit pas de la journée.

Le lendemain, elle s'éveilla très tôt. Elle éprouvait la sensation d'avoir mal dormi et fait des cauchemars. Elle ferma les yeux et tenta de se les rappeler. Rien ne lui vint à l'esprit. Elle se leva. Ça n'allait pas! C'était tout. Il n'existait vraiment aucune raison d'en faire toute une histoire! Elle prit garde de ne pas réveiller Léon et descendit allumer le poêle. Peu de temps après, Marie la rejoignit. Elles ouvrirent et attendirent les clients.

Bientôt, ça défila comme tous les matins. Les premiers qui venaient gardaient le silence. Ils s'envoyaient plusieurs cafés, quelques fines, achetaient des cigarettes pour la journée et partaient travailler. Plus la matinée avançait et plus les consommateurs devenaient bavards. Alfred, le facteur, faisait partie de ceux-là. Julia et Marie s'en réjouissaient plutôt. Avec lui, elles étaient assurées de connaître tous les cancans de la commune. « Bonjour tout le monde » lança-t-il en entrant. Comme souvent, il arborait un large sourire. Il fouilla dans sa sacoche. « Tiens ! C'est pour toi ! dit-il en tendant un paquet à Julia, je suis bien content de m'en débarrasser ! Il prenait une place du diable ! » Il demanda à Marie un petit noir bien arrosé.

Julia retournait le colis dans tous les sens. « Ça vient de Garchy, s'étonna-t-elle, je me demande qui nous écrit ? On connaît personne là-bas ! – Dame ! Vous avez qu'à ouvrir ! proposa Marie. Vous verrez bien ! » Julia tergiversa un instant, puis appela Léon. Celui-ci ne répondit pas. « Eh bien ! s'écria Alfred, déballe donc ! Ça va pas te sauter à la figure ! » Julia défit l'emballage. Marie, Alfred et quelques clients regardaient avec curiosité. Julia ouvrit la boîte en carton. « Bon Dieu ! Qu'est-ce que c'est ? » s'exclama-t-elle en brandissant la petite réplique d'un cercueil en bois noir. « Saloperie de saloperie ! jura Alfred en s'en emparant, jusqu'où ça va aller tout ça ? » Sur le couvercle on avait peint une croix blanche. Alfred le souleva et déplia le papier qui se trouvait à l'intérieur. Il hésita et se mit à lire : « On va te crever, Léon ! Prépare-toi ! » Julia gardait les yeux fixés sur la miniature. « Quelle horreur ! Quelle horreur ! » répétait-elle. Tout à coup, elle s'en empara et monta les escaliers quatre à quatre. Quand elle fut dans la chambre, elle le balança sur le lit. « Regarde un peu où ça nous mène tes idées! hurla-t-elle à l'adresse de Léon. Regarde! » Celui-ci se releva sur un coude et considéra l'objet. « Qu'est-ce que c'est que cette connerie? marmonna-t-il, où as-tu trouvé ça? » Julia haussa les épaules. « Ouvre-le! Allez ouvre-le! » Léon lut le message. Un long moment il demeura les yeux fixés sur les quelques mots. Une sensation de peur sournoise s'éveillait dans sa poitrine. Il transpirait abondamment. « Les salauds! gronda-t-il. Ah, les salauds! Alors ils veulent m'intimider, moi! Eh bien! On va voir ça! » Il se leva et s'habilla. Julia s'approcha : « Que vas-tu faire? » s'inquiéta-t-elle, la voix vibrante de colère. Léon la repoussa. « Je vais leur montrer que les patriotes n'ont pas peur. » Julia l'accrocha par la manche. « Reste ici! Cesse de te comporter comme un imbécile! Cesse de te comporter comme un imbécile! Ils te reprochent de fréquenter les Allemands. C'est tout! Arrête, je te dis! » Léon s'en défit d'un coup de coude et descendit. Les clients, médusés, le regardèrent passer. « Vous allez voir comme on va les mater, ces fumiers, gueula-t-il, l'air halluciné et brandissant le cercueil, vous allez voir! Ah, les ordures! » Il sortit en claquant la porte. « Le pauvre vieux, il a l'air complètement enragé » murmura Alfred. Personne ne le contredit. Julia apparut en haut de l'escalier. Elle paraissait fragile, prête à s'effondrer. Marie se précipita et l'installa sur une chaise. « Attendez! Je vais vous donner un remontant. » Elle revint avec un verre de cognac. Julia l'avala d'un trait. « Où est-il parti? » demanda-t-elle d'un ton las. Tous secouèrent la tête. « Comment savoir? répondit Alfred. Il semblait fou. » Son voisin lui donna un coup de coude. L'autre se reprit : « Complètement hors de lui, quoi! » Julia haussa les épaules. « Vous gênez pas, Alfred, je crois bien qu'il est fou, comme vous dites! »

A cet instant, Léone, suivie des deux autres enfants, entra hors d'haleine. « Maman, dit-elle, on a vu papa dans la rue. Il crie en agitant une boîte noire! On a voulu le suivre mais il nous a fait revenir ici! » Julia les embrassa. « Allez là-haut. je vous appellerai quand j'aurai fait à manger. » Dès qu'ils eurent disparu, elle éclata en sanglots. Sur un signe de Marie, Alfred et les clients s'en allèrent. Elle ferma derrière eux et revint consoler Julia. « C'est rien, Madame! dit-elle avec douceur. Monsieur Léon va se calmer. Après, ça ira mieux... C'est une mauvaise plaisanterie! » Julia se dégagea pour se moucher. « Mais non, Marie! Mais non! Vous fatiguez pas! C'est la mort qui vient d'entrer ici... »

Le temps passa. Les enfants repartirent pour l'école. Tout à coup on frappa au carreau. C'était Benoit. Derrière lui, deux hommes soutenaient Léon qui paraissait effondré. Marie ouvrit : « Nom de Dieu! tonna Benoit à l'adresse de Julia, il fallait pas le laisser faire le guignol dehors! De quoi il avait l'air à gueuler et à exhiber cette connerie sous le nez des gens, hein! Heureusement qu'on l'a ramassé avant qu'un gars lui fasse la peau! » Il reprit son souffle. Ses acolytes laissèrent choir Léon sur une chaise, puis repartirent. Celui-ce ne bougeait pas et regardait dans le vide. Julia le secoua par l'épaule. « Léon! Léon! Dis quelque chose, nom d'un chien! » Il semblait ne pas entendre. « Bah! Laisse donc! grommela Benoit, il vient de se payer une sacrée frousse, il s'en remet-

tra ! Va donc le coucher. Demain il n'y paraîtra plus ! » Julia acquiesça et accompagna Léon à la chambre. Lorsqu'elle redescendit, elle passa derrière le comptoir et sortit une bouteille. Benoit s'assit sur un des tabourets. Ils se mirent à boire en silence. Parfois, un habitué s'étonnait de trouver porte close et cognait à la vitre. Julia agitait la main pour signifier que c'était fermé. Benoit dévisageait Julia. Celle-ci s'arrangeait alors pour regarder ailleurs. Elle savait qu'il allait lui causer. Il n'y avait qu'à attendre. Il se décida un peu plus tard. « Dis donc, Julia, c'est que je t'aime bien, tu sais ? » Elle haussa les épaules. « Dame ! Moi aussi, depuis le temps... » Benoit secoua la tête. « Oui, mais pas comme ça ! Pour de vrai ! » Julia sourit : « Allons, Benoit, vous déraillez ! C'est pas le moment de parler de tout ça ! J'aimerais mieux que vous aidiez Léon à se calmer un peu ! A ne plus déblatérer n'importe quoi, partout dans le pays ! Ou à frayer avec les Allemands. Quoi ! On peut bien être maréchaliste sans chanter Ali Alo ! » Benoit approuva : « C'est sûr ! Mais c'est lui qui s'est mis toutes ces idées dans le crâne. Nous, tu sais, les Allemands on fait avec ! Ils seraient pas là qu'on serait contents !
– Eh bien, dans ce cas-là, répliqua Julia, ôtez-lui donc ces bêtises de la cervelle ! » Benoit fit la grimace. « Oui, bien sûr ! Mais c'est plus facile à dire qu'à faire ! Tu connais sa sale caboche. Enfin, si tu le demandes, je vais essayer. » Julia, un peu soulagée, se pencha vers lui pour l'embrasser sur la joue. Elle rencontra sa bouche et recula aussitôt. « Bon ! c'est pas le tout, dit-elle l'air gêné, il faut que j'aille chez nous, là-bas aux Bertins. » Elle monta passer un châle. Léon dormait. Elle demanda à Marie de ne pas ouvrir le café et de

s'occuper des gosses quand ils reviendraient de l'école. Alors qu'elle partait, Benoit la retint par le bras. « Tu veux pas que je vienne avec toi, par hasard ? » Julia sourit. « C'est pas la peine ! Je connais mon chemin. Restez plutôt ici tenir compagnie à Léon s'il descend. En attendant, buvez tout votre soûl ! » Elle se dégagea et sortit par la porte du jardin. La voiture qui venait d'être réparée démarra tout de suite.

Un quart d'heure plus tard, Julia entrait dans la cour de la ferme. Auguste et Pierre se tenaient sur le perron de l'écurie. Julia s'approcha d'eux. « Tiens ! Voilà l'Allemande ! murmura Pierre. – Bon Dieu ! jura Auguste, arrête donc tes conneries. C'est vraiment pas le moment ! » Il embrassa Julia. « Eh bien, ma fille ? Qu'est-ce qui t'arrive donc pour venir à cette heure-ci ? – Il fallait que je te cause, répondit Julia. Ça va pas là-bas. On vient de recevoir ça ! » Elle lui tendit le petit cercueil. Auguste retourna l'objet entre ses mains. « Qu'est-ce que c'est que cette saloperie ? » dit-il en le passant à Pierre. Celui-ci éclata de rire. « Bah ! Je crois que ceux qui ont envoyé ça, c'est pas pour vous dire qu'ils vous aiment ! » Julia le lui arracha des mains. « Tout ce que tu trouves à faire c'est de rire ! s'écria-t-elle en lui tendant le message qui se trouvait à l'intérieur, tiens ! Lis donc ! » Pierre s'exécuta et passa la feuille à Auguste. « Eh bien ? » s'impatienta Julia. D'un mouvement de tête le vieux fit signe à Pierre de s'en aller, puis il entraîna Julia vers la ferme d'en bas. « Alors ? » demanda-t-elle à nouveau. Auguste s'arrêta. « Eh bien, cesse de te conduire comme une bécasse, tonna-t-il, c'est la guerre et il faudrait que tu t'en rendes compte et vite ! Les Boches sont chez nous et il existe des

Français qui n'aiment pas ça! Qui veulent les foutre dehors le plus rapidement possible. Comme c'est pas cette vieille baderne de Maréchal qui va le faire à notre place, on s'en occupe! » Il brandit le cercueil miniature et reprit : « Il faut pas t'étonner de recevoir des saletés de ce genre. J'aime pas beaucoup ça, mais ton corniaud de Léon a dû s'en mettre plus d'un sur le dos!... » Julia lui coupa la parole : « Bon Dieu! Justement qu'est-ce que je dois faire? Je suis venue là pour... » Auguste leva les yeux au ciel. « C'est tout simple, nom d'un chien! Tu vas retourner dans ton troquet, continuer à soûler qui tu veux et surtout empêcher l'autre de faire ses conneries! – Mais enfin! hurla Julia, les larmes aux yeux. Comment veux-tu retenir un fou qui se balade dans la rue en agitant ce cercueil sous le nez des gens, hein? Comment on l'arrête? – Ce que je sais, moi? Ce sont tes oignons! répliqua Auguste. Je suis pas marié avec! Tu as qu'à faire la loi chez toi! » Là-dessus, il tourna les talons. Julia demeura immobile, au milieu du champ. Secouée par les pleurs, elle regardait le ciel plombé. Que pouvait-elle faire entre la folie de Léon et les menaces du vieux? Le visage de Léone s'imposa à son esprit... Cela lui donna de la force. Elle sécha ses yeux et retourna d'un pas décidé vers la ferme. Elle n'alla pas embrasser les femmes et revint à toute allure à La Charité. Tout au long de la route, elle se répéta la même évidence : « Il faut empêcher Léon de faire des conneries! »

Lorsqu'elle arriva au café, Benoit s'y trouvait toujours accoudé au zinc. « Dame! Tu as pas mis longtemps! s'étonna-t-il, tu aurais donc le diable aux fesses? » Julia haussa les épaules et passa derrière le bar. Elle se servit un café. « Léon est-il descendu? » demanda-t-elle, l'air égaré. Benoit lui posa la main sur le bras. « Qu'est-ce qui t'arrive? Tu m'as l'air dans un drôle d'état, toi! » Julia se dégagea et le fixa : « Vous seul pouvez l'aider! Vous seul... » Benoit lui pressa affectueusement l'épaule. « Allons! Raconte donc! Tu sais bien que tu peux compter sur moi... » Julia reprit d'une voix entrecoupée de sanglots : « Je vous en supplie, ne demandez plus à Léon de vous suivre. J'ai peur! Vous le tuez... Je veux qu'il reste ici... Pour les enfants... » Benoit fit le tour du comptoir et l'enlaça. « T'inquiète donc pas! dit-il goguenard, on va lui dire de la fermer un peu. Mais tu sais, il faut pas que ce jouet macabre te fasse peur. C'est une mauvaise plaisanterie! – Non! s'écria Julia, c'est la mort! Vous m'entendez? La mort! » Benoit l'étreignit plus fortement. « Je vais m'en occuper, tu vas voir! Je lui dirai de se taire! » Julia, qui se sentait réconfortée, s'abandonna. « Merci! murmura-t-elle, merci... » Benoit chercha sa bouche. Julia s'écarta. Non! Elle ne voulait pas! Benoit, que cette résistance excitait, la maintenait contre lui. Au même instant, Léon descendait les escaliers. Il sursauta en les apercevant. « Salope! pensa-t-il, ainsi, j'avais bien vu. Dès que j'ai le dos tourné, tu en profites pour batifoler. » Il préféra cacher son amertume. « Alors! lança-t-il, il y a plus de monde derrière le bar que devant? » Benoit embarrassé esquissa un vague sourire. « Eh bien! Te revoilà en santé! Passe donc devant je vais te servir une petite fine! » Julia, rouge de confusion, tendit également son verre. « D'où venais-tu tout à l'heure? lui demanda Léon, j'ai entendu la voiture. » Pour se donner contenance, Julia rangeait les billets dans le tiroir-caisse. « Je revenais des Bertins. Auguste et Pierre étaient là, tiens! » Léon sursauta. « Bon Dieu! songea-t-il, c'est vrai qu'il est là-bas ce salaud! On est jeudi aujourd'hui! » Julia continuait : « Sur le retour, j'ai rencontré pas mal d'Allemands... » Benoit engagea la conversation avec elle.

Léon n'écoutait pas. Il n'avait plus qu'une idée : trouver le repaire de Pierre dans la forêt des Mureaux. Il jeta un coup d'œil à la pendule. Ça allait! Il avait encore le temps. Tout à l'heure, à la nuit tombante, il irait se cacher du côté de la ferme. Puis il suivrait ce fumier lorsqu'il s'en irait... Il se leva et ouvrit la porte. « On va pas rester fermés toute la journée, dit-il l'air satisfait, les clients ont toujours soif! » Debout sur le seuil, il saluait les passants. Certains entraient, contents de pouvoir se réchauffer. Les enfants ne tardèrent pas à revenir de l'école. Ils s'installèrent dans la salle et jouèrent aux billes. Léon se mit en colère. « Oh! Ça suffit ce raffut! Foutez-moi le camp dans le verger! »

Le café se remplit rapidement. On trinquait, on jouait aux cartes, et on parlait politique, plongé dans la fumée qui stagnait au-dessus des tables. D'autres écoutaient les informations à la TSF. Léon surveillait l'horloge. A huit heures, il enfila sa vareuse. « Je vais faire un tour! » expliqua-t-il à Julia. Celle-ci, qui ne savait plus où donner de la tête, acquiesça sans chercher à en savoir plus. Léon s'arrêta quelques instants dans le jardin. Le ciel lui parut suffisamment clair. « Avec un peu de chance, pensa-t-il, je le suivrai sans difficulté... »

Il roula jusqu'au chemin de Malmaison. Là, il engagea la voiture dans un pré et la dissimula derrière une haie. Il coupa ensuite à travers champ. Son cœur battait à tout rompre. Bientôt, il distingua la masse sombre de la ferme. Il contourna les bâtiments, et se plaça en face de la cuisine. La porte et la fenêtre éclairées se découpaient avec netteté dans l'obscurité. Bien qu'il fût assez éloigné, il discernait les femmes quand elles arpentaient la pièce. Il s'assit sur l'herbe et se recroquevilla dans sa veste. Il avait froid et peur. Mais qu'importait! Pierre se trouvait là, et bientôt, il le mènerait à sa planque... Une heure s'écoula. Léon s'engourdissait quand, soudain, Pierre sortit. « Vous inquiétez pas, disait-il, j'en ai pas pour longtemps et je connais la route! » Léon se tapit derrière un bosquet.

Pierre avançait sans prendre de précautions particulières. Léon s'en réjouissait. Il pouvait le suivre, sans effort. Toutefois, il s'appliquait à étouffer le bruit de ses pas. Une demi-heure plus tard, ils pénétraient l'un à la suite de l'autre, dans la forêt des Mureaux. Pierre marchait au milieu des allées. Assez loin derrière, Léon courait d'arbre en arbre, en prenant garde de ne pas perdre le contact. C'était difficile. Il ne connaissait pas l'endroit, et son passage sur les feuilles mortes risquait à tout moment d'attirer l'attention de Pierre. Parfois, il inscrivait dans sa mémoire quelques jalons qui lui permettraient de retrouver le chemin.

Plus ils enfonçaient dans le sous-bois plus il faisait sombre. Léon écarquillait les yeux et tendait l'oreille pour ne pas décrocher. Brusquement, il n'entendit plus Pierre. Peut-être ce dernier avait-il repéré qu'on le suivait? Léon, appuyé contre un chêne, envisageait les hypothèses les plus folles... Il se trouvait découvert... des terroristes en armes, dissimulés par l'obscurité, l'entouraient et lui tiraient dessus au moindre geste... Parfois, une branche craquait et le faisait sursauter. Peut-être était-ce Pierre qui se rapprochait et allait le surprendre ? Pour mieux lutter contre la panique qui le gagnait, Léon se laissa doucement glisser le long du tronc, et se tassa sur lui-même. Le temps passa. Tout à coup, quelqu'un siffla le début de la Marseillaise. Il y eut des bruits de course, puis des inconnus se mirent à parler, à quelques pas de Léon. Celui-ci releva prudemment la tête. Il distingua les bouts incandescents de plusieurs cigarettes. La rumeur des feuillages, qui s'agitaient sous le vent, l'empêchait de comprendre ce que les hommes disaient. Quand le groupe s'éloigna, Léon se détendit. Il ne lui paraissait plus nécessaire de les filer. Maintenant, il localisait à peu près leur camp. La prochaine fois, ce serait les Allemands qui viendraient ! Quand il arriva au café, celui-ci était encore bondé. Julia lui demanda d'où il venait. Il répondit évasivement et rejoignit les joueurs de cartes qui le sollicitaient au fond de la salle.

Le lendemain matin, tandis qu'il buvait son café accoudé au comptoir, Léon ne pensait plus qu'à la lettre. Oui ! Celle qu'il se retenait d'écrire depuis si longtemps ! Lui, le bourgeois haï, cocufié et menacé de mort ! Oui, il allait les aligner ces mots qu'il connaissait par cœur et qui dansaient dans sa tête... Chacun d'eux effacerait l'une des humiliations qu'il remâchait depuis des semaines : la rupture avec sa mère... Les réflexions méprisantes d'Auguste et des femmes à son égard... Julia qui le trompait... Et Pierre qui le haïssait depuis toujours ! Léon feignait d'écouter ce que lui disait Alfred, son voisin. En fait, il pensait à Pierre... Ce salaud qui n'avait jamais accepté qu'il entrât dans la famille! Qui avait même tiré sur lui pour s'en débarrasser plus vite!... Lui avait fichu une raclée, était venu le narguer chez lui et détruire ce qu'il possédait! Enfin, qui le menaçait à nouveau de mort en lui envoyant un cercueil... Léon s'esclaffa. Alfred, qui l'interrogeait sur la situation politique, s'étonna : « Bon Dieu! Qu'est-ce qui te prend de te marrer comme ça! C'est pourtant pas drôle ce que je te demande! » Léon lui lança une bourrade amicale. « Tu as raison! répéta-t-il. C'est pas drôle du tout! » Il se leva, passa sa veste et sortit, toujours hilare.

Il marchait d'un bon pas en se récitant les phrases qu'il allait inscrire les unes à la suite des autres. Il jubilait. Les mots lui semblaient condamner Pierre aussi sûrement que les balles d'un peloton d'exécution. Il acheta plusieurs exemplaires du *Journal du Centre* chez la libraire, Mme Marguerite et courut à la mairie. Il monta quatre à quatre à son bureau, où s'entassait le courrier. Sans attendre, il déplia l'un des quotidiens et commença à le découper pour composer le texte de la lettre. Des lettres! Eh oui! Il allait en faire une qu'il remettrait en main propre au commandant Günther, et une autre, identique, pour Julia! Il ricana. « Ah, la salope! On va voir sa tête! » Il coupait le papier avec frénésie. Les chutes s'amoncelaient sur le sol. Léon isolait, triait, lisait ses différentes découpes. Enfin, il colla les mots, les uns après les autres. « La forêt des Muraux est un repaire de terroristes rouges et enjuivés, dirigé par Pierre qui habite les Bertins. C'est là que se préparent les lâches attentats contre l'armée allemande. Pour s'y rendre : suivre la nationale jusqu'à la seconde entrée dans la forêt. Continuer le chemin jusqu'au dernier rond-point. Sur la gauche des stères de bois. Prendre l'allée sur la droite. Quelques centaines de mètres plus loin, elle se rétrécit. Continuer jusqu'à la fin. Le camp se trouve là. Vive la révolution nationale ! »

Sa besogne terminée, Léon se frotta les mains. Il se sentait délivré de l'angoisse qui l'oppressait depuis des semaines. Il se précipita à la Kommandantur. « Je crois que celle-ci est sérieuse » dit-il en remettant l'une des lettres à Günther. L'officier remercia. Il allait voir ça !

Léon revint au café. Julia faisait le ménage dans la chambre. Il y grimpa rapidement et claqua la porte derrière lui. « Eh bien ! s'enquit Julia, qu'est-ce qui te prend de fermer ? » Léon sortit la feuille de sa poche et l'exhiba sous son nez. « Tu comprendras mieux en lisant ça ! » Au fur et à mesure de sa lecture, Julia blêmissait. « Bon Dieu ! Mais c'est de Pierre dont on parle ! s'écria-t-elle à la fin, il faut aller tout de suite à la ferme... » Léon la prit alors par les épaules : « T'inquiète pas, va ! Il ne risque plus rien maintenant ! Je me suis bien douté qu'il s'agissait de lui et j'ai chipé la lettre. Chaque jour, je regarderai s'il y en a une autre et je l'enlèverai ! » Julia dévisagea Léon, puis se précipita dans ses bras en pleurant. « Oh, merci ! murmura-t-elle, merci ! Dire que j'avais perdu confiance en toi ! » Un sourire satisfait aux lèvres, Léon lui tapotait le dos.

6

La nuit venait de tomber. Il neigeait toujours. Léon grimpait la ruelle qui menait chez Benoit. La neige, poussée par le vent, s'engouffrait par paquets entre les maisons. Courbé, pour ne pas recevoir les flocons dans les yeux, Léon marchait avec précaution. « Mais Bon Dieu! répétait-il, pourquoi ce con de Benoit veut qu'on se rassemble chez lui? Ça aurait été plus simple de causer à " La Chope " »!

Benoit lui ouvrit : « Ah, te voilà! On n'attendait plus que toi! » Il le fit entrer dans la cuisine. Les autres membres du groupe, assis autour de la table, l'accueillirent par des quolibets : « Vingt dieux! s'écria l'un, à boire comme tu bois, tu ne marches plus droit ou quoi? – Tais-toi donc, renchérit un autre, moi je crois plutôt qu'il n'ose pas laisser Julia toute seule! » Léon haussa les épaules et s'assit en grommelant quelques mots indistincts. Benoit, debout à une extrémité de la table, imposa le silence. « Vous vous demandez pourquoi je vous ai réunis chez moi, commença-t-il, eh bien, c'est simple! Vu l'importance de ce que j'ai à vous dire, je voulais pas qu'il y ait des oreilles indiscrètes qui traînent... Bon! Mais d'abord, je voudrais vous résumer ce que le Délégué à l'Information attend de nous... » Léon n'écoutait pas. Il avalait fine sur fine pour s'étourdir le plus possible, et ne plus penser à cette putain de lettre. Elle l'obsédait encore plus qu'avant de l'avoir rédigée et glissée dans le courrier de la mairie. Elle était là, en permanence, dans son esprit. Au début, il avait essayé de ne pas ouvrir le tiroir dans lequel il avait dissimulé le double. Mais rapidement, il n'avait pu résister. Il la lisait et la relisait en cachette. Tout à coup, il sursauta. Benoit venait d'évoquer la forêt des Mureaux. « Les Allemands, continuait celui-ci, m'ont confié qu'ils sont certains d'y trouver un repaire de maquisards. Comme ils connaissent mal l'endroit, ils m'ont demandé qu'on les guide pour pouvoir mieux surprendre les terroristes. J'ai donné mon accord. Il faut maintenant que nous organisions l'opération. Qu'est-ce que vous proposez? » Léon jubilait. Ainsi, la lettre avait convaincu le commandant Günther! « Je crois, répondit-il, qu'il faut mener l'attaque le 24 au soir. Ils penseront surtout à fêter Noël et seront moins prudents! Si, avec les Allemands, on arrive à les surprendre, on peut nettoyer les lieux en un rien de temps! » Quelques hommes applaudirent chaleureusement. « Bon Dieu!, s'exclama l'un, en voilà une bonne idée! Soûls comme ils seront, ils trouveront plus leurs fusils! » Tous s'esclaffèrent, excepté Ernest. Celui-ci ne cessait de triturer son verre en le regardant fixement. « Eh bien! lui lança Benoit, tu aurais donc le vin triste? » Ernest secoua la tête. « Dame, non! marmonna-t-il, mais quoi, aller mitrailler ces pauvres gars un soir de Noël... C'est pas un moment pour crever! On pourrait peut-être attendre le lendemain ?... » Benoit éclata de rire. « Bah ! s'écria-t-il d'une voix enrouée par l'eau-de-vie, je crois plutôt que tu préférerais passer ton réveillon tranquille ! Mais t'inquiète pas, va ! Ça va être vite fait ! La nuit tombe vers les six heures... On est là-bas à sept... On les bousille... Et à neuf heures, tu es chez toi... » Ernest acquiesça : « Tu as peut-être raison, allez, va pour ce que tu dis ! »

Benoit, déjà bien éméché, se leva. Il vacilla légèrement sur ses jambes, mais se rattrapa aussitôt à la table. « Vingt dieux ! gueula-t-il, on va pas passer la soirée à discuter l'idée de Léon ! Il a raison, un point c'est tout ! Demain, j'irai voir le commandant ! » Tout le monde approuva. Ils trinquèrent en l'honneur de Léon. Avec des idées pareilles, sûr qu'il irait loin ! Vers deux heures du matin, ivre mort, celui-ci s'affala sur son siège. Il n'en pouvait plus de boire pour oublier cette lettre et se défaire de la peur qui le tenait au ventre. Non ! L'alcool n'effacerait jamais ces mots et la haine qui les avait fait écrire. Il se mit alors à brailler : « Il faut qu'ils crèvent, ces chiens ! » Benoit le prit par l'épaule. « T'inquiète pas, Léon ! répéta-t-il, pour crever, ils vont crever ! » Avec l'aide de quelques autres, il le ramena à « La Chope ».

Le 24 au matin, Léon accompagna Julia et les enfants à la ferme. Avant de les quitter, il dit à Julia qu'il reviendrait après la fermeture. « Tu comprends, ça vaut le coup de rester ouvert ! A chaque fête les clients viennent d'abord se torcher au café avant de continuer chez eux ! Ça nous fera toujours un peu d'argent en plus ! » Julia acquiesça sans joie. Elle n'aimait pas trop laisser Léon tout seul.

Celui-ci roula rapidement jusqu'à La Charité. Lorsqu'il arriva à « La Chope », Marie partit aussitôt prendre son train. Comme il en était convenu depuis longtemps, elle allait passer les fêtes chez ses parents dans un petit village du Cher. Elle rentrerait le lendemain du nouvel an.

L'inquiétude ne quittait pas Léon. Malgré le va-et-vient incessant de la clientèle, il pensait sans arrêt au rendez-vous que les autres lui avaient fixé. Ils l'attendraient à 19 heures précises à l'entrée de la forêt des Mureaux. Ensuite, à pied, ils guideraient les Allemands jusqu'au camp des terroristes... Quand ce fut l'heure de fermer, il hésita. Non! Décidément, il n'éprouvait plus aucune envie de s'y rendre! Après tout, il avait fait son travail! Benoit et les autres n'avaient qu'à faire le leur! Ils connaissaient le chemin aussi bien que lui! Pour justifier son retard à ses propres yeux, il accepta le verre que lui offrait un dernier buveur, solitaire et bavard. Il feignait de s'intéresser à la conversation et s'astreignait à ne pas regarder la pendule.

Soudain, l'idée lui traversa l'esprit que Pierre en réchappait. Il le retrouvait au dîner de Noël à la ferme, un sourire sarcastique aux lèvres! Non! C'était insupportable! Il devait s'assurer qu'il était bien mort. Il interrompit le caquet du client, lui offrit sa consommation et le mit dehors. « Bon Noël » lui lança-t-il en fermant dans son dos. Il éteignit, passa une grosse vareuse et sauta dans la traction. « A l'heure qu'il est, songea-t-il, les autres doivent déjà marcher avec les Allemands vers les maquisards. » Il haussa les épaules. « Qu'à cela ne tienne, j'irai jusqu'au camp en voiture! » La route verglacée l'obligea à rouler prudemment jusqu'à l'entrée de la forêt. Comme il le pensait, personne ne l'y attendait.

Il engagea l'auto dans l'allée. Quand il arriva au rond-point, il distingua un rougeoiement lointain dans la direction du refuge terroriste. « Bon Dieu! on dirait que ça brûle sec là-bas! » marmonna-t-il. Il accéléra et suivit le chemin. Il ouvrit la vitre. Les rafales des armes automatiques et les cris se mêlaient aux craquements des arbres qui se consumaient. Il stoppa à quelques dizaines de mètres de l'endroit. Ça courait dans tous les sens, ça hurlait, ça tirait! Parfois, un homme dont la silhouette se détachait dans la lumière de l'incendie, tournoyait sur lui-même et s'affalait, fauché par les balles. D'autres, qui tentaient de fuir dans une direction opposée, étaient aussitôt arrêtés par le tir des assaillants qui encerclaient les lieux. La fumée tourbillonnait sous l'effet du vent. Après avoir dessiné des arabesques dans l'obscurité, quelques flammèches incandescentes s'engouffraient dans la traction par la fenêtre ouverte. Léon referma. Cet embrasement le fascinait. Il imagina sortir, mais se ravisa. « Ce serait vraiment trop con, pensa-t-il, de se prendre une balle perdue! » Bien sûr, il regrettait de ne pas assister aux derniers moments de... Tout à coup, un homme grimaçant vint écraser son visage contre la glace et le regarda fixement. Léon ne put réprimer un tressaillement d'effroi. L'inconnu ne bougeait pas. La face toujours plaquée contre le carreau, il continuait à dévisager Léon. Ce dernier ne parvenait pas à détacher son regard de celui du type. La peur de mourir l'oppressait. « Il va me tirer dessus, balbutia-t-il, et je ne peux rien faire! » Mais, brusquement, la tête disparut.

Léon n'osa pas remuer. Puis, sans plus se soucier de ce qui se passait alentour, il vira et prit le chemin de la ferme.

Il n'avait qu'une envie : oublier cette figure hideuse. Il roulait à toute allure. L'automobile cahotait sans cesse sur le chemin truffé de nids-de-poule. Dans le halo des phares, il lui semblait que les arbres s'écartaient. Des angoisses enfantines envahissaient son esprit : il avait peur de se perdre, de ne jamais pouvoir sortir du bois. Enfin, la nationale apparut quelques dizaines de mètres plus loin. Soulagé, il ralentit et y engagea la voiture. Un peu plus tard, il stoppa au bord de la route et partit d'un grand rire saccadé. Dieu qu'il se sentait idiot d'éprouver de telles frayeurs ! Pourtant il n'y avait pas de quoi ! Ce gars avait dû être tué comme les autres, comme Pierre ! Il n'existait vraiment aucune raison de s'en faire...

Arrivé à la ferme, Léon se sentit beaucoup mieux. Ils attendaient Pierre, certainement ! Il se réjouissait de voir leurs gueules ! Lorsqu'il pénétra dans la cuisine, les visages se tournèrent vers lui. « Ah, te voilà enfin ! grommela Julia, tu aurais quand même pu faire plus vite ! » Léone se précipita. « Regarde ce que j'ai eu pour Noël ! » s'écria-t-elle en lui montrant une poupée de bois toute bariolée. Anna et René l'entourèrent à leur tour. « Oui ! Oui ! » fit Léon en les repoussant. Il vint s'asseoir à côté de Julia et se remplit un verre qu'il avala d'un trait. « Je vous trouve bien silencieux pour Noël ! » s'étonna-t-il, l'air guilleret. Il s'adressa à Louis : « Eh bien ! Prends donc ton accordéon et joue-nous un air ! » Ce dernier ne bougea pas. Marcelline secoua la tête. « Oh ! Vous savez ! On a pas le cœur à chanter ! C'est qu'on attend mon Pierre, et il ne vient pas! » Léon fit semblant d'être inquiet. « Où est-il donc? » Auguste fit un signe vague de la main. « Pas bien loin! Il va pas tarder! » Léon sourit. « Certainement, il n'y a pas de raison qu'il se perde, hein? » Puis il servit du vin à Auguste. « Buvez donc! Ça ne sert à rien de vous faire du sang! Il s'est peut-être arrêté dans une ferme et on l'aura invité à trinquer! » Auguste haussa les épaules. « Vingt dieux! Vous avez peut-être raison, bougonna-t-il, allez les femmes, donnez-nous à manger! »

Bientôt, ils retrouvèrent un peu de gaieté. Auguste racontait ses souvenirs d'enfant de chœur. Après la messe de minuit, lui et ses camarades allaient toujours boire un coup à la sacristie avec le vieux curé. Une fois, il était revenu chez lui complètement ivre, et son père lui avait mis une correction dont il se souvenait encore : « Bon Dieu, c'est qu'il avait la main lourde, le vieux! Avec les claques qu'il donnait, il aurait pu tuer un bœuf! » Odette et Julia s'esclaffaient. Seule Marcelline demeurait taciturne. Elle éprouvait comme un vide dans le ventre. Dieu que c'était douloureux! Sans arrêt, elle regardait les aiguilles du morbier. Il allait être dix heures et Pierre n'arrivait pas. Léon buvait verre sur verre et riait à tout propos. Les autres, qui ne comprenaient pas pourquoi, affichaient des mines surprises.

Un peu plus tard, l'anxiété avait gagné chacun. Auguste tapotait des doigts contre la table. Marcelline ne cessait de se lever. Elle ouvrait la porte de la cuisine et, sous un prétexte ou un autre, scrutait l'obscurité. Il fallait que le vieux se plaignît du froid avec insistance pour qu'elle la refermât.

Odette mettait de la viande à réchauffer. « Si Pierre arrive... », disait-elle. Une fois, Julia s'inquiéta de l'heure. Léon ricana. « Eh bien? s'étonna-t-elle, qu'est-ce qui te fait rigoler? Tu ferais mieux de boire un peu moins! » Léon haussa les épaules. « Quoi! je m'amuse », répliqua-t-il. Julia détourna la tête. Peu après Léon feignit d'être préoccupé du retard de Pierre. « Vingt dieux! Il aura trop bu et il ne retrouve pas le chemin! » Personne ne répondit. Léon se réjouissait intérieurement. « Ah, vous en faites une mine, mes salauds! Mais vous pouvez toujours attendre, il ne reviendra pas! »

Vers minuit, Auguste n'y tint plus. Il passa sa veste et sortit. « Je vais jusqu'à la ferme de l'Andréa. Peut-être que Pierre s'y trouve! » Tandis qu'il s'enfonçait dans la nuit, Marcelline, sur le perron, lui cria de ne pas oublier de rentrer...

Il revint seul peu de temps après. « Pensez-vous! s'écria-t-il en entrant, personne ne l'a vu! » Tous s'arrêtèrent de parler. Les enfants, qui ne comprenaient pas, se turent également. Bientôt, Léon ne supporta plus ce silence. Les images de l'incendie, la sale gueule du bonhomme lui revenaient à l'esprit. Il se leva. « Allez! On s'en va! dit-il, la route est mauvaise et il se fait tard. » Julia sursauta. « Mais enfin! Qu'est-ce qui te prend de vouloir qu'on s'en aille comme des voleurs! » Léon ne répondit pas et enfila sa vareuse. Marcelline s'approcha de Julia : « Il a raison, va! C'est pas bien gai, ici! Surtout pour les gamins! Il vaudra mieux fêter l'année nouvelle! Je m'arrangerai pour lui dire d'être là... » Ils s'embrassèrent. Léon conduisait vite. Julia s'énerva. « Au lieu de rouler à cette allure, tu ferais mieux de me dire ce qui te faisait tellement rire ce soir? » Mais il ne desserra pas les mâchoires jusqu'à La Charité.

Le 27, Léon se leva vers six heures du matin. Cela faisait déjà longtemps qu'il ne savait plus s'il rêvait endormi ou éveillé. L'incendie de la forêt des Mureaux se mélangeait avec celui de la ferme; Benoit mourait à la place de Pierre; l'homme grimaçant ressemblait à Auguste... Le sommier grinça. « Où vas-tu? » s'enquit Julia. Elle non plus ne fermait pas l'œil depuis l'avant-veille. Pourquoi Pierre n'était-il pas venu à la ferme? Fût-ce uniquement pour Marcelline? « Dors donc! répondit Léon d'un ton irrité, je reviens... » Il descendit dans la salle en maugréant, alluma le poêle et se plongea dans la lecture du journal de la veille.

Le jour venait à peine de se lever quand Auguste tambourina contre la vitre. Léon, à moitié somnolant, se précipita, le vieux entra en trombe. « Ils l'ont massacré, ces salauds! gueula-t-il, vous m'entendez! Ils l'ont massacré! » Il n'attendit pas et grimpa à l'étage. « Ton frère est mort! » lança-t-il à Julia qui se dressait sur son séant. Elle sauta du lit et se précipita dans les bras du vieux qui éclata en sanglots. Julia l'entraîna en bas. Le chagrin la gagnait, mais les larmes ne venaient pas. « Comment c'est arrivé? » demanda-t-elle. Auguste s'essuya les yeux avec le revers de sa manche. « Dame! Les Boches ont nettoyé les Mureaux... La nuit de Noël... » Il se moucha, puis reprit : « Des bûcherons ont découvert les corps. Ils ont reconnu Pierre... et nous l'ont ramené! » Puis la voix entrecoupée par les pleurs, il bredouilla : « On va y aller, maintenant. »

Julia monta s'habiller. Léon tendit un café à Auguste. « Tenez, buvez donc! ça vous fera pas de mal... » Auguste s'approcha du bar. « Bon Dieu de Bon Dieu ! grommela-t-il. Il a fallu que ça tombe sur lui. Pourquoi ? Je croyais pourtant qu'ils étaient bien planqués, là-bas ? – C'est sûr ! C'est sûr », répétait Léon d'un ton compatissant. En fait, il exultait. Ah ! Il ne la ramenait plus le vieux ! Il ne se foutait plus de Léon l'endimanché ! Au contraire, aujourd'hui il cherchait du réconfort auprès de lui !... Julia descendit. « Reste avec les enfants, dit-elle à Léon en suivant Auguste dehors, ils ont bien le temps de voir tout ça ! Si je ne suis pas revenue ce soir, t'inquiéte pas. C'est que je serai restée là-bas ! De toute façon, attends-moi ici... » Elle claqua la porte et grimpa dans le coupé. Ce dernier disparut rapidement dans le flot de la circulation. Léon se servit une fine et éclata de rire...

La mise en bière eut lieu le jour même. Le croque-mort et ses aides disposèrent le cercueil sur la table de la cuisine et y logèrent le cadavre raidi de Pierre. Marcelline, les yeux embués, se tenait debout, appuyée au dossier d'une chaise et regardait. Longtemps, elle refusa qu'on vissât le couvercle. « Laissez-moi encore un peu mon fils, murmura-t-elle. Je n'ai pas eu le temps de le voir grandir ! » Enfin, Julia et Odette parvinrent à l'éloigner. Elle s'affaissa sur un tabouret et y demeura prostrée le restant de la journée.

Les paysans des alentours défilèrent le soir et une partie de la nuit. Auguste offrait des tournées. On conspuait ces salauds de Boches qui se croyaient partout chez eux ! On jurait qu'un jour on aurait leur peau ! « D'ailleurs, s'exclama l'un d'eux, on dit que le Général de Gaulle va s'en occuper ! – Tiens donc ! renchérit Auguste, ça me donne une idée ce que tu dis ! » Il alluma la TSF : « Vous entendez, s'écria-t-il, eh bien, c'est la radio de Londres, et ton général y cause souvent ! On va la laisser en marche pour mon garçon ! » C'était l'heure des messages codés. Personne n'y comprenait rien, mais qu'importait ! Puisque le vieux voulait ça comme oraison funèbre pour son fils, il n'y avait rien à dire ! Vers trois heures du matin, ivre de vin et de fatigue, Auguste s'endormit sur son siège. Julia éteignit la radio et revint s'asseoir auprès de Marcelline et d'Odette qui pleuraient silencieusement.

Le lendemain, bien que la messe fût prévue pour midi, l'église de Narcy fut comble une heure plus tôt. Il arrivait du monde de tous les coins de la région. La plupart ne connaissaient pas Pierre mais désiraient, par leur présence, témoigner de leur opposition à l'occupant. Des anciens combattants s'alignèrent dans le chœur et déployèrent les drapeaux de leurs régiments. Lorsque le convoi déboucha sur le parvis, la foule s'écarta. Les croque-morts chargèrent la bière sur leurs épaules. Marcelline, soutenue par Odette et Julia, leur emboîta le pas. Derrière, Auguste et Louis, dans des costumes du dimanche mal ajustés, marchaient en triturant leurs chapeaux. Léon arriva un peu plus tard en poussant les enfants devant lui. Tous s'installèrent au premier rang.

Le curé agitait son goupillon au-dessus du cercueil et marmonnait la prière des morts. Pendu à ses basques, un enfant de chœur balançait l'encensoir d'un air compassé. Des volutes de fumée blanche s'en échappaient. Elles s'étiraient en un long nuage qui stagnait au-dessus des têtes. Léon respirait avec plaisir l'odeur âcre et soûlante de l'encens. C'était ainsi depuis son enfance : à chaque fois qu'il assistait à un office, ces effluves excitaient son imagination. Il ferma les yeux. Le visage serein de Pierre lui apparut. Léon se détendit. De toute évidence, son beau-frère ne lui en voulait pas ! Un sourire flotta sur ses lèvres. Bien sûr, il l'avait dénoncé ! Mais, lui, Léon, n'était-il pas le plus malhcureux ? N'était-ce pas plus douloureux et difficile à vivre d'être l'assassin, plutôt que la victime ? Il s'attendrissait ainsi sur lui-même quand la petite porte latérale claqua. Léon se retourna. Clémence, toute de noir vêtue, venait d'entrer. Durant un instant, elle demeura immobile à dévisager son fils. Ce dernier détourna le regard. D'un pas décidé, elle vint s'asseoir à côté de lui.

Plus tard, alors que l'assemblée se recueillait, un murmure s'amplifia au fond de la nef. Chacun se penchait vers son voisin et lui glissait quelques mots à l'oreille. De proche en proche, la nouvelle parvint au premier rang : les Boches risquaient d'arriver ! Quand Auguste fut au courant, il quitta son siège et pénétra dans le chœur. Il se plaça entre deux anciens combattants et fit des signes répétés au prêtre. Celui-ci, intrigué, interrompit sa prière et s'approcha du vieux. Ils chuchotèrent entre eux. Le curé acquiesça d'un hochement de tête, revint s'agenouiller devant l'autel, et se mit à débiter le Credo à toute allure. Auguste regagna sa chaise. Léon, qui venait d'apprendre la raison de toute cette agitation, jubilait...

L'abbé se hâtait, gesticulait, bousculait l'enfant de chœur. Enfin, ce fut la bénédiction. Dès qu'il eut fini de se signer, il enjoignit l'assemblée de le suivre immédiatement au cimetière. Contrairement à l'usage, on ne boirait un coup chez Jules, le café qui jouxtait l'église, qu'après la mise en terre.

La famille s'ébranla derrière le convoi tiré par une vieille carne. Léon, qui fermait la marche, se réjouissait de leur tristesse. Ils pouvaient toujours pleurer, jamais Pierre ne ressusciterait !

Devant le trou, le prêtre expédia l'oraison funèbre en quelques phrases. « Dame ! Pierre a été un brave gars toute sa vie. Ceux qui l'ont connu peuvent le dire ! Moi, le premier ! Un travailleur, ça oui ! Et un bon soldat qui a passé plusieurs années à tenir le fusil pour la patrie ! » Marcelline se mit à gémir : « Je lui avais pourtant dit de ne pas y aller ! Je lui avais pourtant dit ! » Le curé hocha la tête en signe de compassion et continua : « Oui ! Mais comme l'a annoncé le Seigneur, tout sera pardonné ! Pour Dieu, Pierre est un saint, pour les hommes, un héros ! Paix à son âme, Amen ! » Quand la bière fut descendue, Auguste, Julia et Odette se précipitèrent pour soutenir Marcelline qui s'affaissait. « Poussez-vous ! gueula le vieux, elle tourne de l'œil ! » La foule s'écarta. Le docteur Bertranges, qui se tenait à l'entrée du cimetière, allait s'en occuper. Léon demeura auprès de Clémence. Celle-ci ne pouvait détacher ses yeux du cercueil. Elle lança une poignée de terre au-dessus, puis se tourna vers Léon : « En voilà un que tu aurais dû imiter ! marmonna-t-elle d'un ton amer, lui au moins... » Elle se tut. « C'est ça ! persifla Léon, ça t'aurait bien arrangée que je sois à sa place dans la fosse ! » Clémence haussa les épaules et s'éloigna.

Peu après, Léon lui emboîta le pas. Alors qu'il remontait l'allée du cimetière, bordée de chaque côté par une foule dense, il sentait sourdre en lui une inquiétude diffuse. Chaque regard qu'il croisait lui semblait accusateur, chaque geste esquissé par l'un ou par l'autre lui paraissait menaçant. Il se hâta. Peut-être était-il découvert ? Pierre n'était pas mort et toute cette cérémonie n'était qu'une mise en scène pour mieux le confondre ! Soudain, inondé de sueur, il se mit à courir jusqu'à la grille. Julia, qui s'y trouvait, se retourna. « Eh bien ? s'étonna-t-elle, qu'est-ce qui te prend de cavaler ? – Rien ! Rien ! marmonna Léon, je croyais que tu allais ficher le camp ! – Quelle importance, répliqua Julia, tu sais bien que je vais retourner à la ferme durant un jour ou deux. Prends les enfants avec toi. Là-bas, c'est pas une place pour eux ! » Elle monta dans le coupé et s'assit auprès de Marcelline. Aussitôt Odette fouetta le cheval. Elles laissaient Auguste à Narcy. Il devait retourner boire un coup chez Jules avec les autres paysans. C'était sa tournée.

Le curé s'agita. « C'est pas bien prudent de rester plantés là ! Si les Allemands viennent, ils vont tous nous embarquer ! – Bah ! ils peuvent bien s'amener, s'écria Auguste, la voix vibrante de colère, cette fois-ci, ils trouveront à qui parler ! » Léon s'approcha du groupe. Auguste l'apostropha : « J'espère que cela vous a ouvert les yeux sur ce que valent les Schleuhs ! » Léon sentit à nouveau la peur le gagner. Décidément, ils le regardaient tous avec un drôle d'air ! Il ne répondit pas. Il appela les enfants qui jouaient à chat entre les tombes, et les fit monter dans la traction. Il s'y engouffra à son tour et démarra. Auguste, et ceux qui se trouvaient là regardèrent la voiture s'éloigner. « C'est égal ! dit Andréa, je lui trouve pas l'air bien faraud à ton gendre ! » Auguste approuva :

« C'est bien vrai! Même s'il avait le diable au cul, il courrait moins vite! »

Plusieurs jours s'écoulèrent. L'angoisse ne quittait plus Léon. Il sursautait tout le temps. Soit il percevait dans la voix d'un client une intonation qui lui rappelait Pierre, soit il croyait apercevoir ce dernier parmi les piétons qui passaient devant le café. Parfois, il lui arrivait même d'interpréter les propos de certains habitués comme autant d'accusations voilées à son égard... Pour endiguer la crainte qui commençait à le ronger, il s'abrutissait d'alcool. Cependant, le remède s'avéra sans effet. Au bout de quelques semaines son inquiétude devint de la peur et il était tout le temps soûl.

Un matin, à l'ouverture, alors qu'il ressassait ses frayeurs de la nuit, Benoit entra. « Je m'en vais de La Charité pour la journée, dit-il. Donne-moi un café bien arrosé! » Léon se précipita vers lui et le saisit à l'encolure : « Ces salauds ont su me jeter un cercueil dans la vitrine, gueula-t-il, aujourd'hui, ils seraient bien capables de me balancer de la chevrotine dans le ventre! » Benoit le repoussa. « Bon Dieu! Calme-toi! Qu'est-ce qui te prend d'avoir les foies comme ça? Il n'y a pas de souci à se faire pourtant! Tu vois bien qu'on gagne partout! Allez, remets-toi et sers-moi ce jus! » Léon empoigna le bras de Benoit : « Mais dis donc pas de conneries! Un jour ils vont me bousiller! » Ses yeux, injectés de sang et enfoncés dans leurs orbites, brillaient de fatigue. Sa barbe, mal rasée, et les cheveux en bataille le vieillissaient. Benoit éclata de rire : « Eh bien, mon cochon! tu ferais mieux de moins te torcher! » Léon secoua la tête. « Pauvre con! Tu comprends rien! » Il prépara le café en tournant le dos au zinc. Tout à coup, un bruit métallique le fit sursauter. Il se retourna. Benoit lui désigna son pistolet posé sur le comptoir. « Tiens, si tu me l'achètes, tu n'auras plus peur! Ils sont pires que des canons ces flingues! » Léon soupesa l'arme dans sa main, puis la braqua sur Benoit. « Tu es sûr que ça fait des gros trous? » demanda-t-il en ricanant. Benoit esquissa un mouvement de recul. Léon glissa le revolver sous sa chemise et s'esclaffa. « C'est bon, dit-il en ouvrant le tiroir-caisse, combien je te dois? » Benoit agita la main en signe de refus. « Laisse donc! Je te le donne! Tu auras que les balles à te procurer! » Léon retrouva sa bonne humeur. « Avec une artillerie pareille, je ne risque plus rien! » Il versa une double fine à Benoit pour le remercier et offrit une tournée aux clients qui venaient d'entrer.

Julia descendit un peu plus tard. Benoit tressaillit en l'apercevant. Dieu qu'elle avait changé depuis l'enterrement! Elle était méconnaissable. Ses traits, encore un peu plus creusés par le chagrin, accentuaient le profil dur de son visage. Pourtant, il la trouvait toujours aussi belle! Elle salua tout le monde d'un hochement de tête et alla s'asseoir à une table au fond. Marie vint la rejoindre. Elles se mirent à éplucher des pommes de terre en silence. Benoit, qui essayait sans succès de rencontrer le regard de Julia, finit par s'en aller.

Debout derrière le bar, Léon éprouvait la désagréable sensation que Pierre se tenait dans son dos. L'un des consommateurs demanda un marc. Léon ne remua pas. Non! Il allait se heurter à Pierre. « Eh bien! répéta l'autre, tu me sers, oui! » Léon glissa la main sous sa chemise. Il empoigna la crosse du pistolet. Cela le rassura. Il parvint alors à se retourner et à remplir un verre. Un moment plus tard, il croisa le regard de Julia. Il crut y discerner une lueur de frayeur. « Elle est comme moi, pensa-t-il, elle meurt de trouille ! » Il lui sourit et vint la rejoindre. « Qu'est-ce que tu veux ? » lui demanda-t-elle d'un ton irrité. Léon s'assit. « Tu as plus à avoir peur, lui murmura-t-il à l'oreille, j'ai ce qu'il faut pour nous défendre ! » Julia s'écarta. « Qu'est-ce que tu racontes là ? Va donc servir ! » A cet instant, Léon exhiba le revolver. « Regarde, avec ça on craint personne ! » Julia le repoussa. « Mais d'où tu sors ça ? Qu'est-ce qui te prend de te trimbaler avec ! » Léon ricana en dirigeant l'arme vers la vitrine. « Ils peuvent toujours venir ! cria-t-il, ils mangeront de la ferraille ! » Marie, effrayée, se leva. « Il est fou ! » répéta-t-elle en s'éloignant. Julia tendit la main. « Donne-moi ça ! J'en veux pas ici ! » Léon refusa. Il dissimula le pistolet sous sa chemise et revint au comptoir. « Jamais ! Tu m'entends, jamais ! Ils m'auront pas ! » Les clients regardaient la scène d'un air ahuri. Sûr, Léon déraillait ! Mais ils ne s'en soucièrent pas longtemps. Celui-ci leur offrit une nouvelle tournée...

Cet après-midi de la mi-février, Léon monta s'allonger. Il s'endormit aussitôt. Julia en profita pour s'asseoir derrière le zinc aux côtés de Marie. « Tu sais, dit-elle, ça fait du bien de temps en temps de ne pas avoir à le surveiller ! » Marie leva les yeux au ciel. « C'est sûr ! répondit-elle. Mais ça dure pas assez. La soif le réveille toujours ! »

Au fond de la salle, des clients jouaient à la belote et n'arrêtaient pas de se disputer. Assis à côté du poêle, Roland, un habitué, buvait son vin blanc, l'air taciturne. On le connaissait bien à La Charité ! Juste avant la guerre il exerçait le métier de maçon avec son fils Émile. Comme ils faisaient un excellent travail, tout le monde les voulait pour une réparation ou une autre. Il n'existait pas une demeure dans la commune qui n'eût reçu leur visite. Il habitait une maison au bord de la Loire avec Louise, sa femme, et son garçon. A cette époque, il souriait tout le temps. Personne ne doutait qu'il fût heureux. Et puis, tout à coup, avant la déclaration du conflit, le sort s'était acharné sur lui. Un matin, dans leur jardin, Louise ramassait le linge qui avait séché durant la nuit. Un torchon s'envola et tomba dans le fleuve. Elle voulut le rattraper et fut emportée par le courant. On retrouva son corps trois jours après, échoué sur un îlot de sable. Quelques semaines plus tard, Émile se tuait à son tour en tombant d'une échelle.

De ce jour, Roland n'avait plus manié la truelle. Sans qu'on sût vraiment s'il s'agissait de défendre un idéal politique ou de tromper sa solitude, il s'était mis à militer avec Benoit. Mais récemment, ce dernier n'en avait plus voulu. Roland ne savait pas tenir sa langue, surtout quand il avait bu. A cause de lui, plusieurs confidences échangées lors de leurs réunions avaient fait le tour de la ville...

Julia donna un coup de coude discret à Marie. « Pauvre vieux ! murmura-t-elle en désignant Roland, je vais aller m'asseoir à côté de lui. Ça lui changera peut-être les idées ! » Marie, qui se fichait du malheur des autres, acquiesça d'un hochement de tête. Roland dévisagea Julia. Celle-ci lui souriait. « Arrête donc de grimacer comme ça ! s'exclama-t-il soudain, donne-moi plutôt à boire ! – Eh bien ! rétorqua Julia, vexée, on est de mauvaise humeur ? » L'autre afficha un large sourire. « Oh, non ! Pas du tout ! dit-il, je pense à Léon là-haut !

Aujourd'hui, il est plus soûl que moi! Alors je veux boire pour être comme lui! » Julia le regardait d'un air ahuri. « Oh, tu ne comprends pas! continua Roland, ça se voit. Tiens! Je vais te dire, on vaut pas mieux l'un que l'autre! On est foutus tous les deux! Tu m'entends? C'est pour ça qu'on se torche! » Julia, surprise par sa véhémence, recula sa chaise. Au fond, les joueurs de belote écoutaient. Marie, avachie sur le comptoir se moquait de lui : « A gueuler comme ça tu vas réveiller ton copain! » Roland poursuivait : « Ah! Tu te demandes ce que je veux dire, hein? Eh bien, lui et moi on est des salauds! Oui, des salauds! C'est nous qui les avons tuées et personne d'autre, tu m'entends? Oh, c'était pas bien dur, moi, je te le dis! C'est tellement gros des vaches! On peut pas les rater... » Julia voulut lui dire de se taire, mais aucun son ne sortit de sa bouche. Roland se leva et se tourna vers les joueurs de cartes qui l'observaient, stupéfaits : « Des vaches blanches, vous voyez! C'est pas difficile à crever! Surtout si elles sont les unes à côté des autres! Il suffit de tirer dans le tas! » Il imita le geste du chasseur : « Pan! Pan! cria-t-il, et les voilà qui s'écroulaient, toutes rouges. Ah ça, pour nous amuser ça nous amusait! Surtout quand on pensait à la gueule que ferait Andréa! » Il se mit alors à rire à gorge déployée et sortit du café.

Julia, toujours assise, regardait dans le vide. Elle ne parvenait pas à pleurer. Ce que Roland venait de raconter, elle le pressentait depuis longtemps. Elle repensa à Pierre en train de gesticuler dans le champ et hurlant qu'il s'agissait des fascistes... Elle eut envie de monter dans la chambre, de secouer Léon et de... De quoi faire justement? Lui rappeler des souvenirs qu'il cherchait probablement à oublier dans la boisson? Bien sûr, il avait tué quelques vaches, et alors? Plus tard, il n'avait pas hésité à sauver Pierre quand l'occasion s'était présentée. Non! Léon n'était pas le salaud dont parlait Roland. Elle rencontra le regard inquiet de Marie. « Sers-moi un café, lui dit-elle, après j'irai chercher les gosses. Ça me fera prendre l'air! » Les joueurs de cartes reprirent leur partie. Tous pensaient la même chose : si la patronne ne disait rien, il n'y avait rien à dire!

Le lendemain matin, Julia profita que ce fût samedi pour se rendre à la ferme avec les enfants. Les femmes, toutes de noir vêtues, sortirent sur le perron dès que la voiture pénétra dans la cour. Marcelline, tassée sur elle-même, s'appuyait au bras d'Odette. Anna et René les embrassèrent et disparurent dans la grange. Julia et Léone entrèrent avec elles dans la cuisine et s'attablèrent. « Papi n'est pas là? » s'étonna la petite. Odette haussa les épaules. « Oh, ma fille! Depuis la mort de ton oncle il est plus souvent là! Et puis, comme il faut jamais lui parler, c'est pas facile! Heureusement qu'il y a Louis, sinon je me demande comment ça tournerait?... » Marcelline, les yeux embués, approuvait : « C'est bien vrai! Il trouve que c'est pas assez qu'on ait perdu Pierre! Il faut encore qu'il aille à droite et à gauche! Va savoir pour quoi manigancer? » Julia, émue, lui prit la main : « Allez! Tu le connais! Il sait ce qu'il fait! » Marcelline renifla : « Ton frère aussi disait qu'il savait! Regarde où ça l'a mené? Au cimetière! » Elle sanglota de plus belle. Odette mit le café à chauffer. « Restez donc dîner, proposa-t-elle, comme ça vous le verrez peut-être? » Julia accepta. Odette esquissa un sourire. « Bon! Eh bien, je vais aller attraper un canard, dit-elle en sortant, je suis sûre que vous n'en avez pas mangé depuis longtemps! » Elle prit une hachette dans l'appentis, et se dirigea vers la basse-cour.

Un peu plus loin elle rencontra les gamins. « Où tu vas? lui demanda René en la suivant. – Je vais faire un miracle, tu vas voir! » lui répondit Odette. Dès qu'elle fut dans l'enclos, elle saisit un malard par le cou. Celui-ci se débattait à coups d'ailes et de pattes. Odette ressortit en le tenant à bout de bras. Tout excité, René sautait autour d'elle. « Qu'est-ce que tu vas faire? » répétait-il sans cesse. Anna ne bougeait pas et les regardait s'éloigner. A l'aide d'un pied, Odette remit d'aplomb un billot qui traînait dans la cour. « Pousse-toi de là » cria-t-elle à l'intention de René. Celui-ci s'écarta. Elle appuya la tête du canard contre le bloc de bois et abattit la hachette. Le sang jaillit, et l'animal décapité se mit à courir dans tous les sens en battant des ailes. René riait en le poursuivant. Anna, effrayée, éclata en sanglots. Elle se précipita dans la cuisine et se réfugia dans les bras de Julia.

Auguste revint à l'heure du dîner. Il grommela un vague bonjour, alluma la TSF et s'assit devant son assiette. Odette le servit aussitôt. Personne n'osait parler. Julia prêtait l'oreille. Elle tentait de comprendre ce que disait le speaker. C'était difficile. Il parlait rapidement, d'une voix haut perchée, et évoquait parfois des lieux et des personnes qu'elle ne connaissait pas. Contrairement à ce qu'elle avait lu dans le journal, il racontait que le général Leclerc contrôlait les oasis en Tunisie et qu'il y avait tout lieu d'espérer que Rommel serait défait en Libye... Quand le bulletin fut terminé, un autre commentateur redit à plusieurs reprises : « Ici Radio Londres... Ici Radio Londres... les Français parlent aux Français... » Auguste tendit le bras et coupa le son. « De temps en temps tu devrais faire écouter ça à l'autre corniaud, marmonna-t-il en regardant Julia, ça lui passerait peut-être l'envie de fricoter avec les Boches ! » Elle haussa les épaules : « Bah ! T'inquiète pas ! Il aime surtout la bouteille ! » Le vieux fit une moue de dégoût. « C'est pour ça qu'il reconnaît pas un Français d'un Allemand ! En tout cas, il ferait bien de se méfier de ceux qu'il fréquente ! » Puis il se tut jusqu'à la fin du repas. Vers onze heures, Julia décida de retourner à La Charité. Les enfants se précipitèrent dehors en criant. Auguste s'approcha d'elle : « Va ! Dans le fond, dit-il, il vaut encore mieux qu'il boive ! C'est peut-être sa meilleure protection ! » Là-dessus, il partit se coucher. Julia embrassa les femmes et démarra. Marcelline resta sur le perron jusqu'à ce que les feux de la voiture se fussent estompés dans la nuit.

Bientôt, Léon ne fut plus en état de servir la clientèle. Le matin il n'arrivait pas à se lever. Durant la journée, il jouait aux cartes, lisait le journal ou bien descendait tirer le vin à la cave. Mais cela n'allait jamais plus loin. Souvent Julia se fâchait. Cela s'avérait inutile. Marie ne cessait de lui dire : « Vous fatiguez pas ! Il est bien trop imbibé ! Les reproches glissent sur lui comme des pets sur une toile cirée ! » Julia finit par renoncer et s'installa définitivement derrière le bar avec elle.

Benoit profita de la situation et se mit à fréquenter « La Chope » assidûment. Comme il savait Léon incapable de descendre avant midi, il venait surtout durant la matinée et entreprenait Julia. Il s'attachait à lui montrer qu'elle n'était pas heureuse. « Qu'est-ce que tu veux ? répétait-il, avec un gars comme Léon qui vaut pas un clou, tu iras pas bien loin ! » Il l'encourageait à divorcer et à le suivre. « Tu sais, tu monterais à Paris et tu t'y installerais avec les gosses. Je m'occuperais de tout ! » Parfois, quand il lui semblait voir Julia faiblir, il lui rappelait Vichy...

En fait, Julia se moquait de son bavardage amoureux. Elle le lui fit comprendre vertement au début du mois de mars. Benoit, profitant de l'absence de Marie, venait de lui caresser le bras. « Écoutez ! lança-t-elle, ces jeux ne sont plus de votre âge ! Vous avez eu votre temps, comme chacun, pour trouver chaussure à votre pied. Si c'est pas fait, il faut vous en prendre qu'à vous-même. En tout cas en ce qui me concerne, je ne suis pas de la bonne taille... ! » Benoit, surpris par le ton cassant de Julia, la regardait d'un air stupide. Celle-ci continuait : « Quant à savoir ce que vaut Léon et ce que je fais avec lui, ça me regarde ! J'en profite pour vous dire qu'avec votre politicaillerie, vous l'avez pas arrangé ! Ça non ! Maintenant, fichez-moi la paix ! » Elle lui tourna le dos et se prépara un café. Benoit demeurait muet. Il éprouvait de la difficulté à respirer. Jamais personne n'avait osé lui parler ainsi ! Jamais ! Et surtout pas une femme ! Ah, non ! Il avala son marc d'un trait. « Eh bien soit ! pensa-t-il, fais la maligne ! Tu vas voir comment je vais m'ocuper de ton soiffard ! Tu vas voir ça ! » D'un geste rageur, il jeta une pièce sur le comptoir et sortit sans attendre sa monnaie...

Il ne revint à « La Chope » qu'une semaine plus

tard pour présider une rencontre des Chemises vertes. En ces occasions, Léon faisait l'effort de ne pas trop boire. Il espérait ainsi faire bonne figure devant ses camarades et conserver leur considération. Pour lui, ces hommes constituaient en quelque sorte une famille, au combat de laquelle il avait pris part. L'avènement de Pétain et le triomphe de ses idées représentaient la justification de toutes les heures qu'il avait passées à discuter avec eux, mais aussi celle de la mort de Pierre. « Ne serait-ce que pour cela, songeait-il en regardant ceux qui se trouvaient là, ils ne me laisseront jamais tomber! Aucune armée n'oublie ses héros! » Benoit venait de se lever et entamait l'exposé d'ouverture de la séance. Les gars écoutaient, droits sur leurs sièges. Sa harangue prenait l'allure d'un réquisitoire. « Si nous voulons que la révolution nationale du Maréchal se réalise dans chaque famille française, il faut que nous-mêmes montrions une véritable discipline. Nous ne devons plus nous vautrer dans la facilité, mais au contraire exalter tout ce qui fait notre fierté d'être français... Le travail, la famille et la patrie! Je vous rappellerai le programme qu'annonçait le Maréchal le 13 juin 1940... » Il sortit un feuillet de sa poche, le déplia et se mit à lire. « Épuration de nos administrations, parmi lesquelles se sont glissés trop de Français de fraîche date. Répression de l'alcoolisme qui est en train de détruire notre race... » Il fixa Léon d'un air méprisant. « ... Encouragement à la famille, cellule essentielle de la société et de la patrie, et enfin, réforme de l'instruction publique... » Il remit le papier dans sa poche et reprit : « Il nous reste beaucoup à faire si nous voulons que tout se réalise... Y compris chez nous, parmi nous. »

Benoit continuait de dévisager Léon. Celui-ci se trémoussait sur sa chaise. « Commençons dès maintenant, tonna Benoit, ne tolérons plus ceux qui s'avachissent et trouvent dans l'alcool le réconfort que devraient leur apporter la confiance du Maréchal et l'action politique qu'il nous demande d'entreprendre! » Brusquement il s'arrêta. Certains autour de la table gardaient le silence et baissaient la tête d'un air embarrassé. D'autres, au contraire, considéraient Léon crânement, avec des poses de procureurs. Celui-ci se redressa. Oh, bien sûr! Il avait déjà beaucoup bu, mais pas suffisamment pour ne pas comprendre! Ils le rejetaient parce que Benoit en avait décidé ainsi! Il se leva et se cramponna à la table pour ne pas tomber. Il voulut parler, mais ne trouva pas ses mots. Quelques hommes éclatèrent de rire. « Maintenant, poursuivit Benoit, je vous propose de tenir nos réunions chez moi. » Léon se rassit lourdement. C'était fini! Il le savait! Désormais, il se retrouverait seul face à lui-même, à Pierre, à son remords et à sa hantise de la mort... Seul!... Il quitta l'assemblée en titubant et sortit.

Durant une semaine, il demeura prostré dans la chambre. Julia le questionnait. Les enfants et surtout Léone venaient l'embrasser, lui tenir compagnie. Mais il n'y avait rien à faire. Il semblait définitivement ailleurs.

Un matin, Julia le vit sortir dans le jardin. « Où vas-tu comme ça? » cria-t-elle en le suivant. Léon l'effrayait. Le costume fripé qu'il venait de passer et sa barbe de plusieurs jours lui donnaient l'aspect d'un repris de justice. Elle l'interrogea à nouveau. Il ne répondit pas et ouvrit le portail. Il la bouscula, grimpa dans la traction, puis démarra.

Il conduisait rapidement. Il savait maintenant où il devait aller! Lui seul pouvait le comprendre et le délivrer de ces représentations affreuses de Pierre, qui le hantaient du matin au soir! Les arbres qui bordaient la route défilaient à vive allure. Parfois, des piétons trouvaient tout juste le temps de se jeter sur le bas-côté pour ne pas être écrasés. Il stoppa la voiture devant la chapelle de Narcy. Il se précipita vers le presbytère et tambourina à la porte. Le curé ouvrit et s'étonna : « Eh bien, Léon! Qu'est-ce qui t'arrive? » Celui-ci l'attrapa par le revers de sa soutane. « Venez! Venez! Il faut me confesser! » L'abbé le suivit sans difficulté.

Ils s'installèrent dans le confessionnal. Léon s'agenouilla et s'approcha de la grille. Le prêtre le bénit, puis commença : « Alors, mon fils, pourquoi es-tu si pressé de... » Léon lui coupa la parole. « J'ai tué! J'ai tué deux personnes! La deuxième vous l'avez enterrée au début de janvier. Vous vous souvenez? Pierre! Oui, le héros! Celui qui fréquentait les maquisards! C'est moi qui l'ai donné aux Allemands, par une lettre! Quant à l'autre, c'était une putain... Je l'ai étranglée il y a cinq ans de cela. Je ne sais même plus pourquoi! On s'aimait, c'est tout ce dont je me rappelle... Jamais on ne m'a pris! Seulement aujourd'hui, je n'en peux plus! Ils sont là dans ma tête, toute la journée... Je ne sais plus où j'en suis... J'ai peur! Peur! Je vous en supplie! Pardonnez-moi, sauvez-moi, faites quelque chose! » Il éclata en sanglots. Le curé ne savait que dire. Tout cela le dépassait. Léon agrippa la grille. « Alors! hurla-t-il, agissez! Que Dieu me pardonne! Qu'il... – Allons! Allons! commença le prêtre, calme-toi, mon fils! Il faut réfléchir! Tu sais que le Seigneur a dit qu'il fallait être pardonné sur terre avant de l'être dans son paradis! – Je me fiche de ce qu'il a dit! rétorqua Léon, je veux simplement la paix! La paix! Tu m'entends? » L'abbé leva la main : « Écoute-moi! Je crois qu'il faut que tu ailles te livrer aux gendarmes... » Léon se leva et partit d'un grand éclat de rire. Celui-ci se répercutait dans le chœur de la petite église puis s'amplifiait dans la nef. Léon avança dans la travée centrale. Il riait toujours. « Salaud! cria-t-il soudain en regardant vers le haut, salaud! C'est ça ton amour, hein! C'est ça? » Il sortit son revolver et se mit à tirer sur les statues chromos qui ornaient chaque pilier. Les balles sifflaient. Des éclats de plâtre jaillissaient aux points d'impact. Parfois, un bras de sainte Marie, ou une tête de saint Antoine, se détachait et s'écrasait au sol dans un fracas étourdissant. Léon gueulait à tue-tête. « J'ai tué Pierre... J'ai tué Perrette... Pierre et Perrette... » Quand le chargeur fut vide, il s'en alla en ricanant.

Il allait démarrer quand il aperçut, à quelques centaines de mètres de là, le toit de la maison maternelle. Il esquissa un sourire et décida de s'y rendre. Clémence devait être là. Il se trouvait injuste de n'avoir pas pensé à sa propre mère! Bien sûr qu'elle saurait le comprendre et l'aider. Comme elle l'avait toujours fait.

Il entra sans frapper. Clémence, qui cousait, sursauta. « Ah, c'est toi? lui lança-t-elle d'un ton acerbe, pourquoi viens-tu ici? Tu sais bien que je ne veux plus te voir! » Léon s'attabla, attrapa une bouteille de vin et s'en versa un verre. Dieu qu'il avait soif! Il se tourna vers Clémence qui le toisait d'un regard froid. « Écoute! dit-il d'un ton radouci, j'ai besoin de... » Clémence secoua la tête : « Ta-

tata ! ce n'est pas la peine de prendre cette voix de fils prodigue ! Ça ne te va pas du tout ! Crois-moi ! Dieu sait quelles sornettes tu vas encore me débiter ! Mais il est trop tard, Léon. Tu m'entends ? Trop tard ! Tu ne mérites plus ma confiance... » Léon se ratatinait littéralement sur sa chaise. Clémence continuait : « Tu es un criminel, Léon ! Ce n'est pas la peine de faire cette mine-là, je le sais ! Mais en plus tu es un lâche et un mouchard... Ça aussi, je le sais ! » Léon blêmissait. Soudain, elle lui saisit la main et le tira vers l'escalier qui menait au grenier. « Allez, viens ! Monte ! Tu vas comprendre ! » Quand elle eut ouvert, Clémence s'effaça et le laissa passer. Il marqua un mouvement de recul. Félix, l'instituteur, se tenait assis sur un lit de camp au fond des combles. « Ah, tu es là ? » balbutia Léon. Puis il éclata de rire. C'était trop drôle ! Les Allemands aussi étaient des incapables ! Ils avaient, soi-disant, déporté ce salaud et il se trouvait à quelques kilomètres de La Charité ! Clémence le secoua par le bras. « Arrête de rire comme un idiot, tu vois pourquoi... » Elle s'interrompit. Léon venait de se défaire de son emprise et s'avançait vers Félix. Celui-ci se leva et lui fit face. « Tu es bien surpris de me retrouver ici, n'est-ce pas ? Tu m'imaginais en train de croupir dans un camp de Fridolins ! Eh bien, vois-tu, c'est raté ! Je suis bien là, devant toi, grâce à certains camarades et à ta mère qui m'a caché. » Léon transpirait. La peur l'oppressait. Il recula. Cela ressemblait à un traquenard. Il glissa la main sous sa chemise et serra la crosse du pistolet. Peut-être aurait-il à s'en servir ? Félix continuait, un sourire aux lèvres. « Tu n'es qu'un triste salaud, Léon. Tu n'as pas besoin d'avoir aussi peur ! Tu vas ressortir vivant d'ici !

Mais dehors, il te faudra faire face à toi-même ! Et un jour tu seras tellement dégoûté que c'est toi qui te dénonceras... » Léon dévala l'escalier et courut jusqu'à la voiture. Pied au plancher, il regagna La Charité.

Aussitôt qu'il fut arrivé, il monta quatre à quatre au premier et s'allongea. Les images les plus invraisemblables se bousculaient dans sa tête. Il avait vu le curé, sa mère, Félix ! Il ricana. Mais non, tout cela ne tenait pas debout ! Il n'avait pas rencontré ce monde-là ! Il venait de chez Pierre qui habitait aux Mureaux... Ils avaient bu un coup ensemble et parlé de la chasse... Julia entrouvrit la porte. « Eh bien ! que se passe-t-il ? lui demanda-t-elle, qu'est-ce qui te prend de passer en bas comme un voleur sans rien dire ? » Léon, silencieux, lui fit signe de ressortir en agitant la main. Julia se mit en colère. « Mais Bon Dieu ! ça va plus ? Tu déraillles ! Parle, nom d'un chien, au lieu de me regarder comme un gamin pris en faute ! » A ces mots, Léon éclata d'un rire forcé en la dévisageant. Il paraissait effrayé, traqué. Julia frissonna. Elle lui sourit et referma doucement.

7

Alfred, le facteur, sortit de « La Chope » pour continuer sa tournée. Julia poussa un soupir de soulagement. « Dieu, qu'il est bavard celui-là, murmura-t-elle, heureusement qu'ils ne sont pas tous comme lui ! Sinon j'aurais plus de salive ! » Elle profita qu'il n'y eût aucun client pour déplier le *Journal du Centre.* Le titre s'étalait en lettres grasses sur toute la une : « La Gestapo s'installe officiellement en zone occupée. » Elle lut l'article. Partout où cela serait nécessaire, les gendarmes français seraient doublés par des Allemands... Elle referma le quotidien. Décidément, la journée commençait mal. Léon, allongé là-haut, n'avait pas dessoûlé de la nuit ! La veille au soir, elle avait accompagné les enfants à la ferme et ceux-ci lui manquaient terriblement. Enfin, très tôt ce matin même, Marie avait pris le train pour aller assister à l'enterrement de son père qui venait de mourir.

Pour ne pas sombrer dans la morosité, Julia se plongea dans la lecture des histoires drôles de l'almanach. Le temps passa plus vite. Vers midi, le bistrot se remplit rapidement et elle ne sut plus où donner de la tête. Ça gueulait dans tous les coins !

Bientôt, il y eut dans la salle un tintamarre à réveiller les morts !

Léon s'éveilla, mais n'ouvrit pas les yeux... Il ne parvenait pas à s'arracher à l'obscurité de ce sous-bois où il marchait... des ombres furtives se pressaient autour de lui, le frôlaient... Leurs murmures se confondaient avec les éclats de voix qui montaient du café... Il se leva doucement avec l'espoir de conjurer la migraine qui le harcelait. Ce fut inutile. Aussitôt debout, il éprouva la douloureuse sensation qu'on lui enfonçait la moitié du crâne. Il se passa la tête sous l'eau, s'habilla et commença à descendre. Tout à coup, il s'arrêta. L'homme qui parlait avec Julia... C'était lui qui l'avait dévisagé lors du massacre des Mureaux ! Oui... Non !... Si !... Léon hésita. Il voulut remonter à reculons mais manqua la marche. Il dévala alors l'escalier et disparut dans le jardin.

Il s'arrêta de courir lorsqu'il eut atteint les berges de la Loire. L'évidence crevait les yeux ! Le gars avait fini par découvrir son identité et venait le moucharder auprès de Julia. Il se retourna et hâta le pas. Il voulut boire mais il avait oublié sa flasque d'alcool. Il jura. Un instant, il pensa retourner à « La Chope » mais y renonça. « Bon Dieu ! grommela-t-il, s'ils croient que je vais aller me jeter comme ça dans la gueule du loup ! » Parfois des passants qui le connaissaient le saluaient. Léon ne leur répondait pas. Il s'éloigna des quais et remonta vers l'église. Soudain, il retrouva le sourire. Dieu qu'il était bête ! Il suffisait d'aller trouver Benoit. Il saurait bien ce qu'il devait faire. Lorsqu'il arriva, il tambourina un long moment à la porte. Mais celle-ci demeura close. Le manque d'alcool et la peur mêlés le firent frissonner. Où aller? Il regarda autour de lui. Les murs, les promeneurs, le ciel même lui paraissaient hostiles. Il s'adossa alors au mur dans le renfoncement d'une porte cochère, et se laissa glisser jusqu'à ce qu'il fût accroupi. La bise de printemps lui mordait la chair. Il se recroquevilla dans sa veste et ferma les yeux. Son cœur cognait de plus en plus fort. Il éprouvait une soif intense. Pêle-mêle, il pensait à Pierre, à Julia et à ce témoin qu'il ne connaissait pas. Tous les trois semblaient lui fixer rendez-vous aujourd'hui. Des souvenirs lui traversèrent l'esprit : un cheval de bois qui avait accompagné toute son enfance, un sourire de son père, le banc où il avait rencontré Julia, quelques jouissances avec Perrette et cette montre perdue à Paris et qu'il n'avait jamais retrouvée... Il se releva doucement, mû par cette force inconnue contre laquelle il n'avait jamais résisté. La peur l'oppressait. Ses jambes refusaient de le porter. Il tituba jusqu'à « La Chope ».

En entrant, il croisa le regard de Julia qui parlait avec des clients. « D'où viens-tu, lui demanda-t-elle, je t'ai même pas vu partir? » Léon traversa la salle en bougonnant. Pourquoi Julia lui parlait-elle sur un ton aussi complaisant? Elle n'avait pas besoin de se fatiguer. Elle savait tout. Il le voyait bien dans la manière dont elle le regardait! Il attrapa une bouteille de fine qui traînait sur le comptoir et gravit l'escalier d'un pas lourd. Julia haussa les épaules. Décidément, elle ne le comprendrait jamais! Elle reprit sa conversation avec les consommateurs.

Léon buvait à même le goulot. Chaque goutte d'alcool lui brûlait la poitrine, puis l'estomac. Bientôt, il se sentit mieux. Il s'allongea et glissa dans un demi-sommeil agité... Le temps s'écoulait à toute allure... Les aiguilles d'un morbier tournaient en une ronde infernale... Léon tentait de les retenir mais n'y parvenait pas. L'angoisse lui serrait la gorge... Les cris qu'il poussait n'en sortaient pas... Il s'éveilla en sursaut et saisit son revolver qu'il avait laissé sous l'oreiller. Le contact de l'acier le rassura. Il glissa l'arme sous sa ceinture. Puis, il leva les yeux vers la fenêtre. La nuit était tombée. Il devait être tard. Des éclats de voix étouffés montaient du café. Il avala une nouvelle gorgée de fine et ricana.

Derrière le comptoir, Julia trépignait d'impatience. Elle avait beau répondre par monosyllabes aux propos des deux derniers poivrots accoudés au zinc, ceux-ci ne partaient pas! Cela dura encore un long moment. Enfin, elle se décida à les mettre dehors. « Tant pis! pensa-t-elle en repoussant la porte derrière eux. Ils reviendront peut-être plus, mais je vais pouvoir souffler! » Elle s'affala sur une chaise et but un verre d'eau. Sa vie lui parut bien triste. Les clients répétaient toujours la même chose, elle se trouvait loin des enfants, et l'autre, là-haut, cuvait son vin sans arrêt! Après avoir hoché la tête à plusieurs reprises, elle éteignit et monta se coucher.

Lorsqu'elle entra dans la chambre, Léon sauta du lit. « Qu'est-ce qu'il t'a raconté? demanda-t-il d'un ton hargneux. – De qui tu parles? » répondit Julia en se déchaussant. Léon s'esclaffa : « C'est pas la peine de biaiser avec moi, je sais bien d'où il est, ce salaud! De la forêt des Mureaux! Comme ton frère! » Julia tressauta. La souffrance qu'elle tentait de juguler depuis la mort de Pierre, se réveillait, plus vive. « Qu'est-ce que tu racontes? cria-t-elle, pourquoi parles-tu des Mureaux? »

Léon s'approcha, l'air menaçant. « Je l'ai bien vu faire des messes basses avec toi ce matin! Il t'a tout raconté, hein? » Julia prit peur et se leva. Léon contournait le lit. « Salope! Salope! » répétait-il sans cesse. Il la saisit par le col. « Il t'a pas dit que j'y étais, hurla-t-il, que j'ai tout vu! Ton salaud de frère en train de se faire mitrailler par les Allemands! Et les autres qui se tortillaient dans les flammes! Il t'a pas dit que c'est moi qui les ai tous donnés ces fumiers! Et qu'en plus je t'ai balancé le double de la lettre! Il te l'a pas dit peut-être, hein? » Il heurtait violemment Julia contre le mur. Alors qu'elle commençait à manquer d'air, celle-ci sentit monter en elle une formidable colère. Elle s'arc-bouta, poussa Léon de toutes ses forces et l'entraîna dans sa chute. Désormais, les suppositions, les hésitations, les faux-fuyants qu'elle avait pu exprimer au sujet de cet homme se muaient en une certitude : il n'était qu'une loque immonde et haïssable!

Tout en se débattant contre Julia, Léon réalisait son erreur. Elle ne savait rien! Rien!... Ils roulèrent vers le couloir. Ainsi, ce qu'avait prophétisé Félix venait d'arriver : il s'était dénoncé lui-même! Julia le griffait et lui donnait des coups de pied en l'injuriant. Soudain, Léon se sentit à bout de souffle. Il se releva, saisit son revolver et le braqua sur Julia. « Salaud! Salaud! » cria-t-elle en repoussant l'arme. Léon trébucha. Le coup partit. Il s'affala derrière le lit et ne bougea plus. Julia se pencha et l'appela à plusieurs reprises. Rien. Elle s'approcha. Il était allongé sur le dos, les yeux grands ouverts. Julia fixa l'auréole de sang qui s'élargissait rapidement sur la chemise blanche. Il était mort. Des tremblements la secouèrent de la tête aux pieds. Elle regarda autour d'elle. Le décor lui parut étranger. Des larmes perlèrent à ses yeux. Elle posa sa main sur Léon mais la retira aussitôt. « Je l'ai tué... Je l'ai tué! » murmura-t-elle. Un profond dégoût l'envahissait. Elle dévisagea de nouveau Léon. Ses traits se figeaient déjà. Son visage prenait l'allure de ces figures sataniques sculptées autour du portail de l'église de Narcy. « Il faut que je l'enlève d'ici » marmonna-t-elle en se relevant. Elle pensa à la ferme, à son père. Oui! Lui seul saurait ce qu'il convenait de faire! L'air hagard, elle enfila son manteau, empocha le pistolet, puis tira le cadavre par les jambes.

Elle peinait. La dépouille raidie se coinçait parfois contre un meuble ou un mur. Dans l'escalier, ce fut plus facile. Le corps glissait tout seul. Le choc sourd de la tête contre chacune des marches la révulsait. Elle se retenait de crier. En bas, elle reposa les jambes sur le sol, et souffla un instant. L'obscurité était totale. A tâtons, elle passa derrière le bar, se servit un cognac et l'avala d'un trait. Elle frissonnait de froid, de peur, de fatigue mêlés.

Dehors, le vent sifflait en s'engouffrant dans le jardin. Julia s'en fichait. Le cheveu en bataille, elle continuait à haler le mort. Quand elle l'eut hissé à l'arrière de la traction, elle démarra. Elle conduisait vite. De temps en temps, elle essuyait ses yeux embués d'un revers de manche. Ses gémissements se mêlaient au ronflement du moteur. Elle traversait les villages endormis sans ralentir... Villatte... Sainte-Hélène... Beauregard. Aux Bertins, elle releva le pied. Quelques soldats allemands éméchés sortaient du café du père François. « Il ne manquerait plus que ça que je sois arrêtée ! » murmura-t-elle. Enfin le chemin de la ferme apparut dans la lueur des phares, Julia vira brutalement. « Vite !... Vite !... » répétait-elle. Parvenue dans la cour, elle pila devant la cuisine, et s'effondra en larmes sur le volant.

« Bon Dieu ! » jura Auguste en s'éveillant. Il sauta du lit. « Restez là, ordonna-t-il aux femmes. Je vais voir ce que c'est ! » Lorsqu'il fut proche de la voiture, Julia releva la tête. « Vingt dieux ! s'exclama-t-il, qu'est-ce que tu fiches là ? » Elle sortit et se blottit dans ses bras, secouée par les sanglots. Auguste lui caressait les cheveux. « Eh bien ! Parle donc, ma fille ! Parle ! Tu as pas à avoir peur ! Je suis là ! » Elle se détacha de lui. « J'ai tué Léon ! » lâcha-t-elle dans un souffle avant de se remettre à pleurer. Le vieux la serra de nouveau contre lui. « Nom de Dieu ! Qu'est-ce qui t'a pris ? » s'enquit-il. Julia s'agrippa à la chemise de son père. « C'est lui qui a donné Pierre, dit-elle la voix entrecoupée par les pleurs, on s'est battus... Et je l'ai... » Auguste cracha à terre. « Salaud ! Salaud ! Je m'en doutais, tiens ! A voir l'air bizarre qu'il trimbalait, ce fumier ! C'était donc ça ! » Il étreignit Julia, puis enchaîna : « Tu as bien fait, ma fille ! Tu peux t'arrêter de chialer, va ! Il valait pas les glands qu'on donne aux cochons ! » Un peu plus tard, il écarta Julia. « Allez ! Sèche-moi tes larmes, et dis-moi où il est. » Julia lui désigna le cadavre. Auguste jeta un œil dessus. « C'est bien ! On va s'en débarrasser ! Eteins tes lanternes et va avaler un verre de pouilly dans la cuisine pendant que je parle aux donzelles ! Après on filera ! « Julia s'exécuta comme un automate.

Auguste rejoignit les femmes dans la chambre. Il n'alluma pas. « Qu'est-ce que c'est? » s'inquiéta Marcelline dressée sur son séant. Le vieux enfila sa veste. « C'est rien! Vous pouvez vous rendormir! Ce sont les gars du maquis qui viennent me chercher. Je reviendrai à l'aube. » Marcelline se mit à hurler. « C'est ça! Va te faire trouer la peau aussi! Ça suffit pas que Pierre soit... » Odette l'interrompit : « Tais-toi donc! Il est déjà loin et il t'entend plus! » Marcelline éclata en sanglots. Odette vint la rejoindre dans son lit et la consola. Auguste passa à l'appentis. Il attrapa une pioche, une pelle, quelques sacs à patates, et retrouva Julia. Celle-ci pleurait silencieusement en triturant son verre. Auguste la prit par le bras. « Allez, viens! Tu vas nous mener sur la route de Vieilmanay! Je te dirai où t'arrêter! »

Ils roulèrent en silence. Soudain, Auguste agita la main. « Ralentis un peu, on va entrer dans le pré juste après les chênes que tu vois là-bas! » Dès qu'ils furent arrivés, Julia coupa le moteur mais laissa les phares allumés. On distinguait l'orée du bois où se terminait le champ. Auguste se tourna vers Julia : « Pleurniche plus et écoute-moi! lui dit-il d'un ton rude. Je vais faire un trou là-bas à l'entrée de la forêt juste dans la lumière! Personne ne viendra le chercher ici, surtout que ça restera toujours en herbe! Quand j'aurai fini, je te dirai ce qu'il faut faire! » Julia hocha la tête en signe d'acquiescement. « Je souhaiterais venir avec toi », murmura-t-elle. Le vieux haussa les épaules. « Si tu veux, mais cesse de geindre! » Il sortit avec les outils et les sacs.

Le vent soufflait avec force. Le bruissement des ramures se mêlait aux sifflements des bourrasques.

Parfois, on entendait le craquement sinistre d'une branche morte qui se brisait. Auguste, indifférent au froid, abattait sa pioche avec régularité. De temps en temps, il s'arrêtait. Il prenait alors une pelle et évacuait la terre du trou. Julia se tenait debout au bord de celui-ci et regardait sans un mot. Elle ne pleurait plus. Mue par un réflexe atavique, elle obéissait à nouveau à Auguste. Quelquefois, un souvenir qui la rattachait à Léon lui traversait l'esprit. Elle l'écartait aussitôt au profit d'une pensée vengeresse : Léon avait tué Pierre, il devait mourir ! Elle se reprochait son indulgence à son égard et commençait même à éprouver une certaine fierté d'avoir été la main expiatrice. Quand Auguste eut achevé de creuser, elle l'aida à porter le cadavre rigide de la traction à la sépulture. Auguste tapissa le fond de celle-ci avec des sacs de jute et y poussa la dépouille de Léon. Il jeta ensuite quelques autres sacs et combla la fosse. « Comme ça, les vers le boufferont peut-être un peu moins vite ! », dit-il en guise d'oraison funèbre. Il piétina l'endroit avec ses sabots, puis le recouvrit d'herbe, de branchages et de cailloux. Julia ne bougeait pas. Quand Auguste eut terminé, il la saisit par le bras. « Amène-toi ! Si un jour ça te prend de venir, tu sais où il est ! »

Ils s'installèrent dans la voiture. Julia allait mettre le contact quand Auguste l'en empêcha. « Écoute-moi bien maintenant, lui dit-il. Léon n'est pas mort. Il a disparu. Il est parti hier et tu ne l'as plus revu ! Tu dois raconter ça à tout le monde, y compris aux gosses et aux femmes quand tu les retrouveras. Tu seras inquiète, tu interrogeras à droite et à gauche. Tu iras voir Clémence. Bref, ton mari a foutu le camp, tu ne sais où, et tu le cherches. Pendant quelques jours, ça jasera, puis ça se calmera. Ce ne sera pas la première fois dans la commune qu'on aura vu un gars s'en aller sans tambours ni trompettes. Tu as bien compris? » Julia inclina la tête. Le vieux continua : « Maintenant le plus dur pour toi ce sera de l'oublier! Mais c'est ton affaire! Tu l'as voulu, tu l'as eu. Tu t'en es débarrassée... » Il ne termina pas sa phrase. Julia démarra. Quand ils furent au croisement de Malmaison, Auguste lui demanda de s'arrêter. « Laisse-moi là. Je vais retourner à la ferme à pied. » Il étreignit Julia. « Fais attention aux Boches, on raconte qu'ils sont mauvais en ce moment! » Julia approuva puis lui tendit le revolver de Léon. « Tiens! Ça te fera sûrement plus d'usage qu'à moi! » Auguste esquissa un sourire, empocha l'arme et sortit.

Julia prit la route de La Charité. Dès qu'elle arriva à « La Chope », elle se précipita dans la chambre. Elle y remit de l'ordre, effaça les quelques traces de sang qui se trouvaient sur le sol et s'allongea. Bientôt, elle fut saisie d'une forte envie de pleurer. Elle se laissa aller. Pourquoi se retiendrait-elle? Après tout, Léon avait disparu! Il était compréhensible qu'elle en éprouvât de la peine. A l'heure habituelle elle ouvrit le café et s'installa derrière le comptoir. Durant toute la journée, elle répéta la même chose aux clients. Elle n'avait pas revu Léon depuis la veille. N'avaient-ils pas une idée de ce qu'il aurait bien pu devenir? Évidemment, personne ne savait, mais chacun colportait la nouvelle. Le soir, aux quatre coins de la commune la rumeur était devenue une certitude. Léon s'était bel et bien débiné! Pour certains, vu les idées qu'il exprimait, des résistants l'avaient certainement assassiné! Pour d'autres, qui invoquaient les mêmes raisons, il avait rejoint la Légion des volontaires français, tel un héros anonyme!

Le lendemain matin, Clémence rappliqua à « La Chope ». « Eh bien, ma fille! s'étonna-t-elle en entrant, qu'est-ce que cette histoire? Léon se serait envolé, à ce qu'on dit! » Julia l'embrassa. « Oui, depuis avant-hier soir! Je ne comprends pas! Je l'ai même pas vu partir! » Clémence s'attabla. « Sers-moi un chocolat! dit-elle en défaisant son chapeau avec précaution, je meurs de froid! » Julia passa derrière le comptoir. Quelques habitués entrèrent. « Alors, s'écria l'un d'eux, il court toujours après sa bouteille, ton bonhomme? » Julia, gênée, garda le silence. « Vous avez raison, mon garçon, répliqua Clémence, je crois bien que c'est ça! Ça ne m'étonnerait pas qu'il soit dans un fossé quelconque à cuver son vin! » Tous s'esclaffèrent. « Oh! vous savez, reprit-elle, je n'exprime pas ça de gaieté de cœur! Quand on est mère, on le reste quoi qu'il arrive! » Les rires s'étranglèrent dans les gorges. Les gars se dépêchèrent d'avaler leur café arrosé et sortirent.

Julia vint s'asseoir en face de Clémence. Celle-ci lui prit la main. « Ma fille, ce n'est pas la peine de trop vous en faire, lui dit-elle, s'il est vraiment parti, ce n'est pas une grosse perte et s'il revient... Eh bien, vous aurez eu quelques heures de tranquillité! » Julia sourit tristement. Elles gardèrent le silence. Tout à coup, Clémence secoua la tête, le regard dans le vague. « Vous savez, murmura-t-elle, Dieu sait que je l'aurai aimé ce gosse! » Elle n'en confia pas plus et se leva. Julia s'approcha. « Ne parlez pas au passé... » commença-t-elle. Clémence l'interrompit. « Vous avez raison! Mais enfin, je suis sa mère et, dans ce cas-là, il est des choses qu'on sait avant tout le monde!... Bon, allez! Je vous reverrai à la ferme! Les gamins me manquent! » Julia l'embrassa et la regarda s'éloigner. Décidément, cette femme l'émouvait!

Elle profita qu'il fallait remplir des bouteilles de vin à la cave pour descendre y pleurer tranquillement. Non vraiment! C'était trop lourd! Non seulement elle venait de tuer son mari, mais en plus elle devait faire des singeries devant tout le monde! Le vin qu'elle transvasait d'un tonneau déborda. Elle jura. Ses pleurs redoublèrent. D'ordinaire, c'était Léon qui faisait ce travail-là! Là-haut, la clochette retentit. Elle s'essuya les yeux avec son tablier et remonta. Benoit, assis au bar, l'attendait. « Eh bien! s'exclama-t-il, à ce qu'on raconte, Léon se serait sauvé? » Julia haussa les épaules. « Ma foi, oui! répondit-elle, je ne l'ai pas revu de l'avant-veille! » Benoit éclata de rire. « Bah! T'inquiète pas! Soûl comme il était, il sera pas allé loin! Ça ne m'étonnerait pas qu'on le retrouve aujourd'hui ou demain assoupi n'importe où, une flasque vide à la main! » Julia remplit un verre de marc et le donna à Benoit. « J'espère, j'espère! » répéta-t-elle. Benoit s'approcha. « En tout cas, dit-il, d'un air malin je crois pas qu'il soit parti dans la légion comme on le colporte. Ça, non! D'abord, il serait déjà pas capable d'arriver à Nevers à pied! C'est bien trop loin... Et puis avec les idées qu'il avait... » Julia lui coupa la parole. « Eh bien quoi! C'étaient les vôtres! Non? » Benoit secoua la tête. « Oh, non! Julia! Oh, non Léon était trop mou pour avoir nos idées et... » Il s'interrompit. Julia le fustigeait du regard. « Ah oui! hurla-t-elle, trop mou pour avoir vos idées! En tout cas, il ne l'était pas pour dénoncer Pierre aux Boches! Et ça, vous le saviez, hein? » Elle sortit la lettre de dénonciation du tiroir-caisse et la tendit à Benoit. Celui-ci la lut. Il leva la main en signe d'apaisement mais Julia reprit : « Ça vous arrangeait ce coup-là! Comme Léon avait fait la saloperie, vous vous sentiez la conscience tranquille, hein! Eh bien, Benoit vous voulez que je vous dise ce que je pense? Vous êtes une belle ordure! » Celui-ci recula vers la sortie et saisit la poignée de la porte. « C'est ça, s'écria Julia, foutez le camp! Foutez le camp! » L'autre se sauva à grandes enjambées.

Dès qu'il fut sorti, Julia se sentit mieux. Cette colère subite lui avait redonné un peu de courage. Elle rangea tout ce qui traînait. Quand elle eut terminé, elle ferma le café, grimpa dans la traction et prit le chemin de la ferme.

Aussitôt qu'elle fut arrivée, les femmes se précipitèrent : « Alors, ma fille? s'inquiéta Odette, qu'est-ce que c'est que cette histoire? » Marcelline enchaîna : « Il a vraiment disparu? » Julia revint avec elles à la cuisine. « Dame! Ça se pourrait, répondit-elle, je ne l'ai pas vu depuis deux jours! » Marcelline, qui avait la larme facile depuis la mort de Pierre, se mit à pleurer. Odette haussa les épaules. « C'est égal, dit-elle, soûl comme il était toujours, il peut pas être allé bien loin! » Les gamins, qui jouaient dans le champ voisin, survinrent en piaillant, Léone, tout essoufflée, s'approcha. « Pourquoi il est parti, papa? » demanda-t-elle d'emblée en fixant sa mère dans les yeux. Il disait toujours que... » Julia la gifla. Léone l'agaçait, avec ses airs sérieux et ce ton de voix plein de certitude. La petite, qui ne comprenait pas, éclata en pleurs et décampa, suivie de René et d'Anna. « Eh bien, ma Julia! s'étonna Marcelline, qu'est-ce qui te prend de la calotter comme ça? Elle ne pensait pas à mal! » Julia se mit en colère. « Elle m'énerve à toujours vous... Oh, et puis! Foutez-moi la paix! » Elle sortit en claquant la porte.

Dès qu'elle fut derrière l'appentis, elle se mit à sangloter. Oh non! Elle n'en pouvait plus de cette vie! Elle se sentait tellement fatiguée, vidée! Et puis, parviendrait-elle à garder ce terrible secret? Comment réagirait-elle chaque fois que les enfants viendraient lui poser la même question? Non! Leur père n'était pas parti! Il était enterré dans un champ, là-bas, vers Vieilmanay! Ça, c'était la vérité! Aussitôt, le souvenir de Pierre s'imposa dans son esprit. Lui était bel et bien mort à cause de Léon! Cela aussi, c'était la vérité... A nouveau convaincue par cette évidence, Julia sécha ses larmes et vint retrouver les femmes. « Je crois que je vais rouvrir la ferme d'en bas! » leur dit-elle. Odette et Marcelline approuvèrent d'un hochement de la tête. Dame! Pour une bonne nouvelle, c'en était une! Mais elles préférèrent ne pas trop exprimer leur joie. Cela pouvait effrayer Julia et la faire changer d'avis.

Lorsqu'elle coucha les enfants, Julia étreignit longuement Léone. « Tu sais, ma chérie, lui chuchota-t-elle à l'oreille, on dit que ton père est parti! On n'en sait rien! Il est peut-être pas très loin et il va revenir bientôt, hein? » Serrée contre sa poitrine, la petite hochait la tête en signe d'acquiescement. « En attendant, reprit Julia, on va tous habiter ici, comme avant! Ça te fait plaisir? » Léone enlaça sa mère plus fortement. Elles s'embrassèrent. Julia retourna à la cuisine. Auguste et Louis venaient de rentrer des champs.

Dès le lendemain, Julia décida de se partager entre « La Chope » et la ferme d'en bas. Le matin, elle retrouvait Marie au café pour l'ouverture. Elle restait avec elle toute la journée et revenait en fin d'après-midi. Marie faisait la fermeture.

Huit jours s'écoulèrent. Un soir, oppressée par une angoisse diffuse, Julia ne monta pas veiller en compagnie des femmes. Elle se coucha. Au milieu de la nuit, elle s'éveilla en sueur, secouée par de violents frissons. Elle quittait un rêve agité, sans se souvenir de quoi il s'agissait. Pour se changer les idées, elle se leva et prépara du café. Pendant que l'eau chauffait, elle s'absorba dans l'écoute du silence nocturne. Il lui semblait plus absolu que d'ordinaire. Cela l'intrigua. Elle en cherchait les raisons quand elle remarqua le balancier du morbier qui ne bougeait plus. Sans doute était-ce la raison de son malaise? Elle grimpa sur un tabouret, remit la pendule à l'heure et remonta le mécanisme. En descendant, elle fut prise d'un violent vertige qui l'obligea à s'asseoir. Une peur subite lui tenaillait le ventre. Elle transpirait toujours abondamment. « Décidément, ça va pas fort, marmonna-t-elle, je ferais mieux de me remettre au lit! » Elle s'allongea mais ne dormit pas.

Chaque nuit qui suivit, l'insomnie ne la quitta pas. Au bout d'une semaine n'en pouvant plus, elle cessa de se rendre à La Charité. Peu après, elle arrêta également de faire son travail à la ferme. Plus rien ne l'intéressait, pas même les gamins. Elle demeurait prostrée sur une chaise dans la cuisine, ou bien sur le perron de la maison. Quand on lui parlait, elle ne répondait pas. Parfois, sans prévenir, elle allait marcher durant de longues heures. Bien sûr, elle se rendait compte des efforts des siens pour la distraire de son tourment. Mais il n'y avait rien à faire ! Il lui fallait se taire et écouter ce que les autres ne pouvaient entendre à sa place... Quelques remuements inquiétants au tréfonds de sa conscience, des réminiscences douloureuses de son passé, des souvenirs qui la rattachaient à tous ces disparus qu'elle avait aimés : Léon... Pierre... Anna... Jean... Elle prêtait aussi l'oreille aux bruits familiers de la campagne qu'elle redécouvrait, aux cris des gosses, et aux battements de son propre cœur. Elle aurait voulu raconter tout cela aux femmes, aux enfants et à Auguste qui l'entouraient le mieux possible. Elle aurait souhaité exorciser l'anxiété qu'elle percevait dans leurs yeux ! Mais qu'aurait-elle pu dire ? Qu'il lui fallait accepter toutes ces représentations affreuses qui l'habitaient, la déchiraient même ! Qu'elle espérait voir s'estomper la douleur que lui causait la violence de sa vie ? Et qu'enfin, elle attendait de retrouver la paix ? Non, vraiment ! C'était impossible à confier ! Pour une fois, elle devait garder le silence et attendre que le temps fît son œuvre ! Un jour ou l'autre, tous les sentiments contradictoires qui l'agitaient se réconcilieraient et finiraient par trouver leur unité.

Marcelline comprit rapidement le désir de sa fille. « Il faut la laisser tranquille ! Elle a besoin de se retrouver, la pauvre ! » confia-t-elle un jour à Odette. Celle-ci approuva et proposa de s'occuper des petits. Le vieux savait ce qui perturbait Julia et ne se tracassait pas. Chaque fois que les femmes évoquaient leur inquiétude devant lui, il répétait la même chose : « La vie finit toujours par avoir raison de la mort. » Il ne se trompait pas. Un soir, à la fin du mois d'avril, Julia entra à l'improviste dans la cuisine. Tout le monde dînait. « Je mangerais bien un morceau! » dit-elle en souriant. Marcelline mit une assiette de plus, et la conversation reprit comme si rien ne s'était passé.

Bientôt, Julia retourna à « La Chope ». Mais c'était avec de moins en moins de plaisir. Il lui paraissait stupide de remplir des verres toute la journée, et d'entendre les mêmes sornettes de la bouche des mêmes ivrognes. Elle s'en ouvrit à Odette qui éclata de rire : « Je te l'avais dit que tu en aurais assez! Je le savais bien. Quand on sert à boire et qu'on tombe pas amoureux de la bouteille, on a vite soif d'autre chose! » Une semaine après, Julia décida de vendre le café. Ce fut promptement mené. Marie, qui venait d'hériter de son père, l'acheta aussitôt.

Le soir de la transaction, quand Julia se retrouva avec les siens à sabler l'événement au pouilly, elle ne put retenir des larmes de joie. « Bon Dieu! Bon Dieu! répétait-elle, ce que je suis heureuse de revenir ici! » Tous partageaient son bonheur. Même Clémence qui pourtant portait le deuil depuis plusieurs jours. Chacun avait quelque chose à oublier et trinquait pour ça. Dame! Il fallait bien en profiter. Par les temps qui couraient, une telle occasion risquait de ne pas se représenter!

Julia retroussa tout de suite les manches. Comme le disait Auguste avec fierté, elle remplaçait largement un homme. Elle donnait surtout un coup de main aux femmes qui commençaient à vieillir. De temps en temps, histoire de leur apprendre la vie, elle arrachait les enfants à leurs jeux et leur confiait une tâche ou une autre. S'ils maugréaient, elle n'hésitait pas à les mener rudement.

« C'est pas avec les larmes qu'on fait monter le blé, disait-elle, mais avec la sueur! »

Parfois, le souvenir de Léon s'immisçait dans son esprit. Elle s'arrêtait alors de travailler, regardait vers Vieilmanay, et pensait à l'endroit où il reposait. Ce fut ainsi qu'un jour elle aperçut Léone qui allait et venait sans arrêt sur la route de Malmaison. Elle alla à sa rencontre. « Eh bien, ma chérie, que fais-tu là? lui demanda-t-elle. – J'attends papa, répondit la petite en la dévisageant, tu m'as dit qu'il reviendrait! » Julia la prit par le bras et doucement la ramena vers la ferme. « Viens! Ça ne sert à rien de rester là! On le verra de loin quand il arrivera!... » En chemin, elles rencontrèrent Anna et René qui jouaient à chat. Léone les rejoignit.

Les mois passèrent au rythme des événements. Toute la famille suivait leur évolution à l'écoute de la radio de Londres : El Alamein, Stalingrad, la campagne d'Italie et enfin le débarquement en Normandie. Ce soir-là, Auguste et Louis rallièrent définitivement le maquis. Les femmes, qui désapprouvaient, se turent. Elles feraient sans leur aide, voilà tout! En août, bien qu'on se battît dans toute la région, elles coupèrent le blé et l'engrangèrent. Quand la récolte fut terminée, elles se mirent à attendre le retour des hommes en souhaitant qu'ils eussent de la chance et que la victoire fût rapide.

Ce matin du 17 septembre, alors qu'elles donnaient du grain aux poules, Julia tendit l'oreille : « Nom d'un chien! On dirait qu'il y a du grabuge aux Bertins! » Effectivement, on entendait distinctement des coups de canon. « Mais non! répliqua Odette. C'est beaucoup plus loin. Écoute! C'est au moins vers Prémery! D'ailleurs, Andréa nous a affirmé que les Allemands étaient déjà partis... »

Julia ne répondit pas. « Bah! marmonna Marcelline d'un ton las, j'espère seulement que ton père n'y est pas fourré! » Julia sourit. « Oh! Il y a plus de danger, la guerre est finie! » Odette fit une grimace. « Ça, ma fille, je le croirai quand je l'aurai vu. C'est pas la première fois qu'on dit ça sans que ce soit vrai! »

Tout à coup, elles se tournèrent vers la route de Malmaison. Trois tractions noires approchaient de la ferme à vive allure. Les véhicules s'engouffrèrent dans la cour. Des FFI, le torse à moitié sorti par les fenêtres, tiraient en l'air en vociférant. Les poules s'échappaient à tire d'aile en caquetant. Léone et René, effrayés par les coups de feu, se réfugièrent derrière un tombereau. Anna, paralysée par la peur, pleurait à quelques pas des femmes. Julia se précipita et la serra contre elle. Les voitures freinèrent brutalement. Deux hommes sortirent de la première traction. « C'est toi, la salope qui donnait à boire aux Allemands à « La Chope »? » demanda l'un d'eux à Julia. Celle-ci repoussa Anna vers l'enclos de la basse-cour. « Va voir Mamie » dit-elle rapidement. A cet instant, Alphonse, l'épicier de La Charité, apparut. Julia le reconnut aussitôt. « Bien sûr que c'est elle! s'écria-t-il d'un ton hargneux, tu parles que je la connais! » Un gars saisit Julia et l'entraîna. « Viens! On va te faire passer l'envie de plaire aux Boches! » Odette s'approcha. « Dites donc! De quel droit faites-vous ça? » Elle allait attraper le bras de Julia, quand l'un des maquisards l'en empêcha. « On fait ça, la vieille, lança-t-il, parce qu'on a gagné la guerre! » Odette haussa les épaules. « T'inquiète pas, cria-t-elle à l'adresse de Julia qui montait dans l'auto, je m'en vais mettre la main sur ton père et il arrangera ça! »

Les portières claquèrent. « C'est ça, mémère! gueula Alphonse par la fenêtre, dis-lui de se magner, parce que sa fille va être jugée à Donzy et je ne donne pas... » La suite de la phrase se perdit dans le vacarme des véhicules qui repartaient.

Assise entre deux résistants, sur le siège arrière, Julia tentait de maîtriser sa peur. Tout l'effrayait. La mine dure de ses ravisseurs, leur silence, et la vitesse à laquelle ils roulaient. Ils passèrent devant le pré où Léon était enterré. Julia y vit un mauvais présage. Ils traversaient les villages à tombeau ouvert. Parfois, sur le bord de la route, les gens les acclamaient. Ils répondaient par un concert d'avertisseurs.

Le convoi s'arrêta devant la mairie de Donzy. Un type poussa Julia dans une petite salle du rez-de-chaussée. Une jeune femme s'y trouvait déjà. Elles se saluèrent d'un hochement de tête, puis gardèrent le silence. Julia n'aurait pas pu parler. L'angoisse lui serrait trop la gorge. Elle s'affala sur une chaise et attendit. Plus tard, elle risqua un œil par la vitre. Elle ne vit personne. Cela la rassura. Si on avait voulu lui faire du mal, ce serait déjà fait! Elle retourna s'asseoir. En face d'elle, l'adolescente écrivait sur un papier appuyé contre un genou.

Bientôt le soleil emplit la pièce. Julia pensa qu'il ne devait pas être loin de midi. L'inconnue avait fini d'écrire et semblait dormir. Julia se leva. Elle tenta de forcer la porte. Celle-ci résista. « Vous fatiguez pas, s'exclama la jeune femme sans ouvrir les yeux, ça ne sert à rien! » Julia se sentit réconfortée par cette voix, et n'insista pas. Le temps s'écoulait sans qu'il se passât rien. A nouveau la peur gagna Julia. « Mais qu'est-ce qu'ils font donc! s'écria-t-elle, on va pas rester enfermées là jusqu'à la saint-glinglin? » La captive haussa les épaules. « Ils préparent les questions qu'ils vont vous poser, puis ils vous jugeront. Si vous êtes coupable, ils vous condamneront peut-être à mort, comme moi! » Julia jaillit de sa chaise. « La mort! hurla-t-elle, mais pourquoi? » Elle ne parvint pas à en dire plus. Elle s'écroula sur son siège, la tête vide.

Tout à coup, des pas résonnèrent dehors. Des types venaient. La jeune femme se précipita vers Julia. « Tenez, dit-elle rapidement, en tendant la feuille sur laquelle elle avait écrit, gardez ça en souvenir de moi! Ils vont me fusiller et j'ai personne à qui l'adresser! pensez à moi si... » Deux hommes se saisirent d'elle et la poussèrent violemment à l'extérieur. « Eh, salope! J'espère que tu en as bien profité, lui lança l'un d'eux, parce que là où tu vas c'est fini! » Il y eut des éclats de rire, puis plus rien.

Julia s'approcha de la porte et tendit l'oreille. Elle n'entendit rien. Elle s'assit et lut le papier : « Quelques instants avant de mourir me reviennent en foule les souvenirs de la jeune fille que j'ai été ces dernières années... Ni putain, ni paillasse! Simplement amoureuse! Follement amoureuse d'un garçon de son âge. Que cherchait-elle sous l'uniforme de son bel Allemand? Elle ne cherchait rien qu'à entendre un cœur battre contre le sien, et vivre, vivre avec lui, par lui, comme on rêve de vivre à vingt ans. En oubliant la guerre, le monde et la folie des hommes. Vivre l'instant présent, ne voulant rien savoir des demains, des après... *Mea culpa* d'avoir succombé aux charmes d'un ennemi charmeur et charmant, d'avoir osé l'aimer à la barbe du monde. Punie pour cela par la main des hommes, je ne vous demande pas, mon Dieu, de m'absoudre d'un péché que je me refusais, me refuse, me refuserai toujours à admettre comme tel.

Merci plutôt de m'avoir donné d'être cette gamine éblouie, comme on peut l'être à cet âge par un certain regard bleu, un sourire éclatant de jeunesse, croisés un soir de printemps dans la rue de ma petite ville. Merci, mon Dieu, qu'au premier coup d'œil il m'ait reconnue et que rien alors n'ait pu m'empêcher de courir vers lui.

Je vais être fusillée, mais je m'en fiche éperdument. Car mon monde a été réduit en cendres quand j'ai su, il y a quelques jours, qu'il avait été tué. La seule chose que je regrette, en cet instant, c'est qu'en mourant je ne pourrai plus lui écrire comme je lui écrivais avant : ce que je n'osais pas lui dire, et surtout ce que je n'avais pas le temps de lui dire. Parce que le ciel au-dessus de nous remplissait trop bien son office, et que le canal près de nous renvoyait trop bien notre image... »

Julia se leva. Elle cherchait à refouler ses larmes, à penser à autre chose. Elle regarda dehors. Le soleil commençait à décliner. Dans peu de temps, la mairie serait plongée dans l'ombre. Et ces hommes qui ne s'amenaient pas! Elle fit encore quelques pas, puis se rassit. « Ça te sert à rien de tourner en rond comme ça, marmonna-t-elle, ils viendront bien un jour... »

Elle les entendit d'abord arriver dans son rêve, avant de les voir surgir dans la pièce, l'empoigner et l'emmener brutalement. « Allez, viens ma poulette! lui dit l'un d'eux, on a des questions à te poser! » Il faisait nuit noire. Ils contournèrent le bâtiment et l'emmenèrent devant une table où se trouvaient réunis des gars en armes. Celui du milieu prit la parole. « Bon, ça va pas être long pour toi ! Plusieurs personnes t'ont dénoncée ! » Il compulsa des papiers, et continua : « Tu tenais le café " La Chope " à La Charité. C'était un lieu de rencontre notoire entre les fascistes et les Schleuhs ! » Julia n'écoutait plus. Tous ces types lui semblaient lointains, comme irréels. Parfois, elle formulait dans sa tête les phrases qu'elle aurait pu débiter pour expliquer les bonnes et les mauvaises raisons de ses actes, mais aucun mot ne sortait. Non ! Elle préférait se taire et revivre rapidement, par le souvenir, tous les moments agréables qui avaient jalonné son existence. Oublier les plus tristes. Bref, remâcher de la vie !

Quelquefois, elle saisissait des bribes du réquisitoire que prononçait l'homme. « Tu es coupable d'avoir collaboré avec l'ennemi... On t'a vue à Vichy ! Bras dessus bras dessous avec tous les collabos de la région... Et les Allemands... Le commandant de garnison, à La Charité, venait boire régulièrement dans ton bistrot... » Julia souriait. Et alors ? Bien sûr qu'elle avait servi à boire à des Allemands et des collabos ! Mais aussi à des patriotes et à des notables de la ville qui ne dédaignaient pas de venir se rincer à « La Chope » en compagnie de l'Occupant !... A ses yeux, ils avaient tous les mêmes qualités : ils aimaient boire et lui rapportaient de l'argent. Jamais elle n'avait demandé aux uns ou aux autres quelles étaient leurs opinions. D'ailleurs, elle n'y connaissait rien à la politique ! Elle avait fait confiance au Maréchal, voilà tout ! Comme beaucoup de gens, d'ailleurs ! Tel Alphonse, l'épicier, qu'elle reconnaissait, assis un peu plus loin dans la pénombre...

A cet instant, des voitures s'arrêtèrent devant la mairie. Des éclats de voix retentirent dans la nuit, à quelques pas du tribunal improvisé. Julia tressaillit en reconnaissant la voix d'Auguste. Il arriva, suivi de plusieurs résistants en armes. « Auguste, du maquis Camille, lança-t-il. Qu'est-ce que c'est que ce bordel ! Vous jugez ma fille maintenant ? » Le type qui accusait Julia se leva. « C'est peut-être ta fille, répondit-il, mais elle servait à boire aux Schleuhs ! » Auguste haussa les épaules. « Pauvre con ! C'est grâce à des femmes comme elle qu'on a pu faire ce qu'on a fait ! Comment crois-tu qu'on était renseignés ? Hein ? Il fallait bien qu'on en ait chez nous qui fréquentent les Boches pour savoir ce qu'ils mijotaient, non ? Vous n'en aviez pas vous ? » Il y eut un silence gêné. Les hommes se dévisageaient dans la lumière des lampes à pétrole. On entendait la rumeur de la campagne toute proche. Julia se mit à pleurer et se blottit dans les bras du vieux. Bien sûr, il mentait ! Et alors ? Elle ne voulait plus penser ni entendre quoi que ce fût, mais seulement goûter la joie de se sentir à nouveau protégée. « C'est bon ! Tu peux l'emmener ! » laissa tomber l'autre. Auguste entraîna Julia vers l'auto. Un gars attendait, assis au volant. Il démarra ausitôt sans dire un mot. Jusqu'à la ferme, Julia sanglota sur l'épaule de son père.

Elle reprit le travail aux côtés d'Auguste et de Louis. Mais plus les jours passaient, plus elle se sentait étrangère à cette terre qu'elle cultivait. Un jour, en fin d'après-midi, poussée par son intuition, elle partit à pied vers Vieilmanay. Elle souhaitait se recueillir là où Léon se trouvait enterré. Elle éprouva quelques difficultés à retrouver l'endroit.

La nature avait déjà effacé les traces de l'inhumation. Julia s'assit dans l'herbe. Des souvenirs défilèrent en désordre dans son esprit : son mariage avec Léon, l'amour qu'adolescente elle avait éprouvé pour son père, une gifle de Pierre, la naissance de Léone, la silhouette de Jean... Le temps passa. Soudain elle éprouva une joie profonde. Elle y voyait enfin plus clair. Pour échapper à cette fatalité morbide qui marquait l'histoire de la famille, elle devait s'en aller avec les petits. Loin de ces lieux où tout le monde connaissait tout le monde ! Loin de cette terre à laquelle elle prêtait désormais un pouvoir maléfique. Anna, Pierre et Léon étaient morts par sa faute ! Parce qu'elle avait engendré chez eux la folie et la haine.

Quelques jours plus tard, lors d'un dîner, Julia annonça sa décision de partir pour Paris. Les femmes gardèrent le silence. Il n'y avait rien à dire. Cela s'inscrivait dans l'ordre des choses. Auguste sortit. Il fit le tour de la ferme. Ainsi, tout ce qu'il avait construit mourrait avec lui ! Cette putain de terre n'avait donc su retenir aucun de ses gosses ! Anna l'avait refusée en se suicidant et Pierre en s'engageant dans l'armée. Aujourd'hui, Julia fichait le camp à cause des attraits illusoires de la capitale ! Pour la première fois de toute son existence, le vieux pensa à la mort. Il haussa les épaules et revint à la cuisine. Marcelline lui versa un verre de pouilly. Il l'avala d'un trait. « C'est bien, ma fille ! grommela-t-il, tu peux filer ! Si c'est ce que tu veux... » Tandis que Julia l'embrassait, les femmes s'agitaient dans tous les sens pour qu'on ne vît pas leurs larmes.

Le départ eut lieu à la mi-novembre, un dimanche matin. Il tombait des cordes. Auguste, les femmes et Clémence accompagnèrent Julia et les enfants à la gare de La Charité. Malgré la cohue, ils trouvèrent un compartiment libre et s'y installèrent. Le train s'ébranla. Les gamins se penchèrent à la fenêtre et agitèrent leurs mains, longtemps après que la gare eut disparu.

Julia, assise contre la fenêtre, regardait le paysage défiler. Elle souriait. Tout se présentait pour le mieux. La sœur de Clémence lui avait trouvé un petit logement et une place de bonne à tout faire. Bercée par le roulis du wagon, elle sentit le sommeil la gagner. Elle ferma les yeux et s'endormit.

Dans Le Livre de Poche

Extraits du catalogue

Ken Kesey

Vol au-dessus d'un nid de coucou

La critique américaine, comme le public, a reconnu en *Vol au-dessus d'un nid de coucou* le livre le plus significatif, le plus révélateur de la vie actuelle. Trois héros dominent ce roman : McMurphy, le héros américain par excellence, rayonnant de force et d'une joie de vivre qu'il veut faire partager, Miss Ratched, l'infirmière au visage impassible, incarnation sadique du système, enfin et peut-être surtout Grand Chef, l'Indien géant que l'on croit sourd et muet et qui, grâce à McMurphy, retrouve la parole et réussit à s'évader. La critique a fait de *Vol au-dessus d'un nid de coucou* l'un des plus grands livres de notre temps et le public a répondu. Ken Kesey est devenu l'un des chefs de file de sa génération.

Raymond Carver

Les Vitamines du bonheur

Douze histoires qui, chacune à leur manière, révèlent la présence latente ou l'intrusion " de terreurs extraordinaires dans des existences ordinaires " (Cathleen Medwick). Avec une économie de moyens remarquable, Carver trace les lignes de force de la tragi-comédie qui habite chaque vie humaine, fût-elle la plus banale. Ouvriers, employés de bureau, chômeurs ou couples à la dérive, ses personnages accèdent malgré eux à une dimension héroïque. Sans anesthésie, Carver met à nu la grandeur et la misère de ces destins, en préservant la part de mystère qui leur appartient en propre.

François-Olivier Rousseau

La gare de Wannsee

C'est à une magistrale et poétique résurrection d'un monde à jamais disparu que *La Gare de Wannsee* nous convie : monde à mi-chemin de la bohème et de la petite bourgeoisie, où se côtoient rapins désargentés, fils de famille, logeuses cocasses, une poétesse excentrique, des demoiselles complaisantes, des modèles nus, une écuyère de cirque, sans oublier le génial et inquiétant Pasewalk, à la fois marchand et escroc, lanceur de talents et propagandiste de l'avant-garde.

Ce grand roman, où une foule de personnages saisis dans la variété complexe de caractères bien définis entremêlent leurs destins évoqués avec l'acuité du psychologue, le détachement du moraliste et la somptuosité d'un virtuose du langage, évoque une Allemagne puissante et décadente, menacée par les germes destructeurs.

Alberto Moravia

Bof!

Dans *Bof!* des femmes de milieu et d'âge différents conversent avec nous, sur un ton familier, tragique, comique, souvent voilé d'ironie, de la haïssable ambiguïté de leur destin qui les force à agir de façon absurde ou folle, bien que leur conscience leur dise qu'elles devraient faire autrement.

Malgré leur complaisance narcissique vis-à-vis d'elles-mêmes, elles supportent mal cette dualité qu'aggrave encore leur solitude de femmes mal aimées. Et c'est avec ce « Bof! » qu'elles lancent d'un ton méprisant aux adultes qu'elles n'ont jamais pu être, qu'elles expriment leur lassitude des hommes et leur déconvenue devant de stupides comportements.

Moravia, maître incontesté de ces courts chefs-d'œuvre que sont ses nouvelles, entraîne ses lecteurs dans le passionnant univers freudien dont il n'ignore aucun détour.

F. Scott Fitzgerald

Tendre est la nuit

Tendre est la nuit, largement autobiographique, est l'histoire de la décomposition d'un être fait pour être aimé, trop romantique pour pouvoir résister à son époque, trop tendre, malgré son apparente désinvolture, pour savoir sagement vieillir.

Nicole a été soignée par Dick, médecin psychiatre. L'amour qu'elle a porté à Dick a fait de leur union une nécessité. Un jour viendra pourtant où ils devront se séparer...

Mais le lecteur aura vécu avec eux les plus belles années d'une vie de loisir rendue magique par la richesse, les voyages. C'est un extraordinaire témoignage sur la vie d'entre les deux guerres qui nous est offert, un témoignage qui ne va pas sans une douloureuse nostalgie, un livre ensorcelé.

Naguib Mahfouz

Impasse des deux palais

« La rue d'al-Nahhasin n'était pas une rue calme... La harangue des camelots, le marchandage des clients, les invocations des illuminés de passage, les plaisanteries des chalands s'y fondaient en un concert de voix pointues... Les questions les plus privées en pénétraient les moindres recoins, s'élevaient jusqu'à ses minarets... Pourtant, une clameur soudaine s'éleva, d'abord lointaine, comme le mugissement des vagues, elle commença à s'enfler, s'amplifier, jusqu'à ressembler à la plainte sibilante du vent... Elle semblait étrange, insolite, même dans cette rue criante... »

Naguib MAHFOUZ.

Naghib Mahfouz est le premier écrivain de langue arabe à avoir reçu, en 1988, le *prix Nobel de Littérature.*

Gabriel Garcia Marquez

L'Automne du patriarche

Depuis trente ans, plusieurs grands romans latino-américains nous ont décrit par le menu le monde hallucinant de la dictature « à l'américaine » : délation, exactions de tous ordres, assassinats, extermination même, bestialité, cupidité, abus sexuels, protections étrangères, soif maladive de pouvoir que finalement la solitude transforme en frustration. Cette réalité tragique prend, sous la plume de l'auteur de *Cent ans de solitude,* une dimension burlesque incomparable.

Le patriarche est ici un dictateur dans la grande tradition de l'Amérique latine. C'est un vieux général qui a « entre 107 et 232 ans ». Tyran méfiant et délirant, les structures minables de son pays arriéré le vouent à des aventures cauchemardesques que l'imagination non moins délirante de Gabriel Garcia Marquez transforme en folles équipées drolatiques.

Gabriel Garcia Marquez

La Mala Hora

Un village colombien, qui a connu la guerre civile, vit en paix depuis que le maire à rétabli l'ordre par la terreur. Mais, un soir, les premiers tracts anonymes apparaissent sur quelques portes. Celui que lit César Montero l'amène aussitôt à tuer. Et les tracts se multiplient, semant la discorde dans les familles, ravivant les haines, réveillant dans la mémoire de chacun les combines, les exactions, les crimes commis dans le passé.

Le curé Angel, d'abord indifférent, demande finalement au maire de prendre des mesures d'autorité devant ce « cas de terrorisme contre l'ordre moral ». Rien n'empêche les tracts de proliférer. Le maire décide de revenir à la répression. La paix mensongère est terminée, le village est retourné à son enfer quotidien.

Gabriel Garcia Marquez

Chronique d'une mort annoncée

Les frères Vicario ont annoncé leur intention meurtrière à tous ceux qu'ils ont rencontré, la rumeur alertant finalement le village entier, à l'exception de Santiago Nasar. Et pourtant, à l'aube, ce matin-là, Santiago Nasar sera poignardé devant sa porte.

Chronique d'une mort annoncée est un roman hallucinant où l'humour et l'imagination du grand écrivain colombien, prix Nobel de littérature, se débrident plus que jamais pour créer une nouvelle et géniale fiction sur les thèmes éternels de l'honneur et de la fatalité.

Henry Miller

Tropique du Capricorne

Des fous et des idiots asservis par leur croyance à la nécessité inéluctable du travail, pour qui le présent n'est qu'un pont vers un lendemain inatteignable – des lâcheurs de proie pour l'ombre, dupes et victimes d'un système à fabriquer des malheureux : voilà comment Henry Miller, dans sa jeunesse, voit son entourage, voilà ce qu'il refuse d'être.

Ce qu'il veut ? Empoigner la vie et la savourer à loisir. La période qu'évoque le présent volume est celle qui précède la découverte de sa vocation d'écrivain, celle où il assume le poste de chef des coursiers de la « Cosmodémonique » en nonchalant et joyeux Priape condamné à la bureaucratie par l'obligation où il est de gagner de l'argent, mais sans pour autant renoncer à assouvir ses fringales. La sexualité tient une place qui avait fait interdire le livre à sa parution en 1939, mais Henry Miller ne fait pas que fouler aux pieds les interdits : il raconte avec une verve infatigable son enfance à Brooklyn, ses ambitions, sa découverte du surréalisme, sa philosophie.

Henry Miller

Sexus – Plexus – Nexus

Dans ces trois audacieux volets de « La Crucifixion en rose », Henry Miller entreprend le récit complet de sa vie tumultueuse, riche d'expériences intérieures et d'aventures.

Sexus est l'histoire du grand amour qui, à travers l'inoubliable Mara-Mona, agit comme un révélateur sur Miller, mais aussi l'analyse lucide de la formidable crise qui le secoua et le fit se muer en lui-même.

Cette épopée à la fois lucide et ivre de langage se poursuit à travers réflexions et rencontres. Henry Miller, qui voulait être débarrassé des contingences matérielles pour devenir écrivain, a la chance de trouver en sa seconde épouse, Mona, une femme dévouée qui le supplie de rester au logis pendant qu'elle part en quête de l'argent nécessaire pour vivre. Ce pourrait être le paradis... mais il y a Stasia, l'amie hautement pittoresque de Mona.

Miller se ronge d'énervement, il délire, il tourne comme un ours en cage dans Brooklyn. Dix, vingt personnages baroques traversent son univers. Nul n'est plus extravagant que Stasia ! Que faire ? Seule l'Europe, affirme Mona, convient à l'écrivain qu'il veut être.

C'est sur le départ de l'auteur pour le « vieux continent » que s'achève *Nexus*, le dernier volume de « La Crucifixion en rose ».

Certains passages, très crus, d'une sexualité exacerbée, associent provocation et témoignage : ils sont, dans cette œuvre ardente, riche, puissante, une partie de la *vérité* dont Miller a fait l'objet de sa vie créatrice.

Henry Miller

Opus pistorum

En latin, « pistor » signifie « meunier » qui, en anglais, se dit « miller » ! Littéralement donc : « l'œuvre du meunier », l'œuvre de Miller... Un roman où l'on retrouve les personnages des *Tropiques* pour une grande dérive érotique « sous les toits de Paris ». Non sans humour et avec ce merveilleux sens de la célébration de la vie qui n'appartient qu'à lui, Miller nous fait vivre une véritable odyssée du sexe à la recherche – utopique ? – de la femme idéale, de l'expérience parfaite. Peu d'auteurs ont su dire le sexe avec autant d'enthousiasme lyrique.

Ce roman d'Henry Miller, découvert et publié aux Etats-Unis en 1983, fut écrit en 1941-1942 à Los Angeles pour le compte d'un libraire qui vendit sous le manteau quelques copies du manuscrit à des personnalités d'Hollywood.

(Réservé aux adultes.)

Alfred Jarry

Tout Ubu

Edition établie par Maurice Saillet
Préface, commentaires et notes de Charles Grivel.

« Figure surgie du désordre et de l'ombre, émanation brute et cocasse d'une pensée qui ne recule devant rien pour se satisfaire, boucher redoutable, rhéteur implacable, depuis presque un siècle qu'il est né, Ubu *insiste*...

On a toujours lu, vu, su, vécu Ubu : le personnage provient de la mémoire de chacun, de ses entrailles; c'est une pulsion générale, non simplement particulière à son auteur et non restrictivement propre à la fin de siècle qui l'a vu naître; le spectacle qu'il offre – en Pologne ou à Paris, sur les mers ou dans les « lieux » – convient à tous les appétits. Cette robustesse des profondeurs, cette verdeur originaire, *Tout Ubu* – quelle ironie dans ce titre ! – n'a pas la prétention de la recéler toute : Ubu n'est pas un personnage littéraire, Ubu déborde l'expression écrite. »

Charles GRIVEL.

Tout Ubu comprend : « Ubu roi », « Ubu cocu », « Ubu enchaîné », « Almanachs du père Ubu », « Ubu sur la Butte », avec leurs Prolégomènes et Paralipomènes.

Franz Kafka

La Métamorphose

suivi d'une étude de Vladimir Nabokov

Traduction de Brigitte Vergne-Cain et Gérard Rudent

« Lorsque Gregor Samsa s'éveilla un matin, au sortir de rêves agités, il se trouva dans son lit métamorphosé en un monstrueux insecte. Il reposait sur son dos qui était dur comme une cuirasse, et, en soulevant un peu la tête, il apercevait son ventre bombé, brun, divisé par des arceaux rigides, au sommet duquel la couverture du lit, sur le point de dégringoler tout à fait, ne se maintenait que d'extrême justesse. D'impuissance, ses nombreuses pattes, d'une minceur pitoyable par rapport au volume du reste, papillonnèrent devant ses yeux.

« " Qu'est-il advenu de moi "? pensa-t-il. Ce n'était pas un rêve. Sa chambre, une vraie chambre humaine quoiqu'un peu trop petite, était là, paisible entre les quatre murs familiers... »

Dino Buzzati

Le Régiment part à l'aube

1971. Dino Buzzati va mourir. Il le sait. Lui dont l'œuvre presque entière a tourné autour du destin et de l'inéluctable dernier rendez-vous va se retirer dans son village natal, près de Belluno. Et là, plutôt que de se lamenter, de s'étourdir ou de se mentir, Dino Buzzati va coucher sur un petit agenda, n'importe où, n'importe quand – car le temps n'a plus d'importance pour lui –, d'éblouissantes variations sur « l'approche de cette chose connue et absurde ».

Il la reconnaît d'autant mieux qu'il l'a cent fois décrite. Mais, maintenant, *c'est vrai* et d'autant plus émouvant.

IMPRIMÉ EN FRANCE PAR BRODARD ET TAUPIN
Usine de La Flèche (Sarthe).
LIBRAIRIE GÉNÉRALE FRANÇAISE - 6, rue Pierre-Sarrazin - 75006 Paris.
ISBN : 2 - 253 - 05488 - 7 30/6888/9